dtv

Val erwacht in einer geschlossenen Anstalt. Sie hat Dinge gesehen, die sie nicht hätte sehen dürfen. Eine Welt, verborgen in unserer. Die Welt der Schnellen. Doch die Ärzte glauben an Halluzinationen und stellen sie mit Medikamenten ruhig. Kaum ist Val entlassen, geht sie gemeinsam mit ihrer Freundin Jenni der Sache auf den Grund. Kurz darauf ist Jenni tot, auf dem Badezimmerspiegel steht, mit Blut geschrieben: »Wo bist du gewesen?!« Wer hat Jenni umgebracht? Die Schnellen, wie Val behauptet? Wesen, die töten, sobald Val ihre Welt betreten möchte? Oder gar Val selbst? Immer tiefer verstricken sich Val und ihre Freunde auf der Suche nach den Schnellen in ein Geflecht aus Realitätssplittern und Vals Visionen. Immer unheilvoller werden die Zeichen einer unerklärlichen Bedrohung ... – »Eine Warnung: Wer die Tür in die Welt dieses Romans einmal aufgestoßen hat, wird sie erst wieder schließen, wenn er mit dem ungemein blutigen Horror-Trip bis ans Ende gekommen ist.« (Karl-Markus Gauss in der ›Süddeutschen Zeitung‹)

Zoran Drvenkar wurde 1967 in Krizevci/Kroatien geboren und zog als Dreijähriger mit seinen Eltern nach Berlin, wo er auch heute wieder lebt. Seit 1989 arbeitet er als freier Schriftsteller. Für seine Romane, Gedichte, Theaterstücke und Kurzgeschichten wurde er mit zahlreichen Literaturstipendien und Preisen ausgezeichnet.

Zoran Drvenkar

Du bist zu schnell

Roman

Klett-Cotta
Deutscher Taschenbuch Verlag

Ungekürzte Ausgabe
September 2005
Deutscher Taschenbuch Verlag GmbH & Co. KG,
München
www.dtv.de

Umschlagkonzept: Balk & Brumshagen
Umschlaggestaltung: Stephanie Weischer unter Verwendung
eines Fotos von © photonica/Photolibrary.com
Satz: Fotosatz Reinhard Amann, Aichstetten
Gesetzt aus der Joanna 10/12'
Druck und Bindung: Druckerei C. H. Beck, Nördlingen
Gedruckt auf säurefreiem, chlorfrei gebleichtem Papier
Printed in Germany · ISBN 3-423-20833-3

für

Michael Kurth,
der weiß,
wo die Türen im Schnee
zu finden sind

MAREK

1

Val liegt auf dem Rücksitz. Es ist zwei Uhr morgens, und die Landschaft um uns herum schimmert in einem silbernen Licht. Wenn ich mich vorbeuge, sehe ich den Mond als angeschlagenen Kreis über den Strommasten hängen. Früher wunderte ich mich, daß er immer mitwanderte. Ich war zehn Jahre alt, saß auf dem Rücksitz und fühlte mich beobachtet. Da war dieses weiße Auge am Nachthimmel, mal zu einem Schlitz zusammengekniffen, mal wissend weit offen. An diesem Gefühl hat sich nichts verändert, nur wundere ich mich nicht mehr.

Val schläft, während ich mühsam versuche, wach zu bleiben. Die Lichter der entgegenkommenden Wagen blenden mich, seitdem ich von der Landstraße auf die Autobahn abgebogen bin. Manchmal hebe ich eine Hand und halte sie mir über die Augen, als würde ich in die Sonne schauen.

Ich wechsle die Musik. Der Mond verkriecht sich in den Rückspiegel und wird zu einem leuchtenden Punkt. Seit einer Stunde ist kein Wagen mehr hinter mir aufgetaucht. Diese Autobahn könnte zum Ende der Welt führen, und ich würde mich nicht beschweren.

Ich kurble das Fenster ein Stück herunter und werfe einen Blick in den Rückspiegel, um zu sehen, ob der Windzug Val stört. Sie trägt einen überweiten Pullover. Ich fand in der Eile nichts anderes. Es ist unangenehm, einen Körper zu bewegen, der nicht reagiert. Als könnte man alles mit ihm machen. Keine Schmerzen mehr.

Es sind noch knapp zwei Stunden bis Berlin. Ich hoffe, daß Val bis dahin nicht wach wird. Ich will nicht mit ihr reden, und ich will ihr auch nicht in die Augen sehen. Kaum habe ich das gedacht, spüre ich ihren Blick in meinem Nacken. *Ruhig bleiben.* Ohne mich umzudrehen, setze ich bei der nächsten Raststätte den Blinker und halte weit hinten bei der Ausfahrt, wo kein anderer Wagen parkt.

Val hat sich in eine Ecke des Rücksitzes gedrückt und die Beine angezogen. Ihr Blick ist panisch. In letzter Zeit braucht sie immer eine Weile, bevor sie mich erkennt. Das erste Mal bekam ich Herzrasen, als sie mich in der Nacht wachrüttelte. Sie war über mir wie eine Furie und schrie: »*Was hast du hier verloren? Was tust du in meinem Bett, du Penner? Los, verschwinde!*«

– Ich bin's, sage ich, Marek.

Val kneift die Augen zusammen. Sie will sich erinnern, sie versucht es und beginnt zu weinen.

◉

Meine Eltern schenkten mir zu meinem achtzehnten Geburtstag einen Talisman. Das silberne Medaillon mit eingravierten Runen sollte mich vor Einsamkeit, Hunger und dem Bösen schützen. Vor allen Dingen aber sollte es mich zu der Frau führen, die für mich bestimmt war.

Ich habe das Val nie erzählt, sie muß aber die Bedeutung des Talismans erahnt haben. Oft hielt sie das Medaillon in der Hand, wenn ich aus der Dusche kam. Ihre Finger zogen die Gravur nach, als könnte sie die Runen lesen.

Nachdem wir uns ein Jahr kannten, verschwand der Talisman. Ich krempelte die Wohnung um, verschob die Möbel und lief den Weg zum Auto viermal ab. Als ich am selben Abend mit Val im Bett lag, sagte ich frustriert:

– Ich hätte nie gedacht, daß ich meinen Talisman verliere.

– So wichtig? fragte Val.

– Meine Eltern brachten ihn mir von einer Irlandreise mit. Er soll mich vor dem Bösen beschützen.

– Ich werde dich beschützen, sagte Val.

Ich beugte mich zu ihr und küßte sie. Noch war nichts geschehen.

– Vielleicht habe ich ihn ja irgendwo in deiner Wohnung vergessen, sagte ich, Könntest du mal schauen?

Val schüttelte den Kopf.

– Nicht nötig, sagte sie.

Wir sahen uns an. Val verschob die Bettdecke, so daß ihr Bauch freilag.

– Hier, leg mal deinen Kopf darauf.

Ich legte meinen Kopf auf ihren Bauch. Mir war mulmig zumute. Konnte sie schwanger sein?

– Hörst du ihn? fragte Val.

– Hör ich wen? fragte ich zurück.

Val lachte, ihr Bauch gluckste.

– Deinen Talisman, sagte sie.

Ich richtete mich wieder auf und sah sie an. Für einen Moment war ich mir sicher, daß sie ihn verschluckt hatte. Sie hatte sich meinen verdammten Talisman genommen und ihn verschluckt! Dann lachte Val. *Symbolik*, dachte ich, *es ist symbolisch gemeint. Sie hat einen Witz gemacht, das ist alles.*

– Ich bin dein neuer Talisman, sagte Val, Los, küß mich.

Ich küßte sie und spürte ihre Zähne an meiner Unterlippe.

Im Restaurant friert Val, obwohl ich ihr meinen Mantel um die Schultern gelegt habe und einige Leute nur im T-Shirt dasitzen. Wir sehen aus wie der Entführer und die Entführte. Mir ist Vals Zerbrechlichkeit zum ersten Mal peinlich. Wir essen schweigend und sehen kaum von unseren Tellern auf. Erst als Val an ihrem Kakao nippt, sagt sie:

– Den haben sie mit Wasser gemacht.

– Zeig mal.

Ich koste von ihrem Becher, verziehe das Gesicht.

– Gut, daß ich keinen bestellt habe.

– Kannst meinen haben, sagt sie.

– Deins ist deins, sage ich.

– Und meins ist meins, setzt sie das Spiel fort.

Ich möchte heulen, als ich das höre.

– Und unsers, sage ich.

– Ist unsers, sagt sie und nimmt mir den Becher wieder weg.

Es war diese eine Nacht, in der ich Herzrasen bekam, die unsere Beziehung beinahe beendet hätte. Man kann mich nicht aus dem Schlaf reißen, anschreien und fragen, wer zum Teufel ich bin. Mir macht das eine Heidenangst. Wenn man glaubt, einen Menschen auch nur ansatzweise zu kennen, dann kann solch ein Moment einen aus der Bahn werfen. Als Val losschrie, hob ich meine Arme zum Schutz. Ein Schlag traf mich an der Schulter, ein anderer ging an meinem Ohr vorbei. Es gelang mir, Val an den Handgelenken zu packen. Ihr Knie traf meinen Oberschenkel, sie hatte auf meine Hoden gezielt. Dann schrie sie plötzlich, hoch und schrill. Sie schrie, sie würde sich das nicht gefallen lassen. Nicht in ihrem Bett, nicht in ihrer Wohnung.

Mir fiel dazu nichts ein, wir waren bei mir.

Val sprang auf und rannte aus dem Schlafzimmer. Ich war so perplex, daß ich einfach sitzen blieb und ihr hinterhersah.

Ich hörte Geräusche aus der Küche, Schubladen wurden

aufgezogen, Besteck klimperte. Ja, ich sah es direkt vor mir – jeden Moment würde sie hereinkommen, um mit einem Tranchiermesser auf mich einzustechen. Ohne lange zu überlegen, stand ich auf und ging zu meinen Sachen. Val und ich schliefen immer nackt, ihre Kleidung lag auf dem Stuhl über meiner. Ich warf sie hinunter und war innerhalb von Sekunden angezogen.

Val kam nicht aus der Küche.

Ich stand mit dem Rücken zum Fenster und wartete.

Val kam nicht.

Ich fand sie am Küchentisch. Sie hatte einen Becher vor sich stehen. Der Instantkaffee hatte sich in dem kalten Wasser nicht aufgelöst und schwamm in schwarzen Klumpen auf der Oberfläche.

– Wieso hast du dir meinen Pulli um den Arm gewickelt? fragte mich Val und gähnte.

Ich sah auf meinen Arm, schüttelte den Pullover ab und wischte über mein Gesicht, als wäre ich verwirrt.

– Konntest du nicht schlafen? fragte sie.

– Es geht. Und du?

– Ich bin noch nicht müde. Ich wollte noch ein wenig lesen.

Sie schaute auf den Tisch, als ob da ein Buch liegen würde.

– Und? fragte ich, Wie ist das Buch?

– Unmöglich, antwortete sie und nahm einen Schluck aus ihrem Becher.

Ich sah die Kaffeekrümel auf ihrer Oberlippe, und ich sah die Kaffeekrümel auf ihren Zähnen, als sie mich fragte, ob wir nicht wieder ins Bett gehen wollten.

Ich wich einen Schritt zurück. Das letzte, was ich wollte, war, jetzt mit Val ins Bett zu gehen.

– Ich . . . ich brauch ein wenig Luft, ich werde spazierengehen.

– Jetzt?

– Jetzt.

– Mach das, sagte Val, ich lese noch eine Weile.

Und wieder sah sie auf die Tischplatte, und ich grinste dämlich und beeilte mich, aus der Wohnung zu kommen.

Zwei Stunden später war ich auf dem Rückweg und mir sicher, daß es ein Mißverständnis gewesen sein mußte. Vielleicht war ich es, der halluziniert hatte. Alles war möglich. Ich lachte, schüttelte den Kopf, konnte aber diese Kaffeekrümel nicht vergessen. Sie erschreckten mich am meisten. Mehr noch als das unsichtbare Buch.

Bei meiner Rückkehr in die Wohnung war Val am Küchentisch eingeschlafen. Ich nahm sie auf den Arm und trug sie ins Bett.

Danach schloß ich mich im Bad ein und durchsuchte ihr Kosmetiktäschchen. Damals wußte ich nichts von ihrer Krankheit, ich war völlig ahnungslos.

Die Pillen waren in einer blauen Verpackung. Kein Beipackzettel, nur ein paar Pillen in Folie. Ich stand da, hielt sie in der Hand und versuchte, mir ihren Namen zu merken.

Am Morgen hatte ich ihn vergessen.

– Ich will nicht mehr hinten sitzen.

Val steigt vorne ein und kramt sofort in den CDs. Sie pickt Greg Keelor heraus, *Gone*, während ich von der Raststätte fahre, beide Hände fest am Lenkrad und übertrieben konzentriert. Vals Blicke streifen mich, ich spüre es und nehme die Augen nicht von der Straße. Ich kann noch nicht reden.

– Möchtest du nicht wissen, was passiert ist? fragt Val.

– Noch nicht, sage ich.

Wir schweigen, und als Val unruhig wird, frage ich:

– Schmerzen?

Sie nickt.

–Vielleicht solltest du deine Pillen nehmen, schlage ich vor.

– Ja, vielleicht.

Sie greift nach hinten, um die Schachtel aus ihrem Rucksack zu kramen. Sie drückt sich zwei Pillen in die Handfläche.

– Eine reicht nicht?

–Wenn eine reichen würde, würde ich eine nehmen, antwortet Val und legt sich die Pillen hinten auf die Zunge. Ich beobachte sie dabei aus den Augenwinkeln, beobachte diesen kurzen Moment, der mir inzwischen so vertraut ist.

Nachdem ich Vals Medikament entdeckt hatte, war mir nicht klar, worauf ich da eigentlich gestoßen war. Also stellte ich sie zur Rede und hörte mir ihre Erklärung an: Migräne und schlimme Schmerzen während der Regel. Das reichte mir nicht. Ich lieh mir für einen Nachmittag die blaue Verpackung aus ihrem Kosmetiktäschchen.

Eine Apothekerin fand mich indiskret und lehnte jedwede Auskunft ab. Sie fragte mich, woher ich das Medikament hätte und ob ich denn wüßte, daß ich mich strafbar machte.

– Womit? fragte ich, und sie sah mich nur an, als würde ich bluffen.

In der vierten Apotheke kam ich einen Schritt weiter.

– Neu, sagte der Apotheker, Kenn ich noch nicht.

– Und was genau ist es?

Er drehte die Pillenverpackung in den Händen, als würde irgendwo eine Erklärung stehen, was genau das für Pillen waren.

– Ein Anti-Epileptikum, sagte er und gab sie mir zurück, Noch nicht auf dem Markt, verstehen Sie?

Ich verstand, dennoch konnte ich damit nicht viel anfangen. Wie kam Val an ein Medikament, das es noch nicht zu kaufen gab?

Dann wechselte die Marke. Das alles geschah in einem Zeitraum von vier Monaten. Zu der einen blauen Pillenpakkung kamen drei andere hinzu. Rot, orange, grün. Die gesamte Kollektion landete nicht in Vals Kosmetiktäschchen. Die alten Packungen verschwanden und wurden durch neue ersetzt. Ich blieb dran. Wenn ich einmal mißtrauisch bin, lege ich das nur schwer wieder ab.

Eines Abends durchsuchte ich Vals Wohnung, bevor sie von der Uni nach Hause kam. Ihr Vorrat war in einer Schublade unter Briefen und Photos versteckt. Ich fand sechzehn verschiedene Pillensorten, bei allen fehlte der Beipackzettel. Es waren einfach nur Pillen mit verschiedenen Namen in farbigen Folien. Der Großteil war nicht aufgebraucht.

Ich konnte Val nicht darauf ansprechen. Ich wußte, sie würde mich beschuldigen, ihr hinterherzuschnüffeln. Auf keinen Fall wollte ich ihr das Gefühl geben, mißtrauisch zu sein. Am liebsten wäre es mir gewesen, sie hätte das Problem von sich aus angesprochen. Wir verstanden uns gut, es gab keine Reibungen. Seit der einen Nacht schien es uns sogar besser zu gehen. Ich hatte keine Ahnung, wie ich an sie herankommen sollte.

Also hielt ich den Mund und versuchte herauszufinden, was Val mit Hilfe der Pillen ausbalancieren wollte. Denn – so sah ich es – Val nahm diese Medikamente, um ein Gleichgewicht in sich zu schaffen. Die Frage war, was das Gleichgewicht gestört haben konnte.

Es muß meine romantische Ader gewesen sein, die mich so denken ließ. Das und der Wunsch, daß Val die richtige Frau für mich ist und von mir gerettet werden muß.

Zwei Tage später stahl ich aus dem Kosmetiktäschchen zwei Pillen und schluckte sie mit einem Glas Wasser. Am selben Tag verstand ich ein wenig, warum Val war, wie sie war, und stellte sie zur Rede.

Val zieht die Beine an und legt ihren Kopf in meinen Schoß. Nachdem ich meinen Sitz etwas zurückgeschoben habe, ist es auch für mich bequem. Sie hat nicht gefragt, wohin wir unterwegs sind; und ich denke nicht daran, es ihr zu erzählen. Wir bewegen uns geschickt aneinander vorbei.

In solchen Momenten der Ruhe wünsche ich mir einfach nur weiterzufahren. Ich will nicht, daß es hell wird, ich will nicht, daß die Autobahn endet oder Val erwacht. Ein Tank, der sich nicht leert, ein Mond, der nie verschwindet.

Ich streiche über Vals Kopf, spüre ihre tiefen Atemzüge durch den Stoff meiner Jeans. Noch vor einem Monat wäre ich an den Straßenrand gefahren, oder Val hätte meine Hose während der Fahrt aufgeknöpft.

Ich wische mir über die Augen und wechsle die CD. Eels, *Souljacker* – passender geht es nicht. Ich schaue kurz nach rechts, wo sich die fahlen Lichter einer Stadt aus der Dunkelheit schälen. Braunschweig zieht vorbei, die Eels singen *That's the last time I cry*, und Berlin kommt viel zu schnell näher.

2

Es ist vier Uhr morgens, als ich auf einem markierten Behindertenparkplatz halte und den Motor laufen lasse. Berlin scheint ausgestorben zu sein. Weiter vorne warten drei Taxen an einer Haltesäule, kein Fußgänger ist zu sehen. Die Ampel an der Kreuzung steht auf Rot.

Val bewegt sich unruhig im Schlaf. Ihr Kopf liegt noch immer auf meinem Schoß, er ist warm und schwer. Als ich ihr über den Rücken streichle, spüre ich ihre Schulterblätter. Val muß in den letzten Tagen wenig gegessen haben, ich kann jede einzelne Rippe fühlen.

Ich sehe auf die Ampel und warte, daß sie umschaltet. Zehn Minuten vergehen, die Ampel bleibt auf Rot, ich warte weiter. Einige Meter entfernt hängt ein Straßenplan hinter einer beleuchteten Glasscheibe. Ich will nicht aussteigen und ihn mir ansehen. Ich will die Augen schließen, und wenn ich erwache, sind wir wieder bei Val in der Wohnung, und nichts hat sich verändert. Das Licht am Morgen, der Geruch von Schlaf.

Vorsichtig schiebe ich Val auf ihren Sitz zurück. Ich erwarte, daß sie erwacht, doch sie schläft weiter.

Draußen ist es weit unter null Grad, die Straße und der Bürgersteig haben diese trockene Härte, die es nur im Winter gibt. Es fehlt Schnee, mit Schnee läßt sich die Kälte ertragen. Ich ziehe die Schultern hoch und schiebe die Hände tief in die Hosentaschen. Das vorderste Taxi verläßt beinahe lautlos die Haltestelle und überquert die Kreuzung bei Rot.

Ich bleibe vor dem Stadtplan stehen. Das Papier ist an einem Ende feucht und gewellt. Eine Spinne muß sich vor Ewigkeiten hinters Glas geschlichen haben und hängt vertrocknet über der Clayallee. Ich stampfe ein paarmal auf der Stelle, um warm zu werden. Nach einigem Suchen finde ich die richtige Straße und kritzle mir den Weg mit klammen Fingern auf einen Zettel. Mein Gekritzel erinnert an die Zeichnung eines Kleinkindes, das dringend auf die Toilette muß. Ich laufe zum Wagen zurück und steige ein. Val schläft noch immer. Ich lege den Gang ein und parke aus. Nachdem ich etwa zwei Minuten an der Ampel gewartet habe, fahre ich zögernd bei Rot über die Kreuzung. Ich könnte wetten, daß einer der Taxifahrer lacht. Ich weiß nicht, warum ich so feige bin. Ich weiß nicht, was mir nach heute nacht noch passieren könnte.

– Du hast *was?*

– Ich habe deine Pillen ausprobiert.

– Von meinen ... du hast ... von meinen ... Du meinst *meine Pillen?*

– Aus deinem Kosmetiktäschchen, ja.

– Spinnst du völlig?

– Ich wollte wissen, wie sie wirken.

Sie sah mich an, als ob ich ein Vollidiot wäre.

– Meine Pillen? Aus meinem ...

Sie rannte ins Bad, kam mit der Pillenpackung zurück.

– Zwei! Du hast *zwei* genommen?

– Das habe ich doch gesagt.

– *Du nimmst zwei von meinen Pillen? Spinnst du völlig?*

– Mach doch nicht so ein Ding daraus, ich wollte doch nur wissen, wie sie wirken. Ich wollte dich verstehen.

– Scheiße, niemand hat gesagt, daß du mich verstehen sollst. Bist du mein Therapeut? Los, raus mit dir!

– Was?

– Verschwinde aus meiner Wohnung. Das klappt nicht mit uns, ich will dich nicht mehr sehen, los, geh endlich!

Sie wandte sich ab, stand mit dem Rücken zu mir, ihre Schultern hoben und senkten sich unter schweren Atemzügen.

– Val, hör mal, mach keinen Quatsch.

Ich legte meine Hände auf ihre Schultern, sie hörte auf zu atmen.

– Hör mal, es tut mir leid.

– Wie konntest du nur?

– Ich mach es auch nicht wieder.

– Das sind *meine* Pillen, Marek, das sind nicht *deine* Pillen.

– Ich weiß.

– Zwei Stück, du spinnst völlig. Ich ...

Sie drehte sich um. Ihr Blick war kalt und voller Wut, als sie sagte:

– Ich will dich erst mal nicht sehen. Ich muß über alles nachdenken. Verlaß bitte meine Wohnung.

Ich ging zur Tür und zog mir die Schuhe an.

– Ich ruf dich an, ja?

– ...

– Es tut mir leid

Sie hatte sich wieder abgewandt. Ich stand vor der Wohnungstür und wartete, sie drehte sich nicht um, also ging ich. Zehn Minuten später war ich wieder da, schloß die Tür auf und trat ein.

– Es tut mir leid, Val, ich kann so nicht gehen, ich kann einfach nicht.

Keine Reaktion. Ich stand im Flur und hatte das Gefühl, daß Val gar nicht mehr in der Wohnung war.

– Hallo? Es ...

Sie saß auf dem Boden vor dem Fernseher und schaute eine Sitcom. Auf ihrem Gesicht war ein nettes Lächeln, sie hatte Spaß an den Gags.

– He? sagte ich.

Val sah mich an, und ihr Lächeln wurde breiter. Sie freute sich eindeutig, mich zu sehen. Ich ging in die Knie und schloß sie in die Arme.

– Es tut mir leid, Val.

– Mach das nie wieder, sagte sie in mein Ohr.

– Nie wieder, sagte ich.

– Geschworen?

– Geschworen.

Sie strich mir über den Nacken, und ich war so erleichtert, daß ich für eine Weile nicht mehr versuchte, hinter ihr Geheimnis zu kommen.

Das Haus liegt in Zehlendorf zwischen einer Kirche und einem Koloß von einem Bungalow. Es hat zwei Stockwerke, grüne Fensterläden und ein ausgebautes Dachgeschoß. Aus dem ersten Stock blinkt einer dieser Weihnachtssterne, die der Alptraum eines jeden Epileptikers sind. Das bunte Licht reflektiert sich flackernd in den nahestehenden Bäumen.

Ich parke auf der gegenüberliegenden Straßenseite und höre auf das Ticken des abkühlenden Motors. Ich will nicht, daß Val wach wird und sieht, wohin ich sie gebracht habe. Dennoch zögere ich den Moment hinaus und lausche in die Stille. Schließlich gebe ich mir einen Ruck und steige aus, nehme meinen Mantel aus dem Kofferraum und überquere die Straße.

Das Gartentor ist nicht verschlossen, eine Lampe über der Tür geht an, als ich über die Steinplatten laufe und vom Bewegungsmelder erfaßt werde.

Das erste Mal zögere ich beim Klingeln, das zweite Mal klingle ich entschlossen und ein drittes Mal bringe ich einfach nicht über mich. Ich sage mir, entweder kommt jetzt jemand oder - - - *Was auch immer.*

Es dauert vielleicht eine Minute, bevor im Erdgeschoß ein Licht angeht. Als sich die Haustür öffnet, versuche ich zu lächeln.

– Ja, bitte?

Die Frau trägt einen Pullover über ihrem Schlafanzug, die Füße stecken in Wollsocken, ihr Haar ist durcheinander. Eine rote Falte zieht sich über ihre linke Wange. Sie muß Mitte vierzig sein. Es ist offensichtlich, daß ich sie geweckt habe.

– Entschuldigen Sie, daß ich so spät hier auftauche. Ich bin Marek.

Die Frau sieht nervös an mir vorbei, dann fixiert sie mich wieder.

– Und ich habe ein Problem, wegen dem - - -

– *Wer* sind Sie? unterbricht sie mich.

– Marek. Marek Wolters. Ich ... ich bin wegen Val hier, sie - - -

– Wegen wem?

– Val, Valerie. Sie steckt in einer Krise, und ich dachte - - -

– Ich kenne keine Valerie.

Sie hat mich jetzt zum dritten Mal unterbrochen, ihre Stirn gerunzelt und dabei immer ruhig gesprochen und kein einziges Mal geblinzelt. Ich spüre, wie mir der Schweiß ausbricht.

– Sie ... sie sind doch Doris Sarstedt?

– Das ist richtig.

– Ich spreche von ihrer Tochter Valerie. Val, verstehen Sie?

Die Frau schüttelt den Kopf, dann sagt sie betont langsam:

– Ich kann ihnen gerne *meine* zwei Kinder vorstellen, aber sie schlafen beide, deswegen müssen Sie mir einfach glauben, daß es unter ihnen keine einzige Val oder Valerie gibt. Sie haben an der falschen Tür geklingelt.

Sie lächelt entschuldigend. Noch immer kein Blinzeln.

– Doris Sarstedt? sage ich.

– Doris Sarstedt, sagt sie.

Ich wende mich ab und gehe zum Wagen zurück. Val schläft noch immer. Ihre Stirn ist gegen das Fenster gedrückt, der Mund ein wenig geöffnet. Vorsichtig ziehe ich die Beifahrertür auf und hebe Val vom Sitz. Sie ist leicht, fast ohne Gewicht.

– He, Val?

Sie reagiert nicht, also trage ich sie auf den Armen zum Haus. Die Tür ist längst wieder geschlossen, das Licht im Erdgeschoß brennt aber noch. Ich trete mit dem Fuß auf den Klingelknopf. Alles oder nichts.

– Ich habe Ihnen doch gesagt - - -

Die Frau bricht mitten im Satz ab. Sie hat die Tür aufgerissen und für einen Moment sah ich, daß sie kurz davor war, mir eine zu verpassen. Eine Löwin, die ihre Höhle verteidigt. Vals Anblick hat sie zum Schweigen gebracht.

– Wollen Sie noch immer behaupten, daß Sie sie nicht kennen? frage ich.

Ihre Augen wandern von Val zu mir, dann zu Val zurück. Die Frau öffnet den Mund, schließt ihn wieder. Sie sieht plötzlich traurig aus.

– Tut mir leid, sagt sie leise, Vielleicht sollten Sie Ihre Freundin lieber in ein Krankenhaus bringen.

Bevor ich darauf reagieren kann, bewegt sich Val. Sie drückt ihren Kopf an meine Brust, das helle Licht über der Haustür stört sie. Dann blinzelt sie, sieht mich an und sagt:

– Hi.

– Hi, antworte ich.

– Was machen wir . . .

Val verstummt, dreht den Kopf und schaut die Frau an. Ich bin bereit für alles. Ich bin bereit für Tränen und pompöse Geigenmusik; ich bin nicht darauf vorbereitet, daß Val sich die Hand vors Gesicht schlägt und sagt:

– O mein Gott, ist das peinlich.

Zehn Minuten später halten wir auf dem Parkplatz eines McDonald's. Ich bin am Kochen. Ich bin so sehr am Kochen, daß ich Hitze abstrahle.

– Wie konntest du mich nur so verarschen? frage ich sie, Wie konntest du mich nur so gnadenlos verarschen? Ich bin ...

Ich schaue auf die Kilometeranzeige.

– ... fast dreihundert Kilometer gefahren, damit du mich verarschst, sehe ich das falsch? Tickst du noch ganz richtig?

Val sitzt gegen die Beifahrertür gepreßt und kaut an einem Fingernagel. Ich will ihr auf die Hand schlagen. Ich will, daß sie sich auf mich konzentriert und aufhört, aus dem Fenster zu sehen.

– Wer ist sie? frage ich.

– Eine Bekannte.

– Eine Bekannte von wem?

– Eine Bekannte meines Onkels. Er hatte mal eine Affäre mit ihr, ich kenne sie nur vom Photo.

– Und hast dir ihren Namen gemerkt?

– Und hab mir ihren Namen gemerkt, ja und?

Ich muß mich verhört haben.

– Was hast du eben gesagt?

– *Ja und* habe ich gesagt. Was regst du dich so auf? Sollte das eine Überraschung werden oder was? Denkst du, du kannst mich abschleppen und nach Berlin verfrachten, als wäre ich Mastvieh? Warte, wenn das Greenpeace erfährt.

Sie lacht nicht, ich lache nicht, niemand lacht über diesen Schwachsinn.

– Val, sage ich und versuche mich zu beruhigen, Val, bitte, du hast mir erzählt, sie wäre deine Mutter. Ich ... ich wußte nicht weiter und dachte, deine Mutter könnte dir vielleicht - - -

– Scheiß auf meine Mutter, unterbricht mich Val und wendet sich mir endlich zu, Es tut mir leid, okay? Ich habe Mist gebaut, ich habe Mist gebaut, und ich habe Mist gebaut. Ich entschuldige mich, ja? Sei jetzt bitte wieder lieb, es tut mir leid, hörst du?

Ihre Hand legt sich auf mein Knie.

– Laß uns nach Hause fahren.

Sie sagt es mit einem Lächeln und rutscht näher, küßt meinen Hals, schmiegt sich an mich, küßt meinen Mund.

– Laß uns zu mir fahren, dann massiere ich dich und wir ... Was ist, was guckst du so?

Ich glaube es nicht. Ich sehe sie an und glaube es nicht.

– Val, sage ich betont langsam, Bei dir zu Hause liegt eine verdammte Leiche im Badezimmer, hast du das vergessen?

– Oh ...

Ihre Hand verschwindet von meinem Knie.

– *Oh* ist alles, was dir dazu einfällt? hake ich nach.

Val starrt erneut aus dem Fenster und kaut am nächsten Fingernagel.

– Du hättest mich nicht anlügen sollen, sage ich leise und habe keine Ahnung, was ich als Nächstes tun soll. Es ist früher Morgen in Berlin, und die vergangene Nacht kommt mir vor wie ein gefährliches Tier, das immer näher schleicht. Ich dachte, wir könnten sie hinter uns lassen. Ich weiß jetzt, daß ich einen Fehler gemacht habe. Ich habe absolut falsch reagiert. Ich hätte einfach allein verschwinden sollen. *Bestimmte Fehler macht man im Leben nur einmal*, dachte ich immer. Ich habe dazugelernt. Man macht sie andauernd, und sich im nachhinein darüber aufzuregen, ist absolut kindisch.

Ich wollte Val überraschen. Wir waren zwar am späten Abend verabredet, da ich aber in der Nähe ihrer Wohnung einen Termin hatte, wollte ich kurz vorbeischauen. Val hatte Besuch von einer alten Freundin aus Oldenburg, und ich war neugierig, jemanden aus ihrer Vergangenheit kennenzulernen. Ich besorgte uns belegte Bagels und Brownies.

Die Tüte in der einen Hand, schloß ich mit der anderen die Wohnungstür auf und wurde von der Kette gebremst.

– Was tust du denn hier?

Vals Gesicht war im Türspalt aufgetaucht. Sie wirkte nicht erschrocken, sie wirkte gehetzt.

– Ich ... ich war in der Gegend. Ich dachte, ich schau mal vorbei, bevor ihr ins Kino geht, stammelte ich. Es brachte mich durcheinander, daß sie die Kette vorgelegt hatte. Ich fühlte mich, als hätte ich versucht, in ihre Wohnung zu schleichen.

– Theater, sagte sie.

– Was?

– Wir gehen ins Theater.

– Oh.

Pause. Da standen wir. Ich mit meiner Papiertüte, sie mit ihren gehetzten Augen. Es war der richtige Moment, um sie zu fragen, weshalb sie die Kette vorgelegt hatte. Bevor ich etwas sagen konnte, drückte Val die Tür zu. Ich wartete. Nach einer Weile klimperte die Kette, und die Tür öffnete sich.

Val hängte sich an mich, ihr ganzes Gewicht lastete für Sekunden an meinem Hals. Ich war mir sicher, daß sie zu viele von ihren Pillen genommen hatte. Sie löste sich von mir und ging durch den Flur in ihre Wohnung. Ich folgte verwirrt und sagte:

– Ich habe Bagels mitgebracht, ich dachte, ihr habt vielleicht noch nicht ...

Über einem der Stühle hing ein Mantel. Auf dem Tisch

lagen Zeitschriften, eine Zigarettenschachtel und ein Aschenbecher. Wir waren alleine im Wohnzimmer. Val lehnte sich gegen den Tisch und verschränkte die Arme vor der Brust.

– Stör ich?

Sie hob die Schultern und wich meinem Blick aus. Ihr Haar war durcheinander, das Kinn zitterte. Sie wirkte wie jemand, der den Zug verpaßt hatte, nachdem er den Bus verpaßt hatte, nachdem ihm das Auto unter dem Hintern weggestohlen worden war.

– Was ist hier los, Val? fragte ich.

Keine Reaktion. Ich folgte ihrem Blick. Val sah die Badezimmertür an und machte keinen Versuch, mich aufzuhalten. Die Tür war nur angelehnt. Ich drückte sie auf, starrte einen langen Moment in die Dunkelheit, ohne etwas zu erkennen. Ich hasse es, einen dunklen Raum zu betreten. Zögernd legte ich den Lichtschalter um.

Die Frau war in die Nische zwischen Toilette und Badewanne gepreßt. Sie wirkte klein und kompakt. Ich konnte ihr Gesicht nicht sehen, es war zwischen den Knien vergraben. Ich sah nur ihre Hände, die schützend über dem Kopf lagen. An der einen Hand fehlten zwei Finger. Ihr nackter Körper war blutverschmiert und das blonde Haar schimmerte an einigen Stellen feucht. Mehrere Blutfäden vereinigten sich unter der Toilette zu einer dunklen Pfütze.

– Ist ... ist sie tot? fragte Val leise hinter mir.

Ich löschte das Licht wieder und zog die Tür zu.

Val hatte sich nicht von der Stelle gerührt. Nur ihre Arme waren nicht mehr vor der Brust verschränkt. Sie hatte sie um sich gelegt, als würde sie frieren.

Ich lehnte mich mit dem Rücken gegen die Tür und rutschte an ihr herunter, bis ich in der Hocke war. Wir sahen uns an, Val wich meinem Blick aus, und ich sagte:

– Val, was ist passiert?

VAL

1

Es begann mit einer Mischung aus Streß, wenig Schlaf und einer Menge Dope. Miguel brachte das Dope in Platten gepreßt aus Tunesien mit. Er überquerte die Grenze mit einer LP-Kollektion im Gepäck und wies sich als DJ aus. Bei der Ausreise waren anstatt Vinyl feine Platten aus Dope in den Hüllen. Das Zeug war so weich, daß wir es zu kleinen Tieren kneteten und diese über Tisch und Sofa laufen ließen. Wir buken Kekse, wir rösteten es in Butter und Kakao und gossen Milch darüber – das magische Getränk der Azteken. Dazu rauchten wir einen Joint nach dem anderen und hofften, ins Guinness-Buch der Rekorde zu kommen. Wir dachten uns, wer sich drei Wochen lang jeden Tag alle zwei Stunden einen dreht, der muß rekordverdächtig sein.

Bernie stieg am fünften Tag aus. Er verschwand im Morgengrauen und ließ seine Klamotten und den Wagen zurück. Einen himmelblauen Datsun mit einem roten Stern auf der Motorhaube. Wir hörten nie wieder was von Bernie. Mich haute es zwei Tage später um. Zwischen Rumhängen, Musik und trägem Sex warf ich immer wieder Aufputschmittel ein, da ich keine Minute versäumen wollte. Darum ging es doch – nichts zu versäumen, auf keinen Fall, keine Sekunde. Schlaf war was für Tote.

Jenni und Mirko waren dabei, Asta und Gerd, Didi natürlich auch. Und dann noch Fabienne, die aus Frankreich kam und kein Wort Deutsch verstand. Wir hingen bei Julian herum. Seine Eltern tourten für einen Monat durch die Karibik, während wir ihre Bar leerten und ihnen alles wegfraßen, was sie in der Kühltruhe hatten.

Ich war neunzehn, die Schule lag seit einem Jahr hinter mir, und das Studium interessierte mich kein Stück. Ich fühlte mich lebendig wie nie zuvor und war froh, kein Mann zu sein. Der Gedanke, daß mich die Bundeswehr einsackte oder ich irgendeinen Zivildienst absolvieren mußte – das wäre mein Ende gewesen. Ich war frei und wollte niemandem etwas von meiner Freiheit schenken. Zwar lebte ich offiziell noch zu Hause, doch dort interessierte es niemanden, wo ich mich herumtrieb. Mit meinen Eltern lief es noch nie gut, und ich sah keinen Grund, diesen Zustand nach fast zwanzig Jahren zu verändern. Für sie war wichtig, daß ich mich regelmäßig meldete. Während für mich nur zählte, der Polizei nicht in die Finger zu geraten und zweimal in der Woche in Astas CD-Laden zu jobben, um ein wenig Geld reinzuholen. Damit hielt ich mich über Wasser. Ich wollte das ein paar Jahre lang durchziehen, und dann würde schon was Neues passieren. Es passiert ja immer was Neues.

Der achte Tag warf mich aus der Bahn.

Wir hatten beschlossen, nach Hamburg zu fahren und nahmen Bernies Wagen. Asta saß am Steuer, ich lungerte mit Mirko, Jenni und Gerd hinten herum, während Didi vorne saß und Fabienne auf dem Schoß hatte. Die Musik dröhnte, der Wind fetzte durch den Wagen. Es war Sommer, die Welt drehte sich von allein, und immer wieder griffen uns Mirko und Gerd an die Brüste, und wir wußten nie, welche Hand wem gehörte. Luscious Jackson hämmerte durch das Auto, Fabienne sang falsch mit, und Asta hupte, sobald er überholt wurde, weswegen wir alle paar Minuten in schrilles Lachen ausbrachen.

In Hamburg verlor ich sie.

Wir waren höchstens eine halbe Stunde in der Stadt, als

ich auf die Idee kam, Pommes zu kaufen. »Wir warten hier«, sagte Mirko und zeigte auf eine Bushaltestelle. Als ich mit vier Portionen Pommes den Imbiß verließ, war die Truppe verschwunden. Es war völlig absurd. Ich wußte, daß ich nicht gerade fit war, ich hatte in den letzten Tagen vielleicht fünf Stunden geschlafen, dennoch war es absurd, meine Clique mitten in Hamburg zu verlieren.

Zum Glück hatte ich beim Aussteigen instinktiv meinen Rucksack mitgenommen. Die anderen fanden das bestimmt nicht witzig. In dem Rucksack befand sich unser gesamter Reiseproviant – zwei feingefaltete Platten Dope.

Ich lief einfach drauflos, hielt immer wieder an, um mir einen zu drehen, glaubte mehrere Male, den himmelblauen Datsun zu sehen, rauchte im Gehen, aß die Pommes, fluchte vor mich hin, drehte und rauchte und drehte, bis ich irgendwann in der Innenstadt stand und an einer Kirche hochsah. Die Pommes waren alle, das Innere meines Mundes pelzig. Die Kirchturmuhr zeigte halb neun. Ich wischte mir über die Augen. Die Zeit blieb dieselbe. Ich war doch ernsthaft sieben Stunden durch Hamburg gerannt und hatte eine Million Joints geraucht und meine Leute dennoch nicht gefunden.

Jetzt erst kam ich auf die Idee, Jenni auf ihrem Handy anzurufen.

Die Telefonzelle stand an einer Kreuzung und hatte kein Plexiglas in der Tür. Ich mußte mir ein Ohr zuhalten, um das Klingelzeichen über dem Verkehrslärm zu hören. Es klappte nicht. Irgendwie wählte ich Jennis Nummer andauernd falsch oder bekam keine Verbindung. Also rief ich bei Julian zu Hause an und erzählte ihm, daß ich in Hamburg festhing und die anderen nicht finden konnte, und ob er Jennis Handynummer hätte. Julian antwortete, die anderen wären längst zurück.

– Was?

– Sind zurück, verstehst du?

– *Was?*

Von Hamburg nach Oldenburg sind es vielleicht zwei Stunden. Ich brauchte eine Weile, bis ich begriff, daß mich meine guten Freunde vergessen hatten. Mensch, war ich wütend. Asta kam ans Telefon und konnte vor Lachen kaum reden.

– Was machst du in Hamburg? brachte er schließlich hervor.

– HOL MICH HIER RAUS! schrie ich ihn an.

Asta reichte den Hörer an Fabienne weiter, die verstand natürlich kein Wort, quasselte irgend etwas Französisches vor sich hin und fing an zu heulen, weil ich sie ankeifte, sie sollte Asta wieder ans Telefon holen. Da mußte ich heulen und legte auf und drehte mir noch einen, um mich zu beruhigen. Ein Mann wollte in die Telefonzelle. Er stand für eine Weile einfach nur vor der Tür, während ich den Griff festhielt und meinen Joint wegpaffte. Der Mann hätte durch das fehlende Glas steigen können, aber auf die Idee kam er nicht. Nach ein paar Minuten zog er ab, und ich rief ein zweites Mal bei Julian durch. Es war besetzt.

Ich versuchte es die nächste Stunde an die hundert Mal. Nichts. Später erfuhr ich, daß Fabienne den Hörer vor lauter Panik nicht aufgelegt hatte.

Ich begann durch Hamburg zu irren, kaufte an einem Kiosk Tabak und Blättchen und nahm Kurs auf die U-Bahn. Ich wollte zum Hauptbahnhof und den ersten Zug nach Oldenburg nehmen. Wenn ich Glück hatte, würden mich Asta oder Jenni abholen.

Ich fuhr mit der Rolltreppe nach unten, die Lichter um mich herum waren grell, und es stank nach Bier und Urin. Unter einer Plakatwand saß ein Mann auf dem Boden. Er spielte Gitarre und sang dazu russische Lieder. Vor seinen Füßen lagen in einem Hut ein paar Münzen und eine graue

Taubenfeder. Ich wollte ihm einen Joint reinwerfen, nur um sein überraschtes Gesicht zu sehen, dann dachte ich aber, das ist doch Verschwendung und zündete ihn mir lieber selber an.

So stand ich neben dem Fahrscheinautomaten und sah den Bahnsteig hinunter. Da warteten vielleicht zwanzig Leute. Der Hund eines Mädchens riß an seiner Leine, weil er sich einen Hund auf dem gegenüberliegenden Gleis schnappen wollte. Ich rauchte den Joint auf, schnippte ihn weg und schloß für einen Moment die Augen. Ich war müde, richtig müde und wollte nur noch nach Hause und mich ausschlafen.

Irgendwann da muß es passiert sein.

Erst hörte ich die Gitarrenmusik hinter mir, als würde jemand die Töne strecken. Die Melodie wurde langsamer und langsamer, bis sie meine Ohren wie zähe Flüssigkeit füllte. Ich öffnete die Augen und sah die U-Bahn einfahren, als würde sie auf Zeitlupe laufen. Auch auf dem Bahnsteig passierte es. Die Leute bewegten sich merkwürdig träge. Dann stand die U-Bahn still, die Türen glitten auf, und Leute stiegen aus. Es war, als würde man sie alle langsam aus einer Tube quetschen. Als wären sie zerbrechlich und über hundert Jahre alt und müßten vorsichtige Schritte machen, weil sonst ihre Knochen brachen.

Mir wurde schwindlig von dieser Langsamkeit. Ich lehnte mich gegen den Fahrscheinautomaten und spürte kalten Schweiß unter den Achseln. Das war der Moment, in dem ich sie sah. Zwischen all den träge vor sich hinschleichenden Leuten bewegten sich Männer und Frauen ganz normal. Sie stiegen aus, stiegen ein, verschwanden in der Menge, setzten sich auf die freien Plätze in der U-Bahn und ignorierten die Zeitlupe. Sie gehörten dazu und dann doch nicht.

Ich lachte los. Es ging nicht anders, es war so witzig.

Ein Mann sah zu mir rüber. Er war einer von den Schnellen. Er legte den Kopf schräg und sah mich an. Ich hielt mir hastig die Hand vor den Mund und hörte auf zu lachen. Der Mann nickte mir zu und stieg in die U-Bahn. Mehr weiß ich nicht.

Als ich das nächste Mal die Augen öffnete, lag ich auf dem Boden, und der Musiker fummelte an meinem Rucksack herum.

– He! rief ich.

Der Typ sprang zurück, schnappte sich Gitarre und Hut und verschwand über den Bahnsteig. Zwei Wachleute fragten mich, ob ich Hilfe bräuchte. Ich schüttelte den Kopf und kam auf die Beine. Mir war heiß, und als ich stand, spürte ich das Blut in meinen Schläfen pochen. Ich brauchte dringend frische Luft.

Oben erwartete mich eine andere Stadt. Für Sekunden stand ich fassungslos da. Alles wirkte so frisch, als hätte ein Sommerregen den Dreck von den Fassaden weggewaschen und den Häusern einen neuen Anstrich verpaßt. Nicht nur das hatte sich verändert – auch die Langsamkeit war verschwunden. Alles lief im üblichen Tempo. Aus offenen Fenstern drang Musik, Lachen war zu hören, das Leben pulsierte. Es lag ein Glanz auf den Straßen und Bürgersteigen, den ich noch nie gesehen hatte.

Ich hätte vor Freude beinahe getanzt.

Die Leute sahen mich an und lächelten. Ich begriff, woher das Wort *wohlwollend* kam. Niemand hetzte, niemand war laut, es war angenehm unter all diesen Fremden einfach nur ich zu sein.

In einem Park kam mir eine Frau mit einem Kind auf dem Arm entgegen.

– Ich weiß, daß es spät ist, sagte sie, Aber wenn wir nicht früh genug rausgehen, schlägt er mich.

– Wer? fragte ich.

– Halt mal.

Die Frau drückte mir das Kind in die Arme. Es war noch ein Baby. Es schlief und atmete wie eine Katze. Ich spürte das Schnurren durch die Decke hindurch.

– Das ist ein süßes Baby, sagte ich, doch die Frau war verschwunden.

Ich schaute um die Ecke. Nichts.

Erst kam Panik in mir auf, dann dachte ich, daß das alles zu einem Plan gehörte. Ich weiß nicht, woher ich den Gedanken hatte, aber ich begriff es ohne großes Nachdenken. So sollte es sein.

Mit dem Baby auf dem Arm setzte ich mich auf eine Parkbank und drehte mir einen Joint. Das Baby wurde wach und sah mich an. Ich hob es hoch, damit es aufrecht sitzen konnte, und blies ihm Rauch ins Gesicht.

Das Baby kniff die Augen zusammen und gab kein Geräusch von sich.

Vielleicht ist es stumm, dachte ich.

So saßen wir vielleicht eine Stunde einfach nur auf der Parkbank und sahen uns an. Ich begriff: Das Baby war weise, alle Babys waren weise. Und ich begriff auch, wenn ich mich darauf einließ, dann war in Wahrheit ich das Baby und nicht andersherum. Ich hatte mich selbst gefunden und liebte mich so sehr und war unglaublich glücklich. Dann beschloß ich, daß es an der Zeit war, Essen für das Baby zu besorgen.

– Du sollst mir ja nicht verhungern, sagte ich und küßte seine Stirn.

Die Pizzeria war ein Lieferservice mit einem Verkaufsfenster zur Straße. Ich sah auf die Karte an der Hauswand und überlegte, was so ein Baby wohl essen könnte, ohne gleich daran zu ersticken.

– Kann ich helfen?

Ich schrak zurück. Das Gesicht des Mädchens war voller Akne-Narben, der Mund groß und voll, die Augen brannten grün. Ich bekam einen trockenen Mund. Sie war das schönste Mädchen, das ich bisher gesehen hatte.

– Wow! sagte ich bewundernd.

Das Mädchen lächelte und wiederholte:

– Kann ich helfen?

– Das Baby braucht etwas zu essen, sagte ich entschuldigend.

– Welches Baby? fragte sie.

Ich sah auf meine Hände. Das Baby war weg. Ich hatte es doch tatsächlich auf der Parkbank vergessen. Ich versuchte mich zu erinnern, wo das gewesen war und wie das Baby ausgesehen hatte. Es fiel mir nicht ein.

– Nicht weinen, sagte das Mädchen und reichte mir eine Serviette.

Wir sahen uns an. Das Mädchen zwinkerte mir zu und wandte sich ab. Ich wußte, ich hatte zu gehen. Da war dieses Gefühl, einem Drehbuch gehorchen zu müssen. Irgendein Film aus den 70ern wurde gerade gedreht. Meine Rolle war, herauszufinden, was meine Rolle war.

Wie ich schließlich in das Restaurant kam, weiß ich nicht mehr. Ich versuchte, den Leuten an den Tischen zu erklären, daß sie ihr Besteck auch als Spiegel benutzen könnten.

– Damit seht ihr dann alles, sagte ich und hielt mir einen Löffel vor das Auge. Die Welt war verkehrt herum. Ein Kellner kam und packte mich am Arm. Ich hielt ihm eine Gabel entgegen. Ein zweiter Kellner packte mich, sie diskutierten. *Schnitt*. In der nächsten Einstellung saß ich an einem der Tische und trank Rotwein. Das Gesicht des Mannes kannte ich aus einer Fernsehserie. Er spielte immer diese dummen

Rollen – Männer, die außen hart und innen butterweich waren. Er sagte zu mir:

– Das geht nicht bei allen Löffeln.

Und ich antwortete:

– Ich kann Zeitlupe sehen.

Er lachte, und ich lachte, und dann saßen wir in einem Taxi. Die Bilder folgten rasend schnell hintereinander. *Schnitt. Schnitt. Schnitt.* Ich kann mich nicht an die genaue Reihenfolge erinnern. Ich weiß nur, wie sich das Haar des Taxifahrers angefühlt hat. Er muß Inder gewesen sein. Sein Haar war geölt und glitt mir durch die Finger, so daß ich es nicht richtig packen konnte. *Schnitt.* Dann der Asphalt. Der Asphalt fühlte sich hart an, viel härter als er aussah. Er erinnerte an den Rücken einer Kröte, die auf Flußsteinen hockt und jeden Moment ins Wasser springen kann. *Schnitt.* Irgendwo schrie ein Baby. Jemand hupte dreimal, aber niemand lachte. *Schnitt.* Eine Decke wurde um meine Schultern gelegt. Und zum Schluß lag ich auf einem Bett, und mein Mund war fusselig vom Reden. Eine kalte Schicht Speichel bedeckte meine Zunge, und ich konnte sie nicht runterschlucken. *Schnitt.* Ich schlief und schlief und schlief. *Schnitt.*

Als ich wieder wach wurde, war ich Insassin einer geschlossenen Anstalt am Stadtrand von Hamburg.

2

Außer meinen Eltern bekam ich keinen Besuch. Erst dachte ich, meine Clique hätte mich vergessen. Dann erzählte mir einer der Pfleger, daß niemand sonst zu mir durfte. Als ich meine Eltern darauf ansprach, sagten sie beinahe gleichzeitig: »Es ist zu deinem Besten«, und mir fehlte die Kraft zu argumentieren.

Mein Kopf war in diesen Wochen träge. Die Medikamente dämpften meine Reaktionen. Sie waren unsichtbare Schnüre, die jeden Gedanken und jede Geste umschlangen. Morgens und abends und nachts.

Tagsüber kamen andere Patienten zu mir. Sie hatten keine Namen. Sie waren verschiedene Gesichter mit den gleichen treibenden Gedanken dahinter. Sie hatten so viel zu erzählen, daß ich vom Zuhören berauscht wurde. Sie durchschauten die Naturgesetze, sie durchschauten den Tod und begriffen die Zusammenhänge der Elementarteilchen. Einige wußten von der Langsamkeit, sie sprachen von Spiegeln, die überall zu finden waren; einige glaubten, sie würden schlafen und nie mehr erwachen. »Alles ist nur ein Traum«, flüsterten sie und drückten mir Zettel in die Hand. Auf den Zetteln stand *Schlaf jetzt* oder *Schau dich um*. Ich gab ihnen die Zettel zurück. Sie schoben sie sich verstohlen in die Taschen ihrer Morgenmäntel und Jogginghosen und gingen weg – immer an den Wänden entlang, nie mitten durch den Flur.

Nach drei Wochen durfte ich in die offene Abteilung wechseln. »Es geht Ihnen besser«, wurde mir gesagt, »die Medikamente haben angeschlagen.« Ich war erleichtert, aus der Geschlossenen herauszukommen.

In diesen Tagen rauchte ich eine Zigarette nach der anderen und hatte keine Ahnung, warum ich in die Offene wechseln durfte. Ich fühlte mich nicht besser. Ich fühlte mich verloren und ohne Anhaltspunkt. Der Anhaltspunkt kam, als ich begriff, was mir passiert war. Ich hatte die Chance gehabt, die Welt zu sehen, wie sie wirklich war, und jetzt war die Chance verschwunden. Die Welt war nur noch glatt und starr. Farben und Gerüche fehlten. Von einem Tag auf den anderen fühlte ich mich alt und müde.

Dr. Lorrent wurde meine Ärztin und versprach, das unsichere Gefühl würde sich mit der Zeit legen. Ich müßte mehr Vertrauen zu mir selbst haben und die Finger von Drogen lassen. Als ich ihr erzählte, was in der U-Bahnstation passiert war, holte sie einen Kollegen. Sie wußten es nicht, aber ich beobachtete in einem Teelöffel, wie sie zu zweit im Türrahmen standen und sich besprachen. Ich hatte dazugelernt. Es war nicht schwer, mehr zu sehen als die anderen, das konnten sie mir mit keinem Medikament nehmen. Ich hörte, daß sie ihrem Kollegen von meinem U-Bahn-Abenteuer erzählte. Er nickte, schaute zu mir und unsere Blicke trafen sich im Löffel.

Von da an wußte ich, er war einer von den Schnellen, die taten, als wären sie langsam.

Nach der Geschlossenen sah ich Dr. Lorrent einmal am Tag in der Therapiestunde. Sie sprach mich mehrmals auf die U-Bahn-Szene an, und ich winkte ab und sagte, das wäre doch alles nur Unsinn gewesen.

– Ich muß so breit gewesen sein, das können Sie sich nicht vorstellen. Ich sah sogar, wie ein Pferd aus der Wand trat und den Bahnsteig vollkackte. Können Sie sich das vorstellen?

Ich lachte zu meinem Blödsinn. Dr. Lorrent lächelte dünn, als würde es sie überhaupt nicht interessieren, aber ich wußte, daß sie scharf auf die U-Bahn-Szene war. Sie fragte kein zweites Mal nach dem Baby oder dem Restaurant, sie wollte nichts über Spiegelungen wissen und warum ich versucht hatte, mich am Haar des Taxifahrers festzuhalten. Aber nach der U-Bahn-Szene fragte sie insgesamt achtmal. Ein Taubstummer hätte kapiert, daß da etwas dahintersteckte.

Ich war nicht taubstumm, ich war voller Neuroleptika und rauchte am Tag drei Schachteln. Es wurde Zeit, daß ich hier herauskam.

Meine Eltern versuchten, mich nach der Entlassung zu isolieren. Sie dachten daran, für eine Weile aufs Land zu ziehen – als ob Oldenburg nicht genug Land gewesen wäre. Ich wehrte mich dagegen. Ich würde in vier Monaten zwanzig, ich hatte meinen eigenen Weg zu gehen.

Mirko holte mich mit seinem Kombi ab und quartierte mich vorübergehend bei sich ein. Am Wochenende gab meinc Clique eine Party für mich, und ich fühlte mich mit einem Schlag nicht mehr alt und verbraucht. Die Energie floß in mich zurück. Ich erzählte meinen Leuten alles bis ins letzte Detail. Es überraschte mich, daß sie nicht überrascht waren. Zumindest nicht richtig. Sie nickten, als hätten sie das schon öfter gehört, und lachten an den richtigen Stellen, aber gewundert haben sie sich keine Sekunde.

– Jeder hat seinen Trip, sagte Didi, Du hast deinen, ich hab meinen.

– Ich hab meinen, hob Jenni hervor.

– Und ich habe deine Handynummer vergessen, sagte ich.

– Ich schreib sie dir auf, sagte Jenni und schrieb sie mir auf. So einfach ging das.

Natürlich setzte ich meine Tabletten sofort ab. Ich tauschte sie bei Julian gegen ein paar Gramm Dope ein und war mir sicher, den besseren Deal gemacht zu haben.

Es dauerte fünf Tage, dann saß ich wieder mittendrin.

Wir hatten Videofilme gesehen und Wodka-Lemon getrunken, wir hatten Musik gehört, und irgendwann gingen Jenni und Asta. Mirko beschloß, Popcorn zu machen. Ich hörte ihn in der Küche rumoren, während Fiona Apple davon sang, daß ich nicht so überempfindlich sein sollte. Ich lag auf dem Boden, hatte die Beine auf das Sofa gelegt und spürte, wie der Baß durch meinen Körper wanderte. Aus einem Blumentopf stieg kerzengerade der Rauch eines Räucherstäbchens auf. Ich sah ihn verkehrtherum und war fasziniert von seiner Ruhe. Dabei schlief ich ein. Als ich wieder wach wurde, lag ich noch immer auf dem Boden. Das Räucherstäbchen war nur noch Asche, die Musik und die Lichter waren aus. Ich stand auf, um mir ein Glas Wasser zu holen. Im nächsten Moment stand ich nicht in der Küche, sondern vor dem Haus auf der Straße und fühlte mich frei. Ich kannte das Gefühl. Ich befand mich wieder in diesem 70er-Jahre-Film und mußte herausfinden, was genau meine Rolle war. Alles war möglich, nichts gefährlich. Und weil das so war, begann ich meine Freunde abzuklappern. Ich durchquerte die Stadt, klingelte an Mietshäusern Sturm und schwor meinen Freunden über die Gegensprechanlagen ewige Liebe. Bevor sie runterkommen konnten, rannte ich weg und versteckte mich hinter Autos und in Hauseingängen.

Mirko fand mich vor dem Supermarkt. Ich saß auf dem Bordstein und wartete. Ich war durstig und wollte mir etwas zu trinken kaufen, doch der Supermarkt war noch geschlossen.

– Natürlich hat er zu, sagte Mirko, Es ist sechs Uhr früh.

– Wie hast du mich gefunden? wollte ich wissen.

– Sieh dir mal deine Füße an.

Ich schaute runter. Ich war barfuß, und der Bürgersteig

um meine Füße herum glänzte rot. Ich hob den linken Fuß an und lachte los. Ich war in irgend etwas Rotes getreten. Es sah von weit oben bestimmt komisch aus – ich mußte in der Stadt eine rote Spur hinterlassen haben.

– Sherlock Holmes, sagte ich zu Mirko.

– Das muß genäht werden, sagte er und half mir beim Aufstehen. Ich hielt mich an seinem Arm fest und wollte ihm gerade erzählen, daß ich ihn lieben würde wie niemanden zuvor, als auf der anderen Straßenseite eine Frau im Jogginganzug aus einem Haus trat. Ihr Haar wurde von einem Stirnband zusammengehalten, und über den Ohren lagen rosa Kopfhörer. An ihrer Seite stand ein großer Hund. Er schaute zu uns und gähnte.

Erst dachte ich, die Frau würde sich strecken, dabei lief sie schon. Ganz langsam. Ich sah zu Mirko, der den Kopf schräg gelegt hatte. Seine Lippen bewegten sich, und was »Komm« heißen sollte, klang wie ein träges Wehklagen. Im selben Moment setzte sich der Hund in Bewegung und machte sich auf den Weg zu uns. Er wollte über die Straße, während sein Frauchen in Zeitlupe den Bürgersteig hinunterlief. Ich hörte ein monotones Dröhnen. Ein Laster fuhr im Rückwärtsgang aus der Ausfahrt des Supermarktes. All das geschah mit einer wunderschönen Choreographie, so daß ich zum ersten Mal in meinem Leben die Kraft verstand, die das Universum zusammenhält. Ich rührte mich nicht, ich ließ es geschehen, denn es gab keinen Zufall, alles verlief nach einem Plan, der nur darauf wartete, von mir verstanden zu werden.

Der Hund erreichte die Straßenmitte und bemerkte erst da den Lastwagen. Er drehte den Kopf, drehte seinen Körper zur Seite und versuchte auszuweichen. Der linke Hinterreifen erwischte ihn. Ich sah, wie der Hund unter den Wagen gezogen wurde. Ein langgezogenes Heulen kam aus seinem

Maul, Knochen brachen, eine Pfote scharrte über den Bordstein. Es war eine Kakophonie, die mit ihren langsamen Klängen etwas Beruhigendes hatte.

Keine Spur von Hektik, eine befriedigende Gleichmäßigkeit. Der Laster kam zitternd zum Stehen, die Joggerin unterbrach ihren Lauf. Sie drehte sich um, die rosa Kopfhörer rutschten ihr vom Kopf und baumelten über ihrer Brust. Sie bewegte sich zwischen den parkenden Autos. Ihr Mund war ein O, ihr Schrei klang wie von einer silbernen Flöte. Es dauerte und dauerte, und ich sah nur zu. Neben mir blinzelte Mirko nervös. Es erinnerte an den Flügelschlag eines Schmetterlings.

Ich wußte, ich hatte genug gesehen und setzte mich in Bewegung, schneller als alle anderen. Nichts konnte mich aufhalten. Ich glitt unter den Laster und umarmte den Hund. Noch lebte er, seine Hinterbeine zuckten, sein Atem schlug mir heiß ins Gesicht. Ich beobachtete seine Augen, wie sie mich beobachteten. Der Hund begriff, was hier eben geschehen war. Und er wußte, es war gut so. Aus seinem Blick las ich, daß er mehr begriff, als ich je begreifen würde. Dann wurden seine Augen starr und überzogen sich mit einem milchigen Film. Es war vorbei.

– Gut, sagte ich in sein Ohr hinein und streichelte ihm den Kopf, Das war gut so.

Da begannen sie, mich unter dem Laster hervorzuziehen. Etwas riß. Etwas wurde gekappt. Die Langsamkeit war aufgehoben, die Zeit schnappte wie ein Gummiband zurück. Aber es war geschehen, die Welt hatte sich mir geöffnet. Ich schloß zufrieden die Augen und genoß den lebendigen Rhythmus, der mich umgab.

Ich öffnete meine Augen erst wieder, als jemand leise »Fenster« sagte. Ich saß auf einem Stuhl mit Blick nach draußen. Es war anders als in Hamburg. Diese Anstalt befand sich an einem See, und meine Eltern sagten am gleichen Tag in einem Abstand von zehn Minuten, sie wüßten nicht, was sie falsch gemacht hätten. Dabei konnten sie mich nicht ansehen, dabei konnte ich sie nicht ansehen.

3

Die Ärzte sprachen viel mit mir, und keiner sagte ein Wort von Schizophrenie. Niemand behauptete, ich wäre depressiv. Sie redeten mit vielen Fremdwörtern von einem chemikalischen Ungleichgewicht in meinem Nervensystem und nannten es schließlich beim Namen.

Mein neuer Arzt zeigte sich zuversichtlich.

– Es ist eine psychotische Episode, sagte er, Das ist überhaupt kein Problem. Mit ein paar Medikamenten kriegen wir das auf die Reihe. Also machen Sie sich keine Sorgen. Sie sind jung, Sie sind stark und Sie müssen die Medikamente ja auch nicht ewig nehmen. Wir reduzieren die Dosierung über die Jahre hinweg, bis sich das Gleichgewicht eingependelt hat. Sagen wir drei Jahre? Na, das klingt doch gar nicht so schlimm, oder? Eines Tages ist alles wieder in Ordnung. Sie müssen nur auf Ihren Lebensstil achten und sich von Drogen fernhalten. Bis dahin . . .

Sie behielten mich zwei Monate in der Geschlossenen. Nicht, weil sie dachten, daß ich da hingehöre, sondern um mich zu beobachten. Das war zumindest meine Theorie. Später erfuhr ich, daß es der Wunsch meines Vaters gewesen war. Er zahlte, damit sie mich eingesperrt hielten. Es war seine besondere Art, Sorge auszudrücken. Ich erfuhr es vom

Leiter der Anstalt an dem Tag, an dem er mich verabschiedete:

– Ihr Vater hat das Richtige getan, seien Sie ihm dankbar.

Meine Dankbarkeit sah so aus, daß ich kein Wort mehr mit ihm sprach. Ich blockte jeden seiner Versöhnungsversuche ab und wandte mich an meine Mutter. Es war das erste Mal, daß ich zu ihr ging und um Hilfe bat. Meine Mutter reagierte unerwartet. Sie schlug sich eine Hand vor den Mund und verschwand auf der Toilette. Kurz darauf hörte ich sie würgen, dann rief sie nach meinem Vater. Er kam, und die beiden sprachen hinter der verschlossenen Badezimmertür miteinander. Mein Vater verließ das Bad und sagte:

– Mutter geht es nicht so gut.

Ich sah ihn nur an.

– Es ist besser, wenn du für eine Weile woanders wohnst.

Ich sah ihn nur an. In mir war so viel Haß auf ihn, daß mir nichts anderes einfiel, als ihn anzusehen. Vielleicht würde er in Flammen aufgehen oder einfach explodieren, wenn ich ihn lange genug anstarrte. Es kam schlimmer, er sprach weiter.

– Das ... das ist Mutters Entscheidung, stammelte er, Sie kommt mit all diesen ... du weißt schon, was ich meine, nicht klar. Valerie, bitte, versteh sie. Wenn sich dein Leben ein wenig beruhigt hat und du denkst, du könntest dich wieder normal verhalten, wird sie sich bestimmt freuen, dich wiederzusehen.

In diesem Moment verstand ich den Blick des Hundes. Ich wußte, wie es war, im Sterben das Leben zu begreifen, und begriff, daß nicht ich die Kranke war. Das hier war krank. Mein altes Leben. Mein altes Ich. Meine Eltern.

– Ich bin nicht verrückt, sagte ich.

Mein Vater hob entschuldigend die Schultern. Seine Augen waren aus spiegelndem Glas. Er war ein Aal, sein Blut und seine Gedanken waren kalt. Ich hatte noch nie jemanden so sehr gehaßt wie ihn und meine Mutter.

Ich verließ mein Elternhaus und zog diesmal bei Jenni ein. Ich schlief viel und mied das Tageslicht. Wenn jemand für mich anrief, tat ich, als wäre ich im Tiefschlaf. Die Medikamente erledigten den Rest. Ich nahm sie zwar immer zur gleichen Zeit, dennoch geriet mein Rhythmus durcheinander, weil ich unregelmäßig schlief. Ich mochte die Nacht, schlich durch Jennis Wohnung und fraß ihr den Kühlschrank leer, während sie im Bett lag und keine Ahnung hatte, was ich tat. Auch das mochte ich. Daß niemand Bescheid wußte. Ich nahm im ersten Monat vierzehn Kilo zu und wusch mich nur noch selten. Es war Asta, der mich da schließlich herausholte.

– Wir machen eine Spritztour, sagte er und verfrachtete mich in seinen Wagen. Ohne es zu begründen, ließ er nach einigen Minuten die hinteren Fenster heruntergleiten. Ich konnte ihn verstehen, auch mir war mein Geruch unangenehm.

Wir fuhren ans Meer.

Asta konnte sich das erlauben, kurzentschlossen eine Spritztour zu machen. Ihm gehörte der gutgehende CD-Laden in der Einkaufspassage. Er verdiente als einziger aus der Clique genug Geld, um das zu tun, was ihm in den Sinn kam. Asta war für uns ein Wunder. Er hatte seine Träume verwirklicht, ohne sich zum Idioten zu machen. Während wir anderen herumhingen oder uns mit irgendwelchen Jobs über Wasser hielten, konnte Asta beschließen, sich um eine Freundin zu kümmern, und das war's.

Er hatte uns ein Doppelzimmer in einem Fitneßhotel gebucht. Vom ersten Tag an begann er mich aufzupäppeln und sorgte dafür, daß ich vernünftig aß. Er saß neben mir in der Sauna und zwang mich am Morgen, mit ihm den Sonnenaufgang zu erleben. Sogar wenn es regnete, stolperten wir über den Strand und lachten, weil es nichts Dämlicheres gab, als sich an einem bewölkten Regentag den Sonnenaufgang anzusehen.

– Setz deine Sonnenbrille auf, riet ich Asta.

– Ist deine Nase eingecremt? fragte er und hielt den Regenschirm so, daß ich naß wurde.

– Warum tust du das alles? wollte ich nach der ersten Woche wissen. Es war Mitte Mai, Asta hatte das Doppelzimmer bis zum Ende des Monats gebucht.

– Bist du meine Val, oder bist du es nicht?

– Nein, jetzt mal ehrlich, Asta, warum?

Er räusperte sich und schaute aufs Meer hinaus. Wir hatten es uns in einer windgeschützten Düne bequem gemacht. Im Rucksack lagen Brote, Kuchen und eine Thermoskanne mit Eistee.

– Wir haben dich hängen lassen, sagte Asta nach einer langen Pause, Das war nicht fair. Hätten wir dich nicht hängen lassen, wäre das nie passiert.

Ich glaubte das nicht. Ich war mir sicher, daß die Psychose schon lange auf mich gewartet hatte. Nur waren die Umstände bisher nicht so passend gewesen – wenig Schlaf, viel Drogen. Ich bin an meine Grenzen gestoßen, und mein Kopf hatte reagiert. So sah ich das.

– Ich mag dich, sprach Asta weiter, Und ich will nicht sehen, wie du den Bach runtergehst oder für immer in irgendeiner Klapse landest und dort die Wände mit Scheiße vollschmierst, verstehst du?

Ich verstand, obwohl ich die Geschichte seines Bruders an jenem Tag noch nicht kannte. Jeder hat seine eigenen Motive, die ihn dazu bringen, zu anderen Menschen gut zu sein. Ich erfuhr von Astas Motiv zwei Monate später von Jenni.

Sein Bruder war vor einigen Jahren so bekifft gewesen, daß er sich nachts auf den Flughafen schlich, um mit einem Flieger abzuheben. Er klammerte sich an das Fahrgestell und stieg mit dem Flugzeug auf. Irgendwann verließ ihn die Kraft, oder das Fahrgestell wurde eingeklappt. Man sagte, er wäre tot gewesen, lange bevor er auf den Boden traf. Aber das sagt man ja immer.

Hätte ich am Meer schon von der Geschichte gewußt, ich glaube, ich hätte nicht so positiv auf Astas Mitleid reagiert.

Am Ende des Urlaubs sprachen wir fast ausschließlich über meine Psychose. Ich versuchte Asta zu erklären, daß ich mich ab und zu nach diesem Zustand der Langsamkeit und ganz besonders nach dieser fremden Welt sehnte.

– Du scheinst an deiner Psychose zu hängen, sagte er, Ist es das?

– Nicht richtig, antwortete ich, Es ist eher so, daß ich dieses Gefühl mag, die Welt richtig zu sehen. Weißt du, ich rieche und spüre alles anders. Es beginnt ganz harmlos, und dann ist da plötzlich die Langsamkeit. Als hätte jemand einen Schalter umgelegt. Ich beobachte sie, ich bin kein Teil von ihr, ich bin schneller und kann mich dabei normal bewegen. Irgendwann ist es dann soweit, und die Welt öffnet sich mir.

– Wow.

– Ja, wow.

Ich konnte ihn nicht ansehen, während ich das erzählte. Ich sah zwischen meine Beine, wo ich mit den Händen Furchen durch den Sand gezogen hatte. Wenn ich so direkt darüber sprach, kam ich mir vor wie ein kleines Kind, das von einem Traum erzählt.

– Erinnerst du dich an den Film ›Matrix‹? fragte ich, Die Menschen lebten in einer Illusionswelt, waren aber in Wirklichkeit Batterien?

– Ich erinnere mich, das Leben wurde ihnen vorgegaukelt.

– Richtig. Aber bei mir ist das nicht so. Es ist eine ähnliche Ebene, nur daß die Welt die Welt bleibt. Sie ist dieselbe, aber auch nicht. Sie wird reicher, sie wird einfach reicher. Und es ist . . .

– Ich fand die Worte nicht.

– Es ist was? fragte Asta.

– . . . faszinierend, sagte ich leise.

– Gefährlich, sagte er.

– Ich kann schon auf mich aufpassen.

– Val, sagte Asta und nahm mein Gesicht zwischen seine Hände, so daß ich ihn ansehen mußte, Wenn jemand nicht auf sich aufpassen kann, dann bist du das. Das letzte Mal haben sie dich unter einem Lastwagen hervorziehen müssen, wo du dich an einen toten Hund geklammert hast, dem die Eingeweide heraushingen. Deine Fußsohlen waren aufgeschnitten, weil du durch einen Scherbenhaufen gelaufen bist, und du hast es nicht mal gemerkt. Zweimal haben sie dich bisher in die Geschlossene gesteckt, was glaubst du, was sie beim dritten Mal machen werden?

Ich schwieg, Asta sprach weiter.

– Auf deine Eltern kannst du nicht setzen, die wären froh, wenn sie dich für ein paar Jahre ganz wegschließen könnten. Deine Freunde leben auf einem anderen Planeten und vergessen dich, sobald du aus ihrem Blickfeld verschwindest. Hast du ein einziges Mal in den Spiegel gesehen, seitdem du bei Jenni wohnst? Du gehst den Bach runter. Also erzähl nicht so einen Scheiß, daß du auf dich aufpassen kannst, okay?

– Okay, sagte ich leise und wich seinem Blick aus.

Asta ließ meinen Kopf nicht los.

– Das nächste Mal, sobald du auch nur den Hauch deiner Psychose kommen spürst, meldest du dich bei mir, hast du verstanden? Noch einmal gehst du mir nicht in die Klapse. Keine Drogen mehr, hörst du, bleib weg von Dope und Pillen und dem ganzen Scheiß, hast du mich gehört? Ruf mich an, versprich mir das.

– Ich versprech es dir.

– Was versprichst du mir?

– Ich verspreche, ich melde mich, sobald es wieder losgeht.

Asta küßte mich auf die Stirn. Am nächsten Tag fuhren wir nach Hause, und er setzte mich bei Jenni ab. Sechs Wochen später rief ich ihn an.

4

Die sechs Wochen vergingen schnell. Ich ließ mich auf keiner Party sehen und kam nicht in die Nähe von Drogen. Tagsüber hockte ich vor dem Fernseher oder hörte Musik, nachts starrte ich die Zimmerdecke an und schlief traumlos. Ich aß normal und duschte jeden Tag, traf niemanden und stellte mir vor, das würde jetzt mein Leben lang so weitergehen. Das Komische war, daß ich mich damit zufrieden fühlte. Bei mir anzukommen, das war mir wichtig. Asta sollte nicht denken, ich hätte nichts von ihm gelernt.

Es gab aber auch andere Gründe, mich von Leuten fernzuhalten. Durch die Medikamente wurde jedes Nachdenken anstrengend. Beim Lesen schlief ich ein und konnte den dämlichsten Talkshows nur mühsam folgen. Dann war ich phasenweise schrecklich unruhig und konnte nicht stillsitzen. Trotz all der Zufriedenheit schwebte im Hintergrund der Hunger nach der Psychose. Wären die Folgen nicht so lästig, hätte ich ohne Probleme in diesem Zustand leben können. Also fragte ich mich, was wäre, wenn ich die Folgen in den Griff bekäme? Was wäre, wenn es mir gelingen würde, den Zustand aufzurufen, wann immer ich wollte, um ihn genau nach Wunsch wieder abzuschalten?

Disziplin, sagte ich mir, *das ist nur eine Frage der Disziplin. Du mußt richtig bei dir sein, du mußt es im Griff haben, dann kann nichts schiefgehen.*

Nach fünf Wochen fühlte ich mich stark genug.

Ich ließ das Medikament weg und spürte keine Veränderung. Erst nach dem fünften Abend geschah etwas. Ich legte mich mit freiem Kopf ins Bett und stand am Morgen mühelos auf. Ich hatte es im Griff. Nach dem Frühstück drückte ich die restlichen Pillen aus der Verpackung und spülte sie in der Toilette herunter. Zeremoniell verbrannte ich das Rezept für das nächste Medikament im Aschenbecher. Ich glaubte zu wissen, was ich tat. Ich war durchweg konzentriert, der beklemmende Druck in meinem Kopf hatte sich aufgelöst. Nach langer Zeit hatte ich endlich wieder Kontrolle über mein Denken und wartete und fragte mich, was ich tun würde, wenn dieses Mal gar nichts geschah? Was, wenn ich geheilt war?

Was dann?

Zwei Tage vergingen. Ich begann wachsam zu werden. Ich begann, vor Nervosität wieder Kette zu rauchen, und deckte ein Tuch über den Fernseher. Keine Ablenkung, keine Musik, nichts. Zum Glück ließ mich Jenni in Ruhe, das Telefon in meinem Zimmer war ausgesteckt, niemand drang zu mir durch. Ich drehte mich um meine eigene Achse, lebte auf meinem eigenen Planeten. Keine Bücher, keine fremden Gedanken, nichts. Alle Tore in mir waren weit aufgestoßen, die Psychose konnte kommen, ich war bereit.

Und dann kam sie, und ich hatte gar nichts im Griff.

– . . . Asta . . .

– Hallo?

– Asta, ich . . .

– Val?

– . . . bin's . . .

– Val, was ist - - -

– . . . kannst du mal *ganz ganz* schnell kommen . . . ja?

Asta tauchte eine Viertelstunde später in der Wohnung auf. Ich hörte ihn mit Jenni im Flur sprechen, dann klopfte es an meiner Zimmertür.

– Val, ich bin's, Asta, mach auf.

Ich öffnete die Tür. Hinter Asta stand Jenni, ihre Augen waren geweitet, der Mund zuckte nervös.

– Ich will nicht wieder in die Anstalt, sagte ich leise.

– Du kommst da nicht rein, sagte Asta.

– Ich will da nicht wieder rein.

– Ist ja gut, beruhigte mich Asta, Du kommst da nicht rein. Was ist passiert?

Ich erzählte ihm von den Pillen, die jetzt irgendwo in der Kanalisation schwammen, und daß ich versucht hatte, die Psychose in den Griff zu bekommen.

– Aber es hat nicht geklappt, Asta, es hat einfach nicht geklappt.

Als ich am Morgen das Fenster geöffnet hatte, erwischte es mich. Die Gerüche des Sommers, eine Stimme, das Hupen eines Autos, und plötzlich hatte alles eine tiefe Bedeutung. Die Welt fiel über mich her, und ich bekam Panik.

– Ich wollte wieder raus, aber es ging nicht, Asta, es ging einfach nicht.

– Gut, beruhige dich. Erst mal ziehen wir dich an, ja?

Ich sah an mir herab, ich war nackt. Ich sah mich im Zimmer um – Essensreste auf dem Boden, Papierkugeln um Kerzen herum, meine gesamte Kleidung lag in einer Ecke. Auf dem Fensterbrett lagen in einer ordentlichen Reihe poliert und glänzend Tee- und Eßlöffel. Wann hatte ich das alles aufgebaut?

– Was hast du hier nur getrieben? fragte Asta.

Ich wußte es nicht, ich begann zu heulen und wiederholte wieder und wieder, daß er mich bitte nicht in die Anstalt schicken sollte.

– Bitte, Asta, bitte, paß auf mich auf, bitte . . .

Er zog mich mit Jennis Hilfe an, öffnete das Fenster und löschte die Kerzen. Dann fragte er, ob ich mir sicher wäre, daß alle Medikamente weg sind. Ich nickte und sah ihn und Jenni an. Ihre Augen tänzelten verwirrt, sie trauten mir nicht, sie hatten die Farbe der Angst.

– Bitte, sagte ich, Habt doch keine Angst.

– Wie wäre es mit einem Beruhigungsmittel? fragte Jenni, Oder ein einfaches Aspirin? Was meint ihr, so ein Aspirin könnte Wunder wirken, es - - -

– Jenni? unterbrach sie Asta.

– Ja?

– Halt einfach mal den Mund und mach uns einen Tee. Mach uns einen von deinen Kräutertees, hörst du?

Jenni verschwand in die Küche, und Asta fragte, wie ich mich fühlen würde. Ich zuckte mit den Schultern. Ich mochte die Falten um seinen Mund. Und als er sagte, alles wird gut werden, lächelte ich ihn an und sagte:

– Du bist ein guter Mensch.

– Du bist auch ein guter Mensch, Val, obwohl du viel Mist baust.

Da fing ich wieder an zu heulen. Er hatte recht. Dabei hatte ich mich noch nie als guter Mensch gefühlt. Ich begriff, ich war gut. Und wie ich das dachte, glühten meine Hände rot auf. Das war schön. Ich war einfach gut. Ja.

Ein Brummen erklang, etwas streifte meine Wange, ich sah auf.

Oh . . .

Es war soweit. Asta hatte etwas gesagt, sein Atem war über mein Gesicht gestrichen, die Langsamkeit hatte eingesetzt. Es war geschehen. Astas Lippen bewegten sich schwer, und als seine Frage verklungen war, hing ihr ein Echo nach, das in meinen Ohren kitzelte.

Endlich.

Ich spürte Tränen auf den Wangen. Ich wollte Asta sagen, daß es so weit war und die Zeit wieder vor sich hin schlich. Dann sagte ich es und spürte die Silben über meine Lippen schießen. Asta schaute überrascht. Ich hätte es mir denken können. Ich war zu schnell für ihn. Er konnte mich nicht verstehen. Mein Satz war ein hoher Laut, ein geraffter Ton. Ich lächelte, dann schüttelte ich den Kopf, und Asta packte mich an den Schultern. In Zeitlupe krochen die Worte aus seinem Mund.

– S i eh a tte i n enAn fa l l!

Jeder Buchstabe hinterließ eine Kondensspur in der Luft. Ich sah sie und hätte nur meine Hand auszustrecken brauchen, um sie zu berühren.

–O h m e i nG o tt!

Jenni und Asta waren Zeitlupe pur. Ich hätte mich problemlos aus Astas Griff befreien, Jenni den Rock runterziehen und mich wieder auf den Boden legen können, auf den mich Asta jetzt gedrückt hielt. So schnell war ich. Niemand hätte es gemerkt oder irgend etwas dagegen tun können. Aber ich wollte keinen Ärger. Asta fand, daß ich ein guter Mensch war, ich wollte ihn nicht enttäuschen. Ich hörte, wie aufgeregt er war. Da war ein rhythmisches Trommeln in seinen Fingerspitzen, sein Herz raste. Also lag ich ganz still und wartete, daß die beiden sich beruhigten. *Ruhig*. Aber es ging nicht, es ging einfach nicht. Mein Kopf sagte das eine, mein Körper aber wollte dieses schnelle Leben sehen und riechen und fühlen und ein Teil davon sein, bevor es wieder vorbei war.

– S c he i ß e, i c h k an ns i e n i ch t h a l t e n!

Jenni kam Asta zur Hilfe, doch es war ein Witz, niemand konnte mich halten. Ich schlug Astas Arme beiseite und wollte eben aufspringen, als ich sah, daß wir nicht allein waren. Eine Frau stand im Türrahmen. Ich starrte sie an und wußte sofort, daß sie eine von den Schnellen war.

Endlich.

Die Zeit wurde um zehn Einheiten heruntergedreht. Ich hörte ein rauschendes Geräusch – Asta hatte eingeatmet; ich hörte ein weiches Hämmern – Jennis Wimpern trafen aufeinander und trennten sich mit einem Knistern. Dann beugte sich die Frau über mich.

– Das ist das dritte Mal, sagte sie.

– Es . . . es tut mir . . . leid, stotterte ich.

– Lüg nicht, sagte die Frau, Nichts tut dir leid.

Sie breitete die Arme aus, umfaßte mit dieser Geste das ganze Zimmer.

– Das hier darf nie wieder passieren, hörst du? Jedes Mal, wenn du die Tür öffnest, wird es dich kosten.

Sie sah zu Asta und Jenni, sah mich wieder an.

– Du verstehst?

Obwohl ich nicht verstand, nickte ich.

Die Frau wandte sich ab.

In dieser kurzen Zeit hatten sich Jenni und Asta vielleicht um zwei Sekunden voranbewegt. Jenni war nicht näher gekommen, und Asta sah mich an, ohne mich richtig zu sehen.

Ich schaute der Frau hinterher, wie sie die Wohnung verließ. »Das hier darf nie wieder passieren.« Jetzt erst kamen ihre Worte bei mir an, und ich fühlte, wie sich die Angst in mir ausbreitete. »Jedes Mal, wenn du die Tür öffnest, wird es dich kosten.« Das war eine Drohung gewesen. Ich schloß die Augen, mir war übel. Ich spürte, wie sich die Langsamkeit zurückzog und das Besondere den Raum um mich herum erfüllte. Es war so prächtig. Aber ich wollte das nicht sehen. Mir war schlecht vor Angst. Solch ein Gefühl hatte ich noch nie erlebt. Ich hielt die Augen geschlossen und spürte die Kraft um mich herum und wünschte mir, es wäre wieder vorbei. Die ganze Zeit hatte ich darauf gehofft, und jetzt wünschte ich mir ein Ende. Es war lächerlich. Ich hatte Angst, wenn ich auch nur einen Blick auf diese neue Realität warf, würde sie auf mich zuschießen und mich füllen, bis ich explodierte. So ein Gefühl war das.

Ich öffnete die Augen erst wieder, als jemand über meine Stirn strich. Es fühlte sich normal an. Jenni hielt meinen Kopf, und ich schmeckte Blut im Mund. Jenni sagte immer wieder ein Wort. Ich sah sie an, Tränen der Erleichterung liefen mir aus den Augen und meine Zunge schmerzte. Ich las von Jennis Lippen, was sie sagte. Dann hörte ich das Wort, konnte es aber nicht begreifen. Erst später, als ich im Bett lag und von einem Dämmerzustand in den nächsten trieb, verstand ich, was Jenni gesagt hatte. Es war mein Name gewesen. Eine Silbe nur.

Ein Freund von Asta arbeitete im Krankenhaus und kam mit einigen Beruhigungsmitteln vorbei. Nachdem sie mich ins Bett getragen hatten, gaben sie mir zu den Pillen noch ein Schlafmittel. Ich muß pausenlos geredet haben. Mein Kopf war voller Gedanken, eine Theorie jagte die nächste. Ich hatte zu allem eine Meinung. Ich begriff Dinge, die ich schon immer hinterfragt hatte, und wußte nichts mehr davon, als ich am nächsten Morgen erwachte. Meine Zunge war geschwollen und wund, ich hatte sie in der Panik beinahe durchbissen und konnte froh sein, daß sie nicht genäht werden mußte.

Asta verbrachte die Nacht auf dem Sofa im Wohnzimmer und blieb zwei Tage. Ohne seine und Jennis Hilfe wäre ich wahrscheinlich für länger als ein Jahr in einer Geschlossenen oder in irgendeinem Psychozentrum gelandet.

Asta wollte keine Dankbarkeit. Er war wütend und sagte, ich müßte mit diesem Scheiß aufhören, sonst könne er für nichts mehr garantieren. Ich versprach es ihm, ich schwor es ihm. Als ich von der Frau erzählte, legte er den Kopf schräg.

– Sie war wirklich da, sagte ich.

– Gut.

– Was heißt *gut?*

– Was soll ich sagen? Ich meine ... gut, sie war da. Ich habe sie nicht gesehen, Jenni hat sie nicht gesehen, für dich war sie da, mehr kann ich dir nicht geben.

Er reichte mir einen Becher Tee, ich lehnte ab.

– Sie hat mir gedroht, Asta. Sie hat mir verboten, noch einmal die Tür zu öffnen.

– Welche Tür?

– Die zur Psychose. Sie hat es eine Tür genannt. Die Tür zur Welt der Schnellen, verstehst du?

Er drehte den Becher in seinen Händen und nahm einen Schluck.

– Verstehst du? wiederholte ich.

– Dann nimm es als Warnung, sagte er, Wenn du schon nicht auf mich hörst, dann hör auf diese Frau.

Asta sah auf seine Uhr. Ich begriff, daß er mir kein Wort glaubte. Ich hatte ihn enttäuscht. Er stellte den Becher weg und stand auf.

– Ich muß in den Laden. Überleg dir gut, ob du noch hierbleiben willst. So sehr ich auch unsere Clique mag, werde ich das Gefühl nicht los, daß sie die falsche Gesellschaft für dich ist. Hast du schon mal darüber nachgedacht, dir eine eigene Wohnung zu suchen? Jenni hat genug um die Ohren. Ich schieß dir das Geld vor, mh, was meinst du? Mensch, Val, mach einen Neuanfang, such dir neue Freunde, so blöde das auch klingen mag.

Ich schüttelte den Kopf.

– Ich kann hier nicht weg, sagte ich, Ich kann nicht alleine wohnen.

– Denk einfach darüber nach, sagte Asta und küßte mich zum Abschied auf die Stirn.

Ich fand ein Zimmer in einer großen WG direkt am Marktplatz. Ich glaube, Jenni war erleichtert, daß ich bei ihr auszog. Wir sahen uns zwar fast jeden zweiten Tag, dennoch erkannte ich an ihren Blicken, daß sie sich noch gut daran erinnern konnte, wie ich ausflippte. Um sie nicht zu verlieren, erzählte ich ihr alles, was ich Asta erzählt hatte. Es kostete mich Überwindung, darüber zu sprechen. Es war ein wenig, als würde ich ein gut gehütetes Geheimnis preisgeben. Jenni fand es ganz schön abgedreht, sagte aber auch, daß sie mir glauben würde, weil sich niemand »solch einen detaillierten Scheiß« einfach so ausdenken konnte. Ich war erleichtert und spürte, wie ich mich in ihrer Gegenwart entspannte.

– Und wenn die Frau wiederkommt, um dir zu drohen, sagte Jenni, Dann schick sie einfach zu mir.

Ich mußte lachen. Jenni wog nicht mehr als fünfzig Kilo und hätte nicht einmal eine Taube erschrecken können.

– Ich schick sie zu dir, versprach ich ihr.

Die WG gefiel mir. Man ließ mich in Frieden, ohne daß ich das Gefühl hatte zu vereinsamen. Ich weiß nicht, was Jenni und Asta der Clique erzählt hatten. Auf jeden Fall wurde ich für eine Weile in Ruhe gelassen. Von meinen Eltern kam eine monatliche Überweisung, auch Asta legte ein paar Scheine dazu, und wann immer ich Jenni traf, lud sie mich zum Essen ein. Das Leben ging weiter. Ich hielt mich an die Medikamente und kam mit beiden Füßen auf den Boden. Es war möglich, normal zu sein. Ich las, sah Fernsehen, ging spazieren. Zwar saß ich mit gebundenen Händen auf der Reservebank, dennoch war mir klar, daß das eines Tages vorbei sein würde. Ich war nicht ungeduldig. Ich war nur sehr gespannt, was noch kommen würde.

Nach einem Vierteljahr beschloß ich, in mein altes Leben zurückzukehren.

Asta fand es eine gute Idee, solange ich es ruhig anging. Er freute sich, als ich die Einladung zu Julians Silvesterparty annahm und versprach mir den ersten Tanz.

Es wurde ein großes Wiedersehen.

Ich hatte das komische Gefühl, von einer langen Reise zurückzukehren. Die Tage nach der Party saß ich grinsend in meiner WG und war hin und weg von der Tatsache, daß mich niemand vergessen hatte. Nur meine Familie meldete sich kein einziges Mal. Wenn ich gekonnt hätte, dann hätte ich ihre monatliche Überweisung bei der Bank gesperrt. Aber ich brauchte das Geld.

Der Silvesterparty folgte Jennis Geburtstag, ihrem Geburtstag ein Essen bei Mirko. Fast jedes Wochenende war etwas los, und ich begann wieder regelmäßig auszugehen. Dabei trank ich keinen Alkohol, rauchte nur ab und zu einen kleinen Joint und hielt Abstand zu harten Drogen. Als Didi dann ein Stipendium bekam und für ein Jahr nach London mußte, übernahm ich seine Wohnung. Es war ein Traum im Traum.

Ich verließ die WG und zog in meine erste, eigene Wohnung. Die gute Phase nahm kein Ende – über eine Freundin von Asta fand ich einen Job in einem Kindergarten und nahm mir vor, doch noch einmal zu studieren. Mich interessierten Philosophie und Literaturwissenschaften. Also bewarb ich mich an verschiedenen Unis in ganz Deutschland, denn in Oldenburg wollte ich nicht bleiben. Ich hatte das Gefühl, das Leben erwartete mich da draußen, und es lag nur an mir, ob ich ihm entgegentrat. Es ging mir prächtig. Je mehr ich mich an die Medikamente gewöhnte, um so besser ging es mir. Die Pillen waren ein Dämpfer, der mich am Morgen etwas benebelt aufwachen ließ, den Kopf voller Watte und der Mund schrecklich trocken. Doch auch das besserte sich mit der Zeit.

Alle zwei Wochen ging ich zu einem Arzt, der sich über

meine Entwicklung freute. Er reduzierte die Dosierung Schritt für Schritt, wodurch die Nebenerscheinungen fast ganz verschwanden. Bald hatte ich das Gefühl, völlig normal zu sein. Und dann kam Max.

Max war Lisas Vater. Ich sah ihn nur am Morgen, wenn er Lisa in den Kindergarten brachte, am Nachmittag wurde sie von einer Haushälterin abgeholt. Max war zweiundvierzig und trug graue Anzüge. Ich sah ihn nie ohne Krawatte oder messerscharfe Bügelfalten. Seine Tochter war eines von den Mädchen, die beim Abschied taten, als würden sie ihren Vater nicht mehr wiedersehen. Sie klammerte sich an sein Bein und jammerte. Max warf mir dann einen ratlosen Blick zu und verdrehte die Augen. Sobald er gegangen war, wurde Lisa normal und spielte mit den anderen Kindern, als hätte es ihren Vater nie gegeben.

Ich wünschte, ich hätte etwas von dieser kindlichen Ignoranz gehabt.

Beim Elterntreffen lernte ich seine Frau kennen. Sie war jünger als er, vielleicht Anfang dreißig, und sah toll aus. Eine von diesen Frauen, von denen ich mir immer vorstellte, daß sie in der Welt von Modezeitschriften lebten. Als sie mir die Hand reichte, sagte sie, sie hätte viel über mich gehört. Erst dachte ich, Max hätte von mir erzählt; als ich dann aber begriff, daß sie von Lisa sprach, wurde mir mit einem Mal bewußt, daß ich mich verliebt hatte. Es war ein simples Mißverständnis, das mir Klarheit verschaffte.

Ich dachte unentwegt an diesen Mann.

Zu Weihnachten brachte mir Lisa ein Geschenk in den Kindergarten. Es war ein Roman von Louise Erdrich, und als ich mich bedanken wollte, sagte sie:

– Mußt du Papa Danke sagen.

– Das ist von deinem Papa?

– Der hat's eingepackt, sagte sie und ging spielen

Am nächsten Morgen bedankte ich mich. Max sagte, das wäre doch nicht der Rede wert, und ich sollte das Buch unbedingt lesen, es würde ihn interessieren, was ich davon hielt.

Wir waren auf Kurs.

Ich beendete das Buch innerhalb von vier Tagen. Max war überrascht, wahrscheinlich hatte er mir nicht zugetraut, in der Woche über zwei Seiten ›Brigitte‹ hinauszukommen.

– Und?

– Was und? sagte ich und wich einen Schritt zurück. Max stand in dem engen Flur des Kindergartens so nahe vor mir, daß ich seine Wärme spüren konnte.

– Das Buch, wie hat es dir gefallen?

Ich errötete wie ein Teenie, zuckte mit den Schultern, sah Max auf den Mund.

– Es ... es war großartig, antwortete ich, Und so poetisch, daß ich ...

Mein Blick wanderte hoch zu seinen Augen, aber er sah an mir vorbei, weil Lisa angerannt kam, um sich an seinem Bein festzuhalten.

– Geh nicht weg, sagte sie.

– Ich muß arbeiten.

– Mußt du nicht!

– Muß er doch, sagte ich.

– Das ist *mein* Papa, zischte mich Lisa an.

Nicht mehr lange, hätte ich beinahe geantwortet.

Am Dienstagabend klingelte es an der Tür, ich öffnete, und da stand Max. Grauer Anzug und Bügelfalten. Er stand einfach nur da und lächelte.

– Kann ich reinkommen?

Während ich panisch überlegte, ob bei mir aufgeräumt war, trat ich zur Seite. Max kam rein, ich schloß die Tür und er stürzte sich auf mich. Anders kann ich es nicht beschreiben. Wie in einem Horrorfilm. Völlig ausgehungert. Der Vampir, der jahrelang kein Blut getrunken hatte. Es war gruselig und erotisch zugleich. Und es war das erste Mal, daß ich mit einem älteren Mann zusammen war.

Max machte mit mir, was er wollte. Er gab mir das Gefühl, ein unerfahrenes, kleines Mädchen zu sein. Ich hatte Romantik und zärtliche Berührungen erwartet; ich wäre nie darauf gekommen, daß dieser Typ nichts als Sex im Kopf hatte.

Seine Romantik bestand aus derben Ausdrücken, die er mir ins Ohr zischte; und seine zärtlichen Berührungen sahen so aus, daß er mir nach seinem Orgasmus den Kopf tätschelte und mich bat, ihm etwas Kaltes zu trinken zu holen.

Damals fand ich das alles aufregend und dachte: *Ja, mehr.* Ich nahm mir in meiner Verliebtheit vor, ihn zu verändern. Ein neuer Mann entstünde; ein Mann, der seinen grauen Anzug in die Ecke pfeffern und endlich Nähe zulassen würde. Die Kraft der Liebe. Ich wußte, ich konnte das schaffen.

Von diesem Tag an klingelte Max jeden Abend an meiner Tür. Er blieb eine halbe Stunde, tobte sich aus und verschwand wieder. Wir schafften es kein einziges Mal bis zum Bett. Wir machten es im Flur, wir machten es in der Küche, wir trieben es im Bad und einmal auf dem Sofa, während ich verzweifelt versuchte, die Jalousien herunterzulassen. Jeder Versuch, das Ritual mit einer vernünftigen Verabredung zu unterbrechen, endete mit diesem überheblichen Lächeln und einem Kopfschütteln.

Ich begann, mich auf seine abendlichen Besuche einzustellen. Ab sieben durfte keiner mehr bei mir sein. Ich warf Freunde raus und erfand Ausreden. Jenni war die einzige, die von Max wußte. Asta durfte auf keinen Fall davon erfahren, es wäre mir peinlich gewesen. Er war für mich wie ein großer Bruder, und einem großen Bruder kann man nur schwer erklären, wie aufregend man es findet, herablassend behandelt zu werden.

Jenni verstand es sofort und wollte dabeisein.

– Du willst *was*?

– Ich könnte mich in deinem Kleiderschrank verstecken. Du läßt die Tür einen Spalt auf, dann kann ich sehen - - -

– Auf keinen Fall!

– Wieso nicht?

– Wegen ... wegen der Romantik.

– Val, was für Romantik? Der Typ fickt dich und zieht weiter.

– Blödsinn.

– Nur einmal? Bitte?! bettelte Jenni.

– Vergiß es.

◎

Mit der Zeit erfuhr ich mehr von Max. Daß es mit seiner Frau schon lange nicht mehr gut lief, daß, wenn Lisa nicht wäre, sie sich schon längst getrennt hätten, und daß er jemanden wie mich dringend brauchte. In meiner Naivität bemerkte ich die Parallelen zu billigen Liebesromanen nicht und dachte, wir hätten etwas Besonderes angefangen.

Nach einem Monat lebte ich für die Abende. Nach dem dritten Monat hatte ich Max so weit. Er blieb länger, wir duschten nach dem Sex zusammen und bestellten eine Pizza. Nach einer Flasche Wein und geflüsterten Versprechungen ließ er mich wieder allein. Ich war so glücklich. Ich war am Ziel. Ich hatte diesen Mann geknackt. Er würde jetzt daheim mit seiner Frau reden. Ich hatte ein Bild vor Augen – Max stand an einer Weggabelung, und ich war sein neues Ziel.

Die Besuche wurden weniger.

Max erklärte mir, seine Frau wäre ihm auf der Spur, deswegen müßte er sich in acht nehmen. Außerdem würde ihm gerade die Arbeit über den Kopf wachsen, und Lisa befände sich in einem unglaublich schwierigen Stadium.

Eine Woche Leerlauf folgte. Ich wartete und wartete. Im Kindergarten wich Max meinem Blick aus, und ich fand keinen Moment, in dem ich mit ihm allein hätte sprechen können.

In der folgenden Woche war es dasselbe Spiel.

Am Donnerstagmorgen kaufte ich einen schwarzen Schal. Nachdem Max seine Tochter abgeliefert hatte und gegangen war, rief ich den zwei Erzieherinnen zu, Max hätte seinen Schal vergessen.

Ich erwischte ihn, als er eben ausparken wollte. Ich klopfte gegen das Fahrerfenster, Max ließ es heruntersurren und sah mich für einen Moment an, als wüßte er nicht, wer ich bin.

–Val, sagte ich.

– Ich weiß, sagte er und blieb im Wagen sitzen.

– Du warst gestern nicht da, sagte ich süßlich und wollte in Wirklichkeit schreien: *Du warst seit über zehn Tagen nicht da, du verdammtes Schwein, wo bist du nur gewesen?!*

– Ich kann nicht mehr kommen, sagte Max, Es tut mir leid.

–Was?!

– Sarah hat einen Verdacht. Ich kann meine Ehe nicht riskieren. Es tut mir leid. Du solltest auch mal an Lisa denken.

Wir hatten Blickkontakt, während die Scheibe des Fahrerfensters hochglitt. Ich sah Max hinterher, als er wegfuhr, ließ den Schal auf die Straße fallen und ging in den Kindergarten zurück.

Ich wußte, daß er log, ich mußte nur noch herausfinden, warum er es tat.

Max' Worte schafften mich. Ich war es nicht gewohnt, daß man mich so behandelte und brauchte eine Erklärung. Ich glaubte an Fairneß und daß sich alles auf eine bestimmte Art und Weise erklären ließ.

Ich wußte, wo er arbeitete. Es war eine Anwaltskanzlei, die sich in einem verglasten Neubaukomplex befand. Ich wußte auch, wann er mit der Arbeit fertig war, denn er brauchte von seinem Büro aus eine knappe Viertelstunde zu mir. Ich kannte alle Details, nur der Beweis fehlte mir.

Mirko wehrte sich und behauptete, ich wäre völlig bekloppt, wie ich denn auf so eine Idee kommen würde. Ich spann eine Geschichte zusammen, die so wirr war, daß Mirko irgendwann einlenkte und mir sein Moped lieh.

–Aber wenn sie dich erwischen, sagte er, Dann erzählst du ihnen, du hast das Ding geklaut, hast du verstanden?

Ich versprach es ihm und fuhr auf einem verlassenen Parkplatz ein paar Proberunden. Ich glaubte nicht daran, daß mich die Polizei erwischen würde.

Kurz vor sechs postierte ich mich mit Moped, Helm und Sonnenbrille gegenüber der Anwaltskanzlei. Es war kalt, und ich hörte keine Sekunde lang auf zu zittern.

Am ersten Tag geschah nichts Aufregendes. Max verließ

die Kanzlei, ich folgte. Er parkte vor einem Restaurant, ich wartete ein paar Autos entfernt, sah Max hineingehen, sah Max nach einer Stunde mit einem Mann herauskommen. Geschäftsessen oder so. Sie verabschiedeten sich mit Händedruck, und ich folgte Max nach Hause. Das war es. Meine Armbanduhr zeigte acht, ich wartete bis neun und fuhr zu meiner Wohnung. Ich war so aufgedreht von meinem Abenteuer, daß ich Jenni sofort anrief. Sie kam vorbei, und wir quatschten und schauten ein Video und stopften uns mit Tiramisu voll. Jenni ließ sich von meinem Plan anstecken und wollte helfen, ich winkte ab, denn das war meine Sache. Gegen elf rief Mirko wütend an, um zu fragen, wo sein Moped bleiben würde. Ich hatte ihn völlig vergessen und brach in hysterisches Kichern aus. Ich war wieder sechzehn, ich war voller Hormone und träumte von verschwitzten Jungs, die noch nie Sex gehabt hatten.

– Dein Moped ist okay, sagte ich, Aber ich brauche es morgen abend wieder.

Mirko verfluchte mich und legte auf. Es war gut, Freunde zu haben, die keine Fragen stellten und beinahe alles mit sich machen ließen.

Ich rief ihn zurück.

– Ich paß darauf auf, versprach ich ihm.

– Val, ich bring dich um, wenn ich die Karre morgen nicht habe.

– Es ist wichtig.

– Wie wichtig?

– Lebenswichtig.

Er schwieg.

– Bis morgen dann, sagte er, Und fahr vorsichtig, hörst du?

Nachdem Jenni gegangen war, lag ich aufgekratzt im Bett und fand keine Minute Schlaf. Erst gegen halb sechs dämmerte ich weg, zehn nach sieben klingelte der Wecker.

Ein neuer Tag.

Ich rannte beinahe in den Kindergarten.

Max brachte Lisa pünktlich wie immer, und ich lächelte ihn an, während er meinem Blick auswich.

Wait and see.

Die Stunden im Kindergarten rauschten an mir vorbei. Eben hatte ich mich damit abgefunden, daß der Tag lang werden würde, da war es schon fünf, und die Kinder wurden abgeholt. Es war großartig, die Zeit floß an mir herab.

Zu Hause duschte ich, zog mich warm an und stieg auf das Moped.

Max verließ die Anwaltskanzlei um halb sieben. Er fuhr durch Oldenburg und dann Richtung Süden. Damit hatte ich nicht gerechnet. Ich sah mich schon über Landstraßen preschen und verloren gehen, weil Mirkos Moped höchstens 50 fuhr. Aber so weit kam es nicht. In Osternburg fuhr Max am Zentrum vorbei und hielt in einer Seitenstraße. Er strich sich das Haar glatt und betrat ein Mietshaus. Dreißig Minuten später kam er wieder heraus, stieg in sein Auto und fuhr weg.

Ich folgte ihm nicht. Ich saß wie betäubt auf dem Moped, Hände in den Jackentaschen und die Augen konzentriert auf das Mietshaus gerichtet. Nach fünf Minuten ging ich rüber. Acht Klingelschilder, sieben mit Namen. Ich begann ganz unten und arbeitete mich hoch. Nummer 1 war nicht zu Hause, bei Nummer 2 fragte eine Männerstimme, wer da wäre. Bei Nummer 3 stellte eine Frauenstimme dieselbe Frage. Nummer 4 war nicht zu Hause, Nummer 5 auch nicht. Bei Nummer 6 kam erst Schweigen, dann nach einem kurzen Zögern ein leises:

– Max?

Ich ging zum Moped zurück und fuhr nach Oldenburg.
Ich hatte, was ich wollte.
Und dann wollte ich mehr.

Nachdem ich das Moped bei Mirko abgestellt hatte, warf ich ihm den Schlüssel in den Briefkasten und stieg in den Bus. Ich starrte aus dem Fenster ohne zu blinzeln. *Nummer 6.* Mein Puls raste, und ich hatte das Gefühl, daß mir der Blutdruck die Schädeldecke jeden Moment abheben würde. Zu Hause rannte ich rastlos durch die Wohnung, drehte die Musik auf und machte Kamillentee. Dabei rutschte mir der Becher aus den Händen. Ich starrte auf die Scherben und konnte mich vor Lachen kaum halten. Es brach aus mir heraus, auch wenn an dem Anblick nichts Witziges war.

Die Türklingel ließ mich zusammenschrecken. Ich machte auf, es war Jenni. Sie räumte die Scherben weg und wischte den Boden, während ich rauchend am Fenster stand und ihr erzählte, was passiert war. Da erst kam ich zur Ruhe.

– Und was willst du jetzt tun? fragte Jenni, Willst du der Schlampe eine Szene machen?

– Niemals, log ich und winkte ab, als wäre ich die Meisterin der Situation.

– Weißt du, was mich am Härtesten trifft? sprach ich weiter, Mich trifft es, daß sie genauso reagiert hat wie ich. Da klingle ich, und ihr erster Gedanke ist: *Oh, Max ist zurückgekehrt!* Denselben Scheiß habe ich auch gemacht, das ist so deprimierend.

Jenni schleppte mich in ein Café. Wir tranken Cocktails und gingen danach tanzen. Ich stand keine Minute still, flirtete mit hundert Typen und malte mir aus, wie Max vor mir kriechen würde.

Um drei Uhr morgens lag ich im Bett und fand wieder keinen Schlaf. Meine Gedanken wollten nicht ruhen. Ich kam von einem Detail zum nächsten. Es wurde eine irrwitzig lange Kette von Gedanken. Ich war unangenehm fit, ich war überladen und bereit für einen 5000-Meter-Lauf. Ich war auch bereit, mit Max in Clinch zu gehen. Wie sollte ich da an Schlaf denken?

Als Max am Morgen Lisa in den Kindergarten brachte, schloß ich mich in der Toilette ein und rauchte am offenen Fenster. Ich konnte ihm nicht in die Augen sehen. Nicht heute. Ich hätte mich verraten.

Der Tagesablauf war derselbe wie immer – Frühstück für die Kinder vorbereiten, kurze Beratung mit den Erzieherinnen, was wir heute tun würden, dann vorlesen, Jacken und Schuhe anziehen und raus zum Spielplatz; auf der Parkbank sitzen und labern, dabei rauchen und so tun, als ob man sich um die Kinder kümmern würde; Kinder wieder zurückbringen, Jacken und Schuhe ausziehen und die Kinder eine Weile allein spielen lassen; Essen vorbereiten und füttern, dann Jalousien runter, kleiner Mittagsschlaf; auf dem Klo eine rauchen, Kaffee trinken und dann Kinder wecken und Jalousien hoch, ein wenig Basteln, ein wenig Vorlesen, und die Kinder mit einem müden Lächeln den Eltern übergeben. Feierabend.

Heute brauchte ich keine Dusche, ich brauchte keine Ruhe und sparte mir den Weg nach Hause. Ich hätte mit geschlossenen Augen durch die Gegend gehen können und wäre dennoch ans Ziel gelangt. An einem Imbiß trank ich einen doppelten Espresso und starrte auf den Verkehr. Kurz nach sechs nahm ich ein Taxi und gab dem Fahrer die

Adresse des Mietshauses in Osternburg. Hundert Meter von dem Haus entfernt ließ ich mich absetzen und ging in den Park. Ich setzte mich auf eine der Schaukeln und wartete, daß Max kam. Ich wußte nicht, was ich tun würde, wenn er heute etwas anderes vorhatte. Gleichzeitig wußte ich, daß er auf dem Weg hierher war. Ich hatte gelernt, daß man sich für einen bestimmten Zeitraum auf Max verlassen konnte.

◉

– Werbung, sagte ich.

Es summte, und ich stemmte die Tür auf. Ich war so clever, bei jemand anderem zu klingeln. Ich wollte Max und Nummer 6 nicht vorwarnen.

Ihr Name stand im zweiten Stockwerk in geschwungenen Buchstaben auf einem Messingschild. Ich drückte mein Ohr an die Tür, dann klingelte ich lang und ausgiebig und hatte sofort die Hektik vor Augen. Das nervöse Anziehen, die fragenden Blicke, das ratlose Schulterzucken.

– Wer ist da?

Ihre Stimme kam zögerlich, ich hätte genauso geklungen.

– Hallo?

Ich klingelte erneut. Die Tür wurde geöffnet, und da stand sie. Da war der überraschte Blick, diese abwehrende Körperhaltung. Wir hätten Schwestern sein können. Dasselbe Alter, dasselbe Haar, derselbe Blick.

– Ja? fragte sie.

– Er macht das öfter, fing ich an, Er fickt immer gleich, er läßt dabei immer die gleichen Sprüche ab, es ist reine Gewohnheit. Das macht er ein paar Monate und verschwindet dann spurlos. Er meint das aber nicht persönlich. Es liegt einfach daran, daß er nur Ficken im Kopf hat. Sobald es ihm langweilig wird, ist er weg.

Ihr Mund klappte auf.

– Was ?

– Es tut mir leid, sagte ich und wandte mich ab.

– Wer ist da? hörte ich Max aus dem Hintergrund rufen.

Sie antwortete ihm nicht, sondern folgte mir in den Flur. Ich hörte das Tapsen ihrer nackten Füße auf dem Linoleum, dann hielt sie mich am Arm fest. Wir sahen uns an. Der verschmierte Lippenstift ließ ihren Mund größer aussehen, ihre Bluse war falsch zugeknöpft, ihre Brustwarzen schimmerten dunkel durch den hellen Stoff. Sie war mir wie eine Schwester.

– Wer bist du? fragte sie.

– Ich bin seine Frau. Hat er dir von unserer Tochter erzählt?

Ihre Augen wurden groß.

– Lisa ist vier Jahre alt. Vier, und sie hat Krebs. Max denkt, er kann Lisa heilen, indem er andere Frauen fickt.

Damit wandte ich mich ab und schritt in aller Ruhe die Treppen hinunter. Ich war die Königin, und ich war mit Helium gefüllt. Auf der Straße sah ich mich um, als würde ich von einem Filmteam erwartet. Ich wußte, ich hatte meine Rolle gut gespielt.

Das wurde mein Abend. Jenni glaubte mir natürlich kein Wort. Sie sagte, ich würde spinnen, das hätte ich doch nicht wirklich getan. Ich lachte und nahm sie in den Arm. Es war alles so einfach.

– Laß uns feiern, sagte ich.

Erst gingen wir ins Kino, dann zum Italiener und zum Schluß aßen wir ein Eis und ließen die Hälfte stehen. Wir waren so vollgefressen, daß wir für unseren Cappuccino eine halbe Stunde brauchten. In der Disco konnte ich vor

Zufriedenheit nur stillsitzen und starren. Die Menschen waren alle so schön. Sie gaben sich Mühe, schön zu sein. Sie wollten einander gefallen und achteten auf ihre Bewegungen, flirteten mit Gesten. Das fand ich so rührend und liebenswert, daß ich auf die Tanzfläche ging, um ihnen nahe zu sein. Wir waren eine Familie, es war alles so einfach, es gab keinen Grund sich zu streiten, sich zu hassen oder Grausamkeiten zu begehen.

Später saß ich mit Jenni und ein paar Leuten zusammen. Gläser mit Tequila standen auf dem Tisch, jemand rief nach einer Bong, aber wir waren ja in einer Disco, und da gab es nun mal keine Bongs. Im nächsten Moment aber wurde eine rumgereicht, und ich wunderte mich, wo die herkam. Da sah ich, daß wir nicht mehr in der Disco waren. Wir saßen in einer Altbauwohnung auf zwei Sofas. Die Bong füllte sich mit Rauch. Von irgendwoher erklang schmerzhaft leidend Dakota Suite, die Musik floß durch den Raum. Vor den Fenstern hingen grüne Vorhänge, und in den Ecken flackerten Kerzen. Ich suchte Jenni und fand sie mit dem Kopf zwischen den Beinen eines Typen, der aussah, als ob er schlafen würde. Ich mußte kichern und hatte plötzlich Heißhunger auf Schokolade. In der Küche durchkramte ich alle Schränke und entdeckte in einer Schublade einen steinharten Brocken Kuvertüre. Das Zeug war so hart, daß abbeißen nicht in Frage kam, also lutschte ich an einer Ecke herum und wippte mit dem Fuß. Danach machte ich mich wieder auf die Suche nach Jenni. Der Typ sah immer noch so aus, als ob er schlafen würde, seine Hose war halb heruntergezogen, traurig hing sein schlaffer Penis heraus. Jenni war verschwunden.

Ich folgte dem Lärm.

Vielleicht zwanzig Leute tanzten, während die Musik sich änderte, und der Beat runterging. Ich erwartete, daß die Leute aufhörten zu tanzen, aber sie bewegten sich weiter. Erst verschwanden die Höhen in zähen Tönen, dann folgten die Bässe, als wären sie massive Wesen aus Licht. Ich sah Jenni und winkte ihr, und Jenni winkte zurück, aber so langsam, so unglaublich langsam, daß ich - - -

Ich fing an zu weinen.

Es war wieder soweit, ich hatte den Wechsel überhaupt nicht mitbekommen. Es war richtig, und es war schön. In einem kurzen, panischen Moment wollte ich nach Hause, um mein Medikament zu nehmen. Ich wollte die Langsamkeit bremsen. Wie lange war es überhaupt her, daß ich meine Pillen genommen hatte? Wann hatte ich das letzte Mal geschlafen? Vor zwei Tagen? Oder waren es drei?

Die Zweifel verschwanden, denn ich fühlte mich gut, gut und lebendig. Solch ein Gefühl konnte nicht falsch sein. Ich ging zwischen den Tanzenden herum und genoß den schleppenden Beat der Musik und meine Bewegungen, die sich an der warmen Luft rieben. Ich wollte nicht zu schnell sein, ich wollte nicht auffallen. Ich war ein vorsichtiger Orkan und achtete darauf, niemanden anzustoßen. Ich befürchtete, die anderen würden zerspringen, sobald ich sie berührte.

Dieser Tanz wurde das Schönste, was ich in meinem ganzen Leben erlebt hatte. Ich war ein Teil der Musik. Ich war eine der Schnellen zwischen all den Langsamen.

5

Am nächsten Morgen hingen von der Party nur Fetzen in meinem Kopf – das Lachen einer Frau, eine Schale mit Pudding, jemand lag angezogen in der gefüllten Badewanne und schlief, während das Wasser um ihn herum dampfte;

ein Telefon klingelte, aber das Klingeln war nicht zu hören, dafür leuchtete der Hörer jedesmal rot auf.

Ich lag im Bett und sah mich um. Keine Klapse, keine Ärzte, nur ich. Aber was hieß das genau? Hatte ich die Psychose in den Griff bekommen, ohne es zu merken? Ich kniff die Augen fest zusammen und öffnete sie wieder. Es stimmte, ich war hier. Es war alles normal, und das hieß, ich hatte es geschafft.

Ich duschte und schaute nach der Post. Mein Körper prickelte vor Energie. Im Flur hing meine Jacke nicht an der Garderobe, dafür lag über dem Küchenstuhl ein Pullover, der mir nicht gehörte.

– Hi, ich bin's, was haben wir gestern getan?

Jenni lachte, ich konnte an ihrer Stimme hören, daß auch sie erst seit einigen Minuten wach war.

– Du hast mich geküßt, sagte sie.

– Blödsinn.

– Hast du doch.

Auch ich mußte jetzt lachen.

– Und wie bist du nach Hause gekommen?

– Taxi. Du hast meinen Pullover . . .

– . . . und du meine Jacke.

Ich hab deine Jacke nicht, sagte Jenni, Du hast dir meinen Pullover genommen, weil du deine Jacke nicht gefunden hast.

– Scheiße.

Wir alberten noch etwas herum, dann gab Jenni mir die Nummer von einem Typen, der mit der Frau zusammen war, bei der die Party stattgefunden hatte. Ich rief gleich an und machte aus, meine Jacke später abzuholen.

Kaum hatte ich aufgelegt, klingelte es an der Tür. Als ich öffnete, kam Mirko die Treppe hochgerannt. Er war schweißgebadet und hielt sich am Geländer fest, als würde er jeden

Moment umkippen. Erst dachte ich, er wäre auf Speed oder so, als er dann aber sprach, hörte es sich nicht nach Drogen an. Er war den ganzen Weg gerannt. Er hatte es von Gerd gehört, und der hatte es von Daniela.

– Asta, sagte er, jemand hat Asta gekillt.

Wir fuhren zur Polizeiwache und warteten auf einen Kripobeamten, der schon mit einigen aus unserer Clique gesprochen hatte. Von ihm erfuhren wir die Details.

Die Polizei ging davon aus, daß es ein mißglückter Einbruch gewesen war. Asta muß wachgeworden sein und hat den Einbrecher abgepaßt, als der gerade dabei war, die Tür zu knacken. Die Tatzeit wurde auf drei Uhr morgens geschätzt, es gab keine Zeugen, niemand hatte etwas gehört. Asta wurde erst gegen sieben Uhr von der Nachbarin im Flur gefunden. Sein Hinterkopf war eingeschlagen und das Gesicht unkenntlich. Als die Untersuchung begann, mußte die Polizei erst die zersplitterten Zähne zusammenfegen. Sie hatten keinen Anhaltspunkt, wer das gewesen sein könnte. Ob Asta Feinde hatte, und wie es mit ihm und Drogen stand, wollten sie wissen.

Zwei Stunden später waren wir erneut auf der Straße und fühlten uns zu fertig, um zu heulen. Wir saßen im Park und starrten vor uns hin. Danach verzogen wir uns in Mirkos Wohnung, rauchten und hörten Musik, so leise, als wäre sie nicht an. Ich kann mich an kein einziges Wort erinnern, das wir gesprochen haben. Ich blieb die Nacht über bei Mirko, und wir vögelten müde miteinander. Aber das hatte eigentlich nichts mit Sex zu tun. Es war ein Tribut an die Zeit mit Asta. Wir waren eine Familie, wir liebten uns, wir würden für immer Freunde bleiben.

Am Tag danach ließ ich mir nichts anmerken. Auch während der folgenden Wochen und Monate tat ich, als ob die Gedanken in meinem Kopf einer Fremden gehörten.

Die Polizei fand keine Spur vom Mörder, und bei der Beerdigung schüttelten wir Astas Eltern die Hand und machten, daß wir wegkamen. Ich blieb noch bis Ende des Jahres im Kindergarten, dann packte ich meine Sachen und verließ Oldenburg, ohne es jemandem zu sagen. Ein Studienplatz, um den ich mich im Vorjahr beworben hatte, war in Kassel freigeworden. Ich fand übers Internet eine Wohnung, immatrikulierte mich und wurde im Frühjahr Studentin.

Niemand von der Clique wußte davon. Nicht Jenni und nicht Mirko. Die Angst in mir war zu groß. Die Schnellen waren auf meiner Spur. Ich hatte die Tür wieder aufgestoßen, und Asta war deswegen gestorben.

6

Ich wurde ein anderer Mensch und nahm mein Medikament regelmäßig, hörte auf zu rauchen und trank keinen Alkohol mehr. Zweimal in der Woche schwitzte ich in einem Fitneßstudio und wälzte Unmengen von Büchern. Ich wollte alles über Psychosen erfahren. Ich suchte Erlebnisse, die sich mit meinen deckten und in dieselbe Richtung wiesen. Wie kamen andere Menschen mit solchen Erfahrungen zurecht? Taten sie etwas dagegen oder versuchten sie, mit dem Zustand zu leben? Welche Heilmethoden gab es?

Neben meinem Studium war ich in Psychologie als Gasthörerin eingetragen und begann parallel zu den Sachbüchern die Literatur nach ähnlichen Fällen zu durchforsten.

Um Geld zu verdienen, kellnerte ich in einem Café, manchmal auch in dem Fitneßstudio, was es mir leichter machte, die Stunden dort zu bezahlen.

Das Studieren wurde zu einer Lebensaufgabe, die Dinge liefen.

Niemand wollte mehr von mir, als das, was ich zu geben hatte. Es war ein mir ganz neues Gefühl. Lockere Bekanntschaften entstanden, nichts Ernsthaftes entwickelte sich daraus. Ich war einfach ich und träumte davon, anderen Menschen zu helfen. Aber natürlich stimmte das so nicht. Wie ich es auch drehte und wendete, eigentlich ging es nur darum, mir selbst zu helfen. Seit Astas Tod war eine unglaubliche Angst in mir, und ich versuchte für diese Angst eine Heilung zu finden. Besonders in Träumen wurde die Angst lebendig. Mehrmals in der Woche erwachte ich schweißgebadet und mußte die Lichter in der Wohnung anmachen, um mich zu beruhigen.

In meinem Traum schwebte das Gesicht der Frau über mir, und ich hörte sie sagen: »Das ist das dritte Mal.« Darauf ich: »Es ... es tut mir leid.« Und dann die Frau: »Lüg nicht, nichts tut dir leid. Das hier darf nie wieder passieren. Jedes Mal, wenn du die Tür öffnest, kostet es dich. Verstehst du?«

Ich verstand, ich verstand sehr gut und erwachte jeden Morgen naßgeschwitzt in meinem Bett.

Nichts half. Keine Bücher und kein Nachdenken, rein gar nichts half gegen meine Angst, die Psychose zufällig auszulösen und die Welt der Schnellen zu betreten.

Wer wird dann sterben? fragte ich mich, *Und warum bestraften sie nicht mich?*

Weil du eine von ihnen bist, war eine Antwort, die mir in den Sinn kam.

Aber warum dann die Bestrafung?

Ich verstand es nicht und brach bei jedem kleinen Anzeichen von Unruhe in Panik aus. Unzählige Male nahm ich mein Medikament außerhalb der vorgeschriebenen Zeit, nur um sicherzugehen. Einfach nur, um sicherzugehen.

Der Tag, an dem ich begriff, daß die Wirkung meines Medikaments nicht mehr ausreichte, war ein streßfreier Tag. Das Wetter erinnerte an Sommer, meine Laune war blendend und zwei Kommilitoninnen hatten mich zum Frühstück eingeladen. Ich kam am Nachmittag zurück nach Hause und nahm ein Bad, arbeitete am Computer und las ein wenig, als ich ein Geräusch hörte. Ich schaute ins Schlafzimmer und dann in die Küche. Da war nichts. Das Geräusch wiederholte sich, es war ein lautes Schaben. Ich stellte mich ans Fenster. Draußen dämmerte es, die Schatten wirkten grau und verwaschen. Ich kniff die Augen zusammen, um besser zu sehen. Und dann sah ich sie – auf dem Hof saß die Katze des Hauswarts und kratzte sich.

Ach, mehr ist es nicht, dachte ich und wollte mich eben abwenden, als mich der Geruch überschwemmte. Schwer und süßlich. Wilder Jasmin und der Duft von gegossener Blumenerde. Ich roch Zigarettenrauch und ein herbes Parfum. Im selben Moment bemerkte ich im gegenüberliegenden Haus eine Gestalt. Sie lehnte mit den Armen auf dem Fensterbrett und rauchte. Für wahrscheinlich zwanzig Sekunden stand ich da und rührte mich nicht. Meine Wohnung lag im vierten Stock, das Fenster war geschlossen. Es war wieder so weit.

Ohne zu überlegen wandte ich mich vom Fenster ab und rammte meine Stirn gegen die Küchentür.

Als ich wieder zu Bewußtsein kam, lag ich auf dem Boden und mein Kopf fühlte sich an, als wäre er gespalten. Ich zog mich am Türrahmen hoch und torkelte ins Bad, um mich in die Toilette zu übergeben. Ich war so erledigt, daß ich neben dem Klo einschlief. Das Telefon weckte mich. Ich wusch mir das Gesicht und sah mir an, was ich getan hatte. Die Platzwunde an meiner Stirn war blutig verkrustet, aber es hatte geklappt, ich hatte früh genug die Notbremse gezogen.

Eine Stunde später war ich bei meinem neuen Arzt.

– Natürlich kann ich Ihre Dosis erhöhen. Wenn Sie Angstzustände haben. Das soll ja nicht sein, sagte er und öffnete seinen Kalender, Wir gehen einfach auf die alte Menge zurück. Kommen Sie doch nächsten Mittwoch wieder. Da machen wir dann eine kleine Untersuchung und besprechen noch einmal alles.

– Nächste Woche? sagte ich.

Er sah auf seine Uhr, sah mich an.

– Gibt es da ein Problem?

Ich weiß nicht, warum ich den Kopf geschüttelt habe. Ich glaube, mir wurde in diesem Moment bewußt, daß mir die normale Dosis keine Hilfe sein würde.

– Kein Problem, sagte ich.

Der Arzt schrieb mir eine kleine Notiz, damit ich den Termin nicht vergaß, und riet mir, mich richtig gut auszuruhen. Nachdem ich seine Praxis verlassen hatte, knüllte ich die Notiz zusammen und ließ sie auf die Straße fallen. Das war eindeutig der falsche Weg gewesen. Mir reichte das Medikament nicht, ich kannte die normale Dosis, mit ihr hatte ich angefangen, sie würde nichts bringen. Was ich brauchte waren Dämpfer, richtige Dämpfer.

Sie hieß Henna und war seit vier Jahren an der Uni. Sie wollte das noch vier Jahre lang machen, weil sie fand, daß es außerhalb der Studentenwelt nichts gab, was sie reizte. Wir hatten öfter schon zusammen Kaffee getrunken, Bücher ausgetauscht, und einmal kam sie zu Besuch, und wir quatschten die Nacht durch. Ich wußte, daß sie mich mochte, und erzählte ihr dennoch nur die halbe Wahrheit. Ich schilderte mein Problem, daß ich Ängste hätte, kaum Schlaf fand und daß mich mein Arzt nicht ernst nahm.

Mittendrin unterbrach mich Henna.

– Du willst was Kräftiges, einen richtigen Ausknocker, richtig?

Ich nickte.

– Gib mir drei Tage.

Nach zwei Tagen meldete sie sich. Ich besuchte sie in ihrer WG, ihr Laptop lief, wir waren allein in der Küche.

– Das hier, sagte Henna und tippte mit der Bleistiftspitze auf den Bildschirm, Ist eine von mehreren Optionen. Ich habe alle anderen abgecheckt und denke, mit dieser fährst du am besten. Etwas Vorarbeit ist dafür nötig. Ein paar kleine Untersuchungen, ein paar schlaflose Nächte, und du hast die gesamte Ärztekammer in der Tasche.

Ich beugte mich vor und las den Namen auf dem Bildschirm: *Glossodynie.*

– Diese Fälle sind so etwas wie der *blind spot* der Ärzte. Damit kriegst du sie in den Sattel und kannst sie auf ihrer Hoffnung davonreiten lassen. Du mußt sie aber hinlenken, sonst haben sie keinen Schimmer, wovon du sprichst. Lern die Symptome bis ins Detail. Beschränke dich dabei auf persönliche Probleme und noch mal persönliche Probleme. Niemand soll auf die Idee kommen, daß du an Vitaminmangel leidest.

Ich nickte und sah wieder auf den Bildschirm.

Glossodynie ist ein Zungenbrennen, das sich auch auf den

Gaumen und die Lippen ausweitet. Es tritt hauptsächlich bei Frauen in den Wechseljahren auf und geht einher mit Mundtrockenheit, Geschmacksstörungen und Durst. Glossodynie verstärkt sich bei Anspannung und Müdigkeit. Auch psychologische Aspekte wie beispielsweise Angstzustände, Depressionen oder Phobien spielen als krankheitsauslösende Faktoren eine Rolle. Da es oftmals keine Veränderung an der Schleimhaut oder der Zunge selber zu finden gibt, stehen die Mediziner vor einem Rätsel. Viele der Frauen verfallen in Depressionen und sind suizidgefährdet. Man verschreibt ihnen trizyklische Antidepressiva und Therapien und hofft so auf Besserung.

– Ein Schmerz in der Zunge? sagte ich

– Ein andauerndes Brennen, korrigierte mich Henna, Tag und Nacht, mal an-, mal abschwellend, aber immer unwiderruflich anwesend. Das kann dich schon schaffen. Und da den Ärzten nichts einfällt, pumpen sie die armen Frauen mit Antidepressiva voll. Prima, was?

Ich nickte.

– Und du meinst . . .

Henna winkte ab und druckte mir die zwei Seiten aus.

– Das kriegen wir mit links hin. Ich weiß auch schon den richtigen Arzt. Er ist neu und froh über jeden Patienten. Außerdem sieht er süß aus. Den knackst du mit links.

◉

Mit links war etwas übertrieben.

Ich bereitete mich die Woche über auf meinen Besuch vor. Schlief am letzten Tag wenig, war abgehetzt und hatte vom Rauchen und dem vielen Kaffee Zitteranfälle. Als mich der Arzt fragte, was mein Problem wäre, brach ich in Tränen aus und wollte wieder gehen. Es war perfekt. Ich war schwach und hilfsbedürftig, und er war stark und hilfsbereit. Ich erzählte ihm ein wenig aus meiner Kindheit und malte die Geschichten düster und schwarz aus. Dann erzählte ich von einer langjährigen Therapie in Oldenburg, von den zu schwachen Medikamenten und dem Schmerz in meiner Zunge, der nur oberflächlich gelindert wurde.

Von da an ging es so leicht, daß es hätte verboten sein müssen.

Was mir der Arzt beim ersten Mal verschrieb, war ein Mittel, das mich richtiggehend ausschaltete. Die Träume und die Angst verschwanden. Ich lebte hinter Filtern und brauchte für alles etwas länger – etwas mehr Schlaf, etwas mehr Worte, etwas mehr Zeit. Es war genau die Wirkung, die ich mir erhofft hatte. Ich wollte lieber mehr Filter, als zu wenig.

Dann setzte die Gewöhnung ein.

Nach drei Monaten hatte ich das Gefühl, daß sich mein Körper dem Medikament angepaßt hatte. Ich wurde unsicher, etwas Stärkeres mußte her. Also ging ich wieder zum Arzt, wo ich die tragische Nummer wiederholte und endlich – wie es mir Henna prophezeit hatte – zum Versuchskaninchen auserkoren wurde. Der Arzt zeigte sich zunächst von der ratlosen Seite, dann überreichte er mir ein Medikament, das sich im Testverfahren befand.

– Ich mache das inoffiziell, erklärte er mir, Aber bei Ihrem Problem, denke ich, sollten wir diesen Versuch wagen.

Er zeigte auf die Verpackung.

– Hierbei handelt es sich um ein neues Anti-Epileptikum, das sich im Testzustand befindet. Es wirkt stärker beruhigend als die Antidepressiva, die Sie bisher ausprobiert haben. Bei Patientinnen mit Glossodynie muß man beinahe das Risiko eingehen, klinisch noch nicht erprobte Medikamente zu verschreiben. Deswegen werde ich bei Ihnen eine Ausnahme machen.

Mir war klar, daß er seine Praxis mit solchen Experimenten finanzierte, und ich hatte nichts dagegen. Ich half ihm, er half mir.

– Und achten Sie bitte auf die Nebenwirkungen, gab er mir mit auf den Weg.

Die Anti-Epileptika waren genau das, was mir gefehlt hatte. In einem monatlichen Rhythmus berichtete ich dem Arzt, was ich für Erfahrungen mit dem vorherigen Medikament gemacht hatte. Er schrieb eifrig mit und schickte mich mit einer neuen Probepackung nach Hause. Bei einigen reagierte ich allergisch, bei anderen war es Übelkeit und ein taubes Gefühl in Händen und Füßen. Was aber auch geschah, pünktlich am 10. stand ich in der Praxis, um mir das neueste Produkt abzuholen.

Die Nebenwirkungen machten mich träge und erschöpft, manchmal heulte ich grundlos vor mich hin, und manchmal konnte ich mich über den letzten Blödsinn totlachen. Ich bekam ein wenig Haarausfall, unangenehme Schweißausbrüche und hatte das witzige Gefühl, Strom würde durch meine Zähne fließen. Ab und zu verlor ich mein Empfinden für die Zeit, setzte mich aufs Bett und stand im nächsten Moment im Badezimmer, ohne zu wissen, wie ich dahin gekommen war. Zum Glück gab es diese Aussetzer nur bei mir zu Hause. Damit konnte ich leben. Ich konnte mit so vielem leben. Nebenwirkungen hin oder her, ich behielt die Panik im Griff und fühlte mich sicher, mehr zählte nicht.

7

Über vier Jahre waren seit der Szene in der U-Bahn vergangen, und ich hatte die Psychose gebannt. Mit dem Gefühl der Sicherheit kehrte mein Interesse an Männern wieder. Ich wurde durch die Medikamente empfindlicher, was Geräusche und Stimmungen anging. Kaum hatte jemand schlechte Laune, verzog ich mich, und bei Fernsehserien fing ich während der peinlichsten Szenen an zu heulen. Nach einem halben Glas Alkohol wurde ich gesprächig und flirtete mit jedem, der auch nur ansatzweise männlich aussah. Mir fehlte dringend Nähe, und ich hatte keine Lust mehr, weiterhin allein aufzuwachen. Also fing ich an, mich nach einem Partner umzusehen.

Einer meiner Professoren lud mich zu einer Party ein. Viele aus meinem Semester waren da, eine Band spielte, es gab ein kaltes Büffet und genug Getränke, um eine Belagerung auszuhalten. Ich tanzte viel und sah mich um, doch niemand fiel mir auf, mit dem es sich gelohnt hätte, mehr als fünf Minuten zu sprechen. Gegen zwei verabschiedete ich mich und beschloß, den kurzen Weg zu mir nach Hause zu laufen. Ich mochte das, einsam und verlassen durch die Straßen zu spazieren und fragte mich, wie es sein mußte, wenn man genau dasselbe in einer Großstadt tat, wo die Grenzen viel weiter gesteckt waren.

Es war Oktober und eine von diesen ersten Herbstnächten, die eine Vorahnung von Winter mit sich bringen. Der Himmel war sternenklar und der Geruch von verbranntem Laub hing in der kalten Luft. Auf dem Gras lag Frost, und die glatte Straße spiegelte die Laternen in einem unwirklichen Licht.

Irgendwann fuhr ein Taxi neben mir her. Ich ignorierte es. Dann glitt das Beifahrerfenster herunter und ein Mann fragte, ob ich nicht mitfahren wollte. Ich schüttelte den Kopf und lief weiter. Kurz darauf fuhr das Taxi an mir vorbei und verschwand um die Ecke. Ich atmete erleichtert aus und blieb stehen, um mir eine Zigarette anzuzünden.

– Entschuldige, sagte eine Stimme hinter mir.

Ich erschrak so sehr, daß ich auf dem glatten Bürgersteig beinahe ausgerutscht wäre.

– Ich bin's nur, sagte der Mann, Der Typ aus dem Taxi. Ich bin ausgestiegen. Entschuldige, ich wollte dich nicht erschrecken.

– Schon gut, sagte ich, und er ließ meinen Arm los. Ich stand wieder sicher und schaffte es, mir selbst Feuer zu geben. Wir sahen uns an.

– Und? fragte ich.

– Was und? fragte er zurück.

Ich ließ den Rauch durch die Nase entweichen.

– Was jetzt?

Er schaute sich um, als würde er sich wundern, was er hier eigentlich tat.

– Ich weiß nicht.

– War ganz schön dumm, das Taxi fahren zu lassen. So schnell kriegst du um diese Uhrzeit kein neues.

– Ich kann ja laufen, sagte er und lief neben mir her.

Er brachte mich nach Hause und nahm dabei kein einziges Mal die Hände aus den Hosentaschen. Es war nett, mit ihm zu quatschen. Er war vielleicht zwei Jahre jünger als ich und sah gut aus. Ich sagte ihm nicht, daß er mir auf der Party nicht aufgefallen war. Wir verglichen Freunde und Studium, wir verwarfen die neuen Filme und lobten die Klassiker. Es war der übliche Quatsch, aber mit jeder neuen Geschichte bildete sich ein gemeinsamer Nenner, und ich fühlte mich wohl, weil er an mir interessiert war.

– Hier wohne ich.

Er schaute am Haus hoch.

– Vierter Stock?

– Woher . . .

– Du siehst aus wie jemand, der gerne den Überblick behält, sagte er und zog seine Hand aus der Hosentasche. Sie war angenehm warm.

– Gut, daß du nicht ins Taxi gestiegen bist, sagte er.

– Gut, daß du ausgestiegen bist, sagte ich.

Wir schüttelten Hände wie zwei Idioten, die zu nichts anderem fähig sind.

– Also, sagte ich nach fast einer Minute und ließ seine Hand los.

Er trat einen Schritt zurück.

– Ich würde gerne, aber ich kann dich nicht mit hochnehmen, sagte ich.

– Verstehe. Zu unordentlich.

Wir lachten.

– Ja . . .

Ich tippte mir an die Stirn.

– . . . in meinem Kopf.

Er schob sich die Hände wieder in die Hosentaschen. Ich wußte nicht, wie er hieß, er wußte nicht, wie ich hieß, und ich sah mich in den nächsten Tagen die Kleinanzeigen wälzen.

– Wenn ich morgen früh hier noch herumstehe . . .

– . . . dann mache ich Kaffee und bringe ihn dir runter, versprach ich und beugte mich vor. Wir küßten uns so kurz, daß ich sofort vergaß, wie es sich anfühlte. Eine nervöse Erinnerung blieb.

– Bis dann.

In meiner Wohnung ließ ich die Lichter aus und trat an das Fenster vom Wohnzimmer. Er stand auf der gegenüberliegenden Straßenseite, bemerkte mich und winkte. Dann rief er etwas. Ich öffnete das Fenster. Seine Stimme klang schneidend klar:

– MAREK!

– Ich wollte nicht antworten, ich wollte diesen spannenden Moment festhalten. Als ich dann aber lächelte, machte sich mein Mund selbständig:

– VAL!

Es fühlte sich an, als würde mit dem Klang meines Namens etwas Neues eingeläutet werden. Marek schaute noch für einige Sekunden herauf, dann drehte er sich um und ging. Ich sah ihm hinterher, zog mich aus und kroch in mein Bett, ohne Licht zu machen.

Gegen vier Uhr morgens erwachte ich schweißgebadet, stieß die Decke von mir und rannte ins Bad. Mit nervösen Fingern drückte ich eine Pille aus der Verpackung, schluckte sie ohne Wasser und stand da und wartete, daß das Zittern verschwand. *Wie konntest du es nur vergessen?*

Ich wußte es nicht.

Reiß dich jetzt bloß zusammen, werde nicht übermütig, reiß dich verdammt noch mal zusammen.

Minuten später lag ich wieder im Bett, beruhigt und zufrieden durchlebte ich ein zweites Mal den Spaziergang mit Marek durch die Nacht. Ein guter Anfang.

8

Und dann kamen sie. Ich bin mir nicht sicher, worauf sie gewartet hatten oder ob es einen Auslöser gab. Ich weiß nur, daß nach langer Zeit mein Leben wieder anfing lebenswert zu werden und ich es einfach nicht verdiente, daß sie sich einmischten.

In dem ersten Jahr mit Marek pendelten wir zwischen unseren Wohnungen hin und her. Es gab kaum eine Nacht, die wir ohne den anderen verbrachten. Wir waren verkitscht und romantisch und schrecklich ineinander verliebt. Trotz aller Nähe erfuhr er nichts von meiner Psychose. Ich hatte mich im Griff und war die Val, die er liebte, mehr war nicht nötig.

Als Marek damit anfing, daß er meine Eltern unbedingt kennenlernen wollte, erzählte ich von einer dramatischen Scheidung, daß meine Mutter ihren Mädchennamen wieder angenommen hatte und in Berlin lebt. Kontakt gleich null. Für meinen Vater galt dasselbe. Böses Blut. Er war vor Jahren verschwunden und schickte Geld, das war es.

Ich brauchte diese Lügen, weil ich Marek nicht mit meiner Vergangenheit verbinden wollte. In Kassel war die Gegenwart, hier tickte das Jetzt. Was davor in Oldenburg gewesen war, hatte ich in einen Kleidersack gestopft wie einen Mantel, der mir zu eng geworden war. So war es besser.

Nur die Aussetzer machten mir in diesen Monaten zu schaffen. Da ich es gewohnt war, die Nächte allein zu verbringen, war ich es auch gewohnt, die Aussetzer zu ignorieren. Jetzt war Marek an meiner Seite, und er fand das gar nicht witzig.

Daß ich ihn in der einen Nacht angeschrien hatte und wissen wollte, wer er war, schrieb er schlechten Träumen zu. Auch, daß ich einmal am Morgen heulend unter dem Bett lag, nahm er hin. Böses Blut eben. Wir sprachen darüber, er akzeptierte meine Erklärungen. Wir liebten uns. Dann hatte ich einen sehr schlimmen Aussetzer. Ich erinnere mich nicht an die Details, nur daß es Marek zu viel wurde und er in meinen Sachen zu kramen begann. So entdeckte er mein

Medikament und sprach mich darauf an. Ich winkte ab, ließ mir Ausreden einfallen. Marek reichte das nicht, er wollte es genauer wissen und schluckte meine Tagesdosis. Von da an gingen mir die Erklärungen aus. Ich brach eines Abends zusammen und erzählte von einer schlimmen Jugend und daß meine kaputten Nerven dazu geführt hätten, daß dieser Schmerz in meiner Zunge auftrat. Marek hatte natürlich noch nie von Glossodynie gehört. Ich gab ihm einen Kurzabriß und meine Kopien aus Fachzeitschriften und dem Internet. Das saß. Marek wurde ganz rührig. Er verstand nicht, warum ich ihm das nicht vorher erzählt hatte. Wir lagen uns in den Armen. Es ging so einfach, wir waren so verliebt, ich hätte nie gedacht, daß es so einfach gehen könnte.

In dieser Zeit kamen sie wieder.

Nicht sichtbar für mich, ich war ja eine der Langsamen, dennoch wußte ich, daß sie da waren. Die Atmosphäre änderte sich, die Luft schmeckte anders. Ich sah sie in Spiegelungen von Schaufensterscheiben und Autos vorbeihuschen, sah aus den Augenwinkeln schattenhafte Bewegungen und hörte Stimmen. Hoch und schrill wie ein Sender, der durch den Äther jagt und sich in Nichts auflöst. Und nie war da jemand, der gesprochen hatte. Panik, ich brach in Panik aus. War ich dabei, in eine Paranoia zu verfallen? Was geschah? Und warum hatten sie sich so lange nicht blicken lassen und tauchten jetzt plötzlich wieder auf? Hatten sie etwas vor? Was hatten sie vor?

Das alles geschah in der vergangenen Woche. Da es niemanden gab, mit dem ich darüber reden konnte, fühlte ich mich einsam und hilflos. Ich erhöhte die Dosis meines Medikaments, aber das brachte nichts. Für zwei Tage war ich matschig im Kopf und kam nicht aus dem Bett. Ich zwang mich nach draußen, und die Schnellen folgten mir, ihre Stimmen, ihre Schatten, mehr geschah nicht. Mein Schutzwall war also stabil, es hatte nichts mit der Psychose zu tun, aber was jetzt?

Genau an diesem Tag kam Jennis Mail. Fast drei Jahre waren vergangen, und Jenni schrieb, daß sie meine Adresse über das Internet herausgefunden hätte und fragte, was ich davon halten würde, wenn wir uns wiedersähen.

Wenn du wüßtest, wie sehr ich deine Hilfe brauche, schrieb ich ihr zurück.

◎

Jenni kam am Dienstag mit dem Zug. Ich holte sie vom Bahnhof ab und war so erleichtert, sie zu sehen, daß ich in Tränen ausbrach.

Ihr Haar war länger, sie wirkte insgesamt reifer, beinahe älter als ich, obwohl sie ein Jahr jünger war. So vieles an ihr hatte sich verändert, daß ich nicht wußte, ob sie mich annehmen würde, wie ich war. Die unveränderte Val.

– Schau uns an, sagte sie nach der Umarmung, Wir sind groß geworden.

– Und wir sehen auch noch klasse aus, sagte ich. Jenni stellte sich in Pose und drehte sich einmal im Kreis, als sie mich wieder ansah, runzelte sie die Stirn.

– Wieso heulst du?

– Ich freu mich einfach, dich zu sehen.

– Das ist alles? Deswegen heult man doch nicht.

Ich schluchzte los. Ich fühlte mich müde und überfordert von der Rückkehr der Schnellen. Und ich war froh, daß endlich jemand da war, mit dem ich darüber sprechen konnte.

– Nachher, sagte ich, Ich erzähl es dir nachher.

Auf dem Weg durch die Stadt plapperte Jenni ohne Pause, und ich nahm die Schnellen aus den Augenwinkeln wahr. Sie wußten, was ich tat; sie beobachteten jeden meiner Schritte.

Wir verbrachten einige Stunden in einem Café, aßen Kuchen, rauchten Kette und schwiegen keine zehn Sekunden. Jenni wollte wissen, ob noch etwas mit Max gewesen wäre, und warum ich nur so verschwinden konnte. Von ihr selbst kamen so viele Geschichten, daß ich das Gefühl hatte, zehn Jahre müßten vergangen sein. Sie arbeitete jetzt beim Film, kämpfte sich dort nach oben und träumte davon, eines Tages hinter der Kamera zu stehen.

– Und dann ist da Theo, sagte sie.

Theo war Drehbuchautor und Besitzer von drei kleinen Kinos. Zusammen feilten sie an *dem* großen deutschen Film. Jenni brauchte mir nicht zu erklären, wie verliebt sie war. Jede Geste, jedes Augenverdrehen, jedes Lachen verriet sie.

– Und das Beste ist, wir haben ein Grundstück mit einem verfallenen Bauernhof gekauft. Es liegt eine halbe Stunde außerhalb von Oldenburg. Du kannst das ganze Land überblicken. Das Erdgeschoß ist schon renoviert. Es ist ein Traum. Du mußt uns einfach besuchen kommen.

Ich versprach ihr, ich würde mir die Semesterferien dafür freinehmen. Natürlich sponnen wir gleich weiter, wie es wohl wäre, wenn auch ich da hinziehen würde. Und Marek?

– Den bringst du einfach mit. Wenn er das Grundstück sieht, werden seine Triebe geweckt, und er beginnt Feuerholz zu sammeln. Ich habe es bei Theo beobachtet. Männer sind so schön simpel.

– Aber jetzt, sagte sie in einer Atempause, Will ich deine Wohnung sehen.

Wir fuhren zu mir nach Hause. Jenni kam sofort ins Schwärmen, ganz besonders als sie mein Bad sah – die große Wanne und das Grünzeug drumherum.

– Ich nehme nachher ein Bad, sagte sie, Davon wird mich nichts abhalten.

Beim Kochen gab ich ihr einen Abriß, was seit meinem Verschwinden passiert war. Ich versuchte, irgendeinen guten Dreh hinzubekommen, um ihr von den Schnellen zu erzählen und daß ich sie überall sah. Was dann aber tatsächlich aus meinem Mund kam, war das reine Schuldeingeständnis.

– Halt, warte mal, Pause, unterbrach mich Jenni.

Wir saßen am Tisch, die Salatschüssel war leer. Ich verstummte, als hätte mir Jenni auf die Finger geschlagen.

– Du willst sagen, daß *du* an Astas Tod schuld bist?

– Du weißt, sie haben mich gewarnt, sie - - -

– Das ist Blödsinn, unterbrach mich Jenni.

– Ist es nicht, ich weiß, daß - - -

– Val, sei doch mal für einen Moment still, ja?

Ich preßte die Lippen zusammen. Es war einer von diesen Momenten, in denen ich völlig ausgeliefert war. Jenni konnte sagen, was sie wollte, ich würde es mir zu Herzen nehmen. So fühlte ich mich und dachte: *Bitte, Jenni, sag was Kluges.*

– Ich ... es ist nicht so, daß ich dir das nicht glaube, sprach sie weiter, Das mit den Schnellen und so. Ich glaube schon, daß du während deiner Psychose besondere Sachen gesehen hast. Ich weiß nur nicht, ob sich diese Sachen wirklich auf unsere Realität anwenden lassen. Ob sie so weit rüberreichen.

– Und Asta?

– Du weißt nicht, wer Asta umgebracht hat.

– Aber . . .

Ich verstummte, natürlich wußte ich es nicht.

– Ich versuche ja nur, die Teile zusammenzufügen, sagte ich, Es geschah auf der Party, nachdem ich Max bei seiner Schlampe überrascht hatte. Erinnerst du dich? Ich weiß noch, daß ich entsetzlich harte Kuvertüre gegessen hatte und dann nach dir suchte. Die Schnelligkeit erwischte mich, als ich alle tanzen sah. In den Tagen zuvor hatte ich wegen dem Streß mit Max kaum geschlafen und mein Medikament vergessen. Das muß zuviel gewesen sein. Ich rutschte in die Psychose und wurde eine von den Schnellen. Das kann doch kein Zufall gewesen sein, daß Asta in derselben Nacht starb, das glaube ich nicht.

Jenni legte die Hände flach auf die Tischplatte, als müßte sie den Tisch davon abhalten, daß er abhob.

– Ich glaube nicht an Zufälle, Val. Genausowenig aber glaube ich daran, daß du durch deinen psychotischen Zustand irgendwelche Killer herbeirufen kannst, die deinen Freund ermorden, weil sie dich damit bestrafen wollen. Das ist unlogisch.

Es klang unlogisch, es klang wie ein Thriller, in dem der Held eine große Machenschaft aufdeckt und dann . . .

Ja, was dann?

– Bist du denn seitdem wieder abgerutscht?

Ich mochte es, wie Jenni meine Begriffe benutzte. Sie gab mir das Gefühl, wirklich hier zu sein.

– Einmal stand ich kurz davor, sagte ich und hielt ihr meine Stirn hin, Siehst du die kleine Narbe?

Jenni beugte sich über den Tisch, ich spürte ihre Finger auf meinem Kopf.

– Was ist passiert?

– Ich bin gegen die Küchentür gelaufen.

– Autsch.

– Um es aufzuhalten, verstehst du? Ich habe mich ausgeknockt, und es hat wirklich geklappt. Seitdem ...

Ich erzählte ihr von Hennas Plan, von Glossodynie und dem neuen Arzt. Ich erzählte ihr, daß ich den Großteil der Zeit auf halber Energie lief.

– Und das klappt? fragte Jenni zweifelnd, Ich meine, macht dich das nicht völlig krank?

– Ich bin nicht superfit, aber es geht. Über zwei Jahre sind vergangen, und nichts ist passiert. Ich würde schon sagen, daß es klappt. Eigentlich geht es mir prächtig. Ich bin zwar hundemüde, aber an die Müdigkeit habe ich mich gewöhnt. Der Rest ist prima. Wenn du erst mal Marek siehst. Er ist wirklich klasse. Ich liebe ihn, verstehst du? Ich liebe ihn so richtig.

Jenni lächelte, ein Blinder hätte gesehen, daß ich verliebt war.

– Weiß er von deiner Psychose?

– Er denkt, ich habe Glossodynie, und ich hätte es ganz gern, wenn er es auch weiterhin denken würde. Deswegen kommst du genau richtig.

Ich griff über den Tisch nach ihren Händen.

– Es gibt sonst niemanden, mit dem ich darüber reden kann. Ich konnte es Marek einfach nicht sagen, er hätte mich für durchgeknallt gehalten. Niemand weiß sonst davon. Und jetzt sind sie wieder da.

Ich erzählte Jenni von meinem Gefühl, beobachtet zu werden. Wenn ich Cafés betrat, wenn ich in einen Bus stieg, beim Einkaufen. Immer war da jemand, der mir auswich.

– Siehst du sie? fragte Jenni.

Ich schüttelte den Kopf.

– Ich kann sie nicht sehen. Ohne Psychose bin ich eine von den Langsamen. Auch wenn ich wollte, sie sind einfach zu schnell für mich.

– Scheiße.

– Richtige Scheiße. Ich kapier nicht, warum sie ausgerechnet jetzt hinter mir her sind. Ich habe nichts getan. Es macht keinen Sinn.

Als ich das sagte, fragte ich mich, was überhaupt Sinn machen würde. Was war der Sinn hinter einer Psychose oder Astas Tod oder meinem Leben in Kassel?

– Wenn sie dich verfolgen - - -

– Sie tun es, unterbrach ich Jenni gereizt.

– He, ist ja okay. Was ich sagen will ist, wenn sie dich verfolgen, warum drehst du dann nicht den Spieß um?

– Was?

– Folg ihnen und finde heraus, wer sie sind, wo sie sind und ganz besonders, warum sie sind.

Ich sah sie nur an.

– Wie soll ich - - -

– Val, tu nicht so, als ob du dämlich wärst. Was denkst du, wie ich dich gefunden habe?

Ich lachte und drückte meine Zigarette aus.

– Was soll ich deiner Meinung nach tun? Soll ich im Internet *DIE SCHNELLEN* in die Suchmaschine eingeben oder was?

– Oder was, wiederholte Jenni ernst.

◎

Wir machten ein Spiel daraus und sammelten Begriffe, die mir zu meiner Psychose einfielen. Bis fünf Uhr morgens hatten wir sechsunddreißig und legten uns schlafen. Ich wurde um den Mittag herum als Erste wach und bereitete uns Frühstück, danach machten wir sofort weiter. Wir strichen die, die sich ähnelten, und brachten sie auf einen Begriff. Zum Schluß blieben neun übrig. Darunter waren mit *Die Schnellen* und *Türen* auch *Zeitverzögerung* und *Das Spiegelprinzip*.

Der nächste Schritt war das Internet. Wir jagten die Begriffe über *MetaGer* durch alle verfügbaren Suchmaschinen und druckten bis Sonntagnachmittag an die dreihundert Seiten mit Links aus, um sie auf Gemeinsamkeiten zu prüfen. Da war totaler Blödsinn dabei – Werbeseiten, Fanclubs, Versandservice, Reparaturdienste, Veranstalter. Sie hatten alle eines gemeinsam – sie hatten rein gar nichts mit Psychosen zu tun. Ich war mir aber sicher, daß wir etwas finden würden. Die Schnellen mußten nach irgendeinem System miteinander kommunizieren.

– Wie kommst du darauf? fragte Jenni.

– Weil sie clever sind, und weil sie sich mehr in unserer Welt aufhalten, als wir in ihrer. Die Frage ist, wie finden sie sich, und wie verstecken sie ihre Welt?

Öfter tauchten am Ende der Suchergebnisse Zahlen auf, die keinen Beitext hatten. Der Großteil dieser Links hatte seine Domäne bei *t-online* und öffnete beim Anklicken eine tote Seite. Wir hatten ungefähr neunzig Links vom gleichen Typ gesammelt, die sich bei verschiedenen Begriffen miteinander deckten und Seiten öffnen sollten, es aber nicht taten. Wir versuchten, ein System hinter den Zahlen zu finden. Nichts. Wir löschten hier und da mal eine Ziffer. Nichts geschah. Wir verzweifelten. Das ganze Wohnzimmer war mit ausgedruckten Seiten bedeckt, ein Teppich von scheinbar toten Links.

– Da ist etwas, sagte Jenni.

Sie hatte recht, da war etwas, aber es zu finden, war die Hölle.

Am späten Nachmittag, während ich duschte, machte Jenni weiter. Als ich aus dem Bad kam, saß sie vor dem Monitor und starrte darauf. Der Bildschirm war weiß, nichts geschah.

– Hat er sich aufgehängt? fragte ich.

– Ich weiß nicht, sagte Jenni, Ich habe einen der Links verändert, und dann ist das hier passiert.

Wir warteten, das Weiß blieb, die Festplatte arbeitete auf Hochtouren.

– Laß uns den Computer ausschalten und noch einmal hochfahren, sagte ich, Wahrscheinlich hat er sich aufgehängt und - - -

Weiter kam ich nicht, das Modem fing an zu wählen, es wurde eine neue Verbindung zum Internet aufgebaut. Wir warteten. Der Bildschirm wechselte von weiß zu rot und dann zu blau. Zum Schluß erschien ein Portal, und wir wußten, ohne es auszusprechen, daß wir uns im Bereich der Schnellen befanden. Die Schrift war rot auf schwarz und erstreckte sich über die ganze Seite. Sie war für uns völlig unlesbar. Wir hatten keine Ahnung, was wir da sahen. Ich tippte mit dem Cursor auf *Drucken*, doch der Befehl funktionierte nicht. Ein weißes Eingabefeld tauchte links unten am Bildschirmrand auf.

– Ich glaube, sie warten auf einen Zugangscode, sagte Jenni. Ich bewegte den Cursor und versuchte die Schriftzeichen anzuklicken, doch da war nichts zum Anklicken.

– Was hast du eingegeben? fragte ich.

– Ich habe bei einer der Zahlenkolonnen hinten das t-*online* weggelassen, mehr war es nicht.

Das Rot auf dem Bildschirm begann dunkler zu werden, so daß es bald mit dem Schwarz verschmolz. Dann setzte ein Download ein. Ich reagierte viel zu langsam. Der Download war innerhalb von ein paar Sekunden beendet und der Computer fuhr sich von selbst herunter, bevor ich den Stecker ziehen konnte. Jeder Startversuch schlug danach fehl, kein Laut kam mehr aus der Kiste, die Maschine war tot.

– Wir haben noch die Links, sagte Jenni, und wir drehten uns gleichzeitig um.

Da lagen sie. An die dreihundert Seiten waren in meinem Wohnzimmer verstreut.

– Und was machen wir mit denen? fragte ich.

– Ein paar Computer flachlegen, war Jennis Antwort.

Es tat so gut, Jenni an meiner Seite zu haben. Mit ihr wurde alles real, bekam einen festen Boden, wurde greifbar. Wir waren den Schnellen auf der Spur, daran gab es nichts mehr zu rütteln. Die Frage war nur, wie nahe wir ihnen bisher mit unserer Spielerei wirklich gekommen waren.

Für heute hatten wir genug. Am Tag darauf wollten wir ein paar Internetcafés aufsuchen, um die anderen Links auszuprobieren. Ich telefonierte mit Henna. Um meinen Computer würde sich ein Freund von ihr kümmern. Jetzt war erst mal Pause. Unsere Augen brannten, und die Nacken waren steif vom reglosen Sitzen. Ich fühlte mich, als hätte ich ohne Unterbrechung zwei Tage lang nur Kaffee getrunken. Meinem Körper gefiel das High, Jenni dagegen war völlig ausgepowert.

– Ich will heute abend nichts mehr von dem Zeug sehen, sagte sie und half mir, die ausgedruckten Seiten aufzusammeln, Was aber nicht heißt, daß wir jetzt schweigen.

– Als könntest du schweigen.

Wir lachten, und Jenni fragte, ob ich irgendeine Idee hätte, was das für Schriftzeichen gewesen waren.

– Nicht Arabisch, sagte ich, Und von den Chinesen haben die garantiert auch nicht abgekupfert.

– Vielleicht irgend etwas Biblisches, sagte Jenni.

– Ja, vielleicht.

Wir bekamen Hunger und beschlossen, Pizza zu bestellen. Jenni telefonierte mit Theo und grüßte mich von ihm.

Ich war an der Reihe. Marek freute sich, von mir zu hören. Ich sagte ihm, wir könnten uns vielleicht später am Abend treffen, wenn er Lust hätte, Jenni kennenzulernen.

– Du mußt sie kennenlernen, schob ich hinterher, und er lachte und sagte, wenn das so wäre. Wir verabredeten uns gegen elf in einer Kneipe, vorher wollte ich mit Jenni ins Theater. Ein altes Stück von Anton Wilson wurde aufgeführt, ich hatte nur noch keine Ahnung, wo.

– Schau in die Zeitung, sagte Marek.

Ich bedankte mich für den Tip und legte auf. Jenni kam mit hochgesteckten Haaren und in meinem Morgenmantel aus dem Schlafzimmer.

– Ich werde ein Bad nehmen, sagte sie, Denn wenn ich jetzt kein Bad nehme, dann muß nach der Pizza ein Masseur kommen.

Ich ließ ihr die Wanne einlaufen, stellte Kerzen auf und spendierte meinen teuren Badeschaum. Jenni ließ sich verwöhnen und verschwand wie eine Diva im Wasser. Ich rasierte ihr die Beine, brachte Eistee und Cracker und legte Musik auf. Keine zehn Minuten später klingelte es an der Tür.

– Wenn sie langsam sein sollen, sind sie zu schnell, sagte Jenni, An wen erinnert dich das?

Wir lachten, und ich ging zur Tür. Der Pizzamann reichte mir zwei Kartons und die Rechnung, er strich sein Trinkgeld ein, ohne eine Miene zu verziehen, und verschwand. Als ich eben die Wohnungstür schließen wollte, fiel mir ein, was fehlte. Ich hätte dem Pizzamann hinterherlaufen können, aber wie hoch wäre die Chance gewesen, daß er zufällig eine Flasche Wein im Gepäck hatte?

Ich setzte die Pizzakartons auf dem Küchentisch ab und ging ins Badezimmer. Jenni hatte die Augen geschlossen, ihre Füße sahen heraus, ihre Hände lagen auf dem Wannenrand.

– Ich eß keine Pizza ohne Wein, sagte sie.

– Wie wäre es mit Bier?

– Prol.

– Ich habe bestimmt noch was anderes da.

Ich verschwand in der Küche und kramte ganz hinten im Vorratsschrank.

– Wir müssen feiern, richtig feiern, hörte ich Jenni rufen.

– Was willst du feiern? rief ich zurück und fand eine verstaubte Flasche Sekt.

– Wußt ich es doch! sagte ich laut

– Sag nicht Sekt, kam es von Jenni.

– Sekt, sagte ich halblaut.

Jenni machte Würgegeräusche, also beschloß ich, zum Bahnhof zu laufen, um eine Flasche Rotwein und eine Zeitung zu holen. Vorher füllte ich Jennis Glas mit Eistee auf und legte ihr ein Handtuch hin.

– Was willst du feiern? wiederholte ich,

– Bring erst den Wein, sagte Jenni und winkte mich weg, Sonst kriegst du kein Wort aus mir heraus,

Am Bahnhof gab es keinen Wein, also lief ich zur Tankstelle, kaufte gleich zwei Flaschen und die Zeitung. Auf dem Rückweg blätterte ich darin herum und fand Anton Wilsons Stück. Das Theater lag in der Nähe. Wir hatten noch über eine Stunde Zeit, bevor wir uns auf den Weg machen mußten.

– Ich hab den Wein! rief ich in die Wohnung und hängte meinen Mantel auf, Und ich weiß auch, wo das Stück spielt. Wir können fressen und saufen und schaffen es, bevor der Vorhang hochgeht, selbst wenn wir auf einem Bein hinhüpfen.

Ich betrat das Wohnzimmer.

– Jenni?

Das Licht im Bad war aus. Ich sah in die Küche, sah in das Schlafzimmer.

– Jenni?

Für eine Minute stand ich still und wartete. Die Wohnung gab feine Geräusche von sich. Hier und da ein Knacken, ansonsten war es still. Ich fand das nicht witzig und sah wieder in die Küche. Jennis Glas mit einem Rest Eistee stand auf dem Tisch. Ich ging in den Flur. Mein Blick kehrte zu dem dunklen Badezimmer zurück.

– Jenni ?

Sie würde nie so einen Witz mit mir machen, niemals.

Ich wiederholte ihren Namen, als wäre er ein Weg, der mich zu ihr führen würde.

– Okay, sagte ich leise und schaltete das Licht an.

Das Wasser in der Wanne war grau, etwas Schaum schwamm auf der Oberfläche.

Ich wollte mich eben abwenden, als ich Jenni sah. Sie hockte zwischen Toilette und Badewanne. Ihr Gesicht war zwischen den Knien vergraben, nur ihre Hände waren deutlich zu sehen. Sie hatte sie schützend um ihren Kopf gelegt, zwei Finger an der rechten Hand fehlten. Es sah aus, als ob Jenni in Blut eingetaucht wäre. Ihr blondes Haar wirkte zwischen all dem Rot wie gemalt. Und während ich dastand und Jenni ansah, wuchs die Blutlache um sie herum und sammelte sich unter der Toilette.

Ich weiß nicht, wieso ich wußte, daß sie tot war. Ich weiß nur noch, wie ich dachte: *Wieso blutet sie, wenn sie tot ist?*

Ich wich zurück und wollte das Bad verlassen, als mir die Schrift auf dem Spiegel auffiel. Jemand hatte mit Jennis Blut eine Nachricht geschrieben.

Wo bist Du gewesen?!

Ich schloß die Augen. Als ich sie wieder öffnete, saß ich auf dem Sofa und drückte die Hände auf meine zitternden Knie.

Dann rannte ich zur Wohnungstür und legte die Kette vor. In der Küche suchte ich panisch nach einer Waffe und hörte ein Geräusch. Jemand versuchte reinzukommen. Ich schlich mich an. Die Wohnungstür war einen Spalt geöffnet, die Kette gespannt. Mareks Gesicht tauchte im Türspalt auf.

–Was tust du denn hier? fragte ich.

–Ich ... war in der Gegend. Ich dachte, ich schau mal vorbei, bevor ihr ins Kino geht.

–Theater, sagte ich.

–Was?

–Wir gehen ins Theater.

–Oh.

Ich schloß die Tür. Das war zu viel für mich. Ich konnte ihn nicht reinlassen. Ich mußte ihn reinlassen. Ich mußte *irgend etwas* tun, sonst ...

Ich wußte nicht, was sonst. Für eine Minute drückte ich mir ein Sofakissen aufs Gesicht und schrie. Danach löste ich die Kette und ließ Marek in die Wohnung. Er war ein Anker, ich klammerte mich an seinen Hals, ich wünschte, ich hätte ihn nie loslassen müssen. Dann tat ich es doch, und er sagte:

– Ich habe Bagels mitgebracht, ich dachte, ihr habt vielleicht noch nicht ...

Er verstummte, sah sich in der Wohnung um.

– Stör ich?

Ich hob die Schultern, mir fiel nicht ein, was ich sagen sollte, ich verschränkte die Arme vor der Brust.

–Was ist hier los, Val?

Marek versuchte, meinen Blick aufzufangen, dann sah er, daß ich die Badezimmertür anstarrte. *Hatte ich das Licht ausgemacht? War ich das gewesen?* Die Tür war angelehnt. Marek ging auf sie zu, schaltete das Licht an und verschwand im Bad. Lange Zeit sah und hörte ich ihn nicht.

–Ist ... ist sie tot? flüsterte ich, als Marek aus dem Bad kam.

Er löschte das Licht und zog die Tür hinter sich zu. In diesem kurzen Moment wußte ich, daß da nichts war. Jenni war nie nach Kassel gekommen, wir hatten nie im Internet nach den Schnellen gesucht, und es gab keine Leiche, kein Blut, keine zwei Finger, die fehlten. Ich und meine verdammte Psychose hatten einen wilden Tanz aufgeführt. Ich hätte beinahe losgelacht, als Marek sich mit dem Rücken gegen die Tür lehnte und an ihr herunterrutschte, bis er hockte.

In dem Moment verschwand ich in mir und hatte nur noch einen einzigen Fokus. Die verschlossene Tür des Badezimmers. Alles andere wich von mir, als würde es in rasender Geschwindigkeit weggefahren werden. Ich verlor jegliches Körpergefühl. Ich war nur noch zwei Augen, die eine Tür ansahen.

– Okay, sagte Marek von weit, weit weg, Was ist passiert?

Jemand drückte die richtigen Knöpfe in mir, mein Mund setzte sich in Bewegung, und ich wollte Marek alles erzählen. Es kam nicht dazu. Da war plötzlich Dunkelheit, ich fiel warm in sie hinein und spürte nichts mehr.

Erst auf dem Weg nach Berlin wurde ich im Auto wieder wach und erzählte Marek meine Geschichte auf dem Parkplatz eines McDonald's.

MAREK

1

Das Zimmer ist winzig und geht auf einen Hinterhof hinaus. Eine dunkle Stelle auf dem Teppich sieht aus wie ein Weinfleck und erinnert mich an das Blut von Vals Freundin.

Ich lösche das Deckenlicht und schalte die Nachttischlampe ein. Es ist halb sechs, der Himmel über Berlin ist bleiern grau. Ich möchte die nächsten zwei Tage nichts anderes tun als schlafen. Meine Arme und Beine sind schwer von der Autofahrt, hinter meinen Schläfen ist ein Stechen, die Rückfahrt nach Kassel wird ein Alptraum.

Val hat sich im Bad eingeschlossen. Ich lege mein Ohr an die Tür. Nur die Lüftung ist zu hören. Jemand geht an unserem Zimmer vorbei und hustet. Ich streife mir die Schuhe ab, öffne das Fenster einen Spalt und lasse mich auf das Bett fallen, ohne die Tagesdecke wegzuschlagen. Mein Kopf ist überfüllt mit Vals Geschichte. Ohne zu blinzeln starre ich auf das gelöschte Deckenlicht, bis die Umrisse verschwimmen. *Glossodynie, was für ein Witz!* Das Surren der Lüftung wird für Sekunden lauter, ein Lichtbalken zerschneidet das Grau der Zimmerdecke, dann löscht Val das Licht im Bad, und das Surren verstummt. Ihre Schritte sind lautlos auf dem verdreckten Teppich. Das Bett sinkt ein, dann liegt Val neben mir, den Arm über meiner Brust, die Hand auf meinem Herzen. Sie drückt mir ihr Gesicht gegen den Hals, reglos liegen wir nebeneinander. Vals Wimpern streifen mich bei jedem Blinzeln, mein Herz schlägt unter ihrer Hand. Ich schließe die Augen. Schritte knirschen über den Hinterhof, das Schlagen eines Mülltonnendeckels, die Schritte verschwinden wieder. Ruhe. Kein Blinzeln mehr. Ich spüre nur noch meinen Herzschlag und Vals regelmäßige Atemzüge.

Ich erwache, als ein Zimmermädchen an die Tür klopft. Sie kommt herein, sieht mich auf dem Bett liegen und entschuldigt sich, bevor sie die Tür hinter sich schließt.

Val sitzt in die Tagesdecke eingemummt auf dem Sessel und schaut aus dem Fenster. Sie ist zusammengesunken wie eine Marionette, der man die Schnüre gekappt hat. Auf dem Boden liegen ein Aschenbecher, ein Plastikfeuerzeug und eine zerknüllte Zigarettenschachtel. Die Uhr am Fernseher zeigt 16:38, ich habe den Tag verschlafen. Das Innere meines Mundes fühlt sich verbrannt an. Als ich ins Bad gehe und das Licht anschalte, sehe ich für eine Sekunde Jennis Körper eingequetscht zwischen Dusche und Toilette. Ich halte mir die Hand vor den Mund und unterdrücke einen Schrei.

Da ist nichts, sage ich mir und atme tief durch.

Ich spüle eines der Gläser aus, trinke gierig das lauwarme Wasser und gehe zurück ins Zimmer.

– Hier.

Val sieht auf. Dann kommt ihre Hand unter der Decke hervor.

– Danke.

Ich beobachte ihren Hals, während sie trinkt.

– Wie spät ist es?

– Kurz vor fünf.

Val reibt sich erst das eine, dann das andere Auge.

– Glaubst du mir? fragt sie und läßt es normal klingen. Das Zittern ihrer Hand verrät sie. Ich nehme ihr das Glas ab und stelle es auf den Boden.

– Du glaubst mir nicht, habe ich recht?

Ich widerspreche ihr. Es ist nicht so, daß ich ihr nicht glaube, es ist mehr so - - -

Ich ziehe die Unterlippe zwischen die Zähne. Ich weiß nicht, was ich sagen will. Ich rede Blödsinn und habe das Gefühl, nicht richtig in diese Geschichte zu gehören. Das ist natürlich eine Lüge. Ich gehöre seit heute früh dazu. Vorher war ich vielleicht ein Zuschauer, der eben mal vorbeilief und dachte, Val gut zu kennen. Jetzt weiß ich, was Val in den letzten Jahren erlebt haben muß. Jetzt glaube ich, sie zu verstehen. Es gibt keinen Notausgang mehr, durch den ich verschwinden kann, sollte mir der Film nicht gefallen. Vorher. Nachher. Man kann es Pflichtbewußtsein nennen oder melodramatisch Liebe.

– Glaubst du mir? fragt Val erneut.

– Natürlich glaube ich dir.

Sie drückt sich an mich, zittert und ist so zerbrechlich, daß ich sie nur sanft halte. Ihre Fingernägel drücken sich in meine Schultern, ich höre sie flüstern:

– Ich ... ich weiß nicht, was ich tun soll, Marek, ich weiß es nicht ...

Nach Minuten trennt sie sich von mir. Ich wische ihr die Tränen aus dem Gesicht, sie zieht die Nase hoch und schüttelt den Kopf.

– Ich muß was machen, ich kann nicht einfach nichts machen, das geht nicht, Marek, das geht einfach nicht. Sie haben meine Jenni ...

Sie wird still, atmet schwer und drückt sich die Hand auf den Bauch. Im nächsten Moment ist sie auf den Beinen. Ich höre sie über dem Klo würgen und gehe zu ihr, halte ihren Kopf, streichle ihren Nacken und versuche, mein eigenes Würgen zu unterdrücken.

Nachdem ich Val auf die Beine geholfen habe, spüle ich und bringe sie zum Bett.

– Hast du überhaupt geschlafen?

Val schüttelt den Kopf.

– Möchtest du jetzt schlafen?

Sie nickt. Ich breite die Decke über ihr aus, ziehe die Vorhänge zu und halte ihre Hand, bis sie eingeschlafen ist.

Gegen zehn essen wir in einem arabischen Imbiß auf der gegenüberliegenden Straßenseite. Falafel, Tabuleh und gegrilltes Halumi. Wir trinken dazu Tee und reden wenig. Beide kennen wir uns in Berlin nicht aus, die Stadt erscheint uns fremd und aggressiv. Ein Freund von mir kann stundenlang von Berlin schwärmen. Er hat mich immer davor gewarnt, Berlin im Winter zu besuchen.

– Im Winter wird Berlin zu einer Leiche, sagte er, Glaub mir das.

Ich glaube es ihm. Die Menschen bewegen sich geduckt und ängstlich durch die Straßen, als könnte die Stadt nach ihnen greifen und sie in die Kanalisation verschleppen. Aber vielleicht liegt es auch daran, daß Val sich duckt und Angst hat. Wahrscheinlich projiziere ich ihr Verhalten auf die ganze Stadt. Ich weiß es nicht. Ich weiß im Moment so wenig, daß ich alles in Frage stelle.

Val nimmt nach dem Essen ihr Medikament und ist innerhalb von einer halben Stunde eingeschlafen. Ich mache es mir neben ihr auf dem Bett bequem und schalte durch die Kanäle. Für eine Weile sehe ich einen Film, wechsle in der Werbung zu den Nachrichten, kehre irgendwann wieder zum Film zurück und habe einen ganzen Handlungsstrang verpaßt, schalte um zu einer Serie und höre in der Werbepause dem Stöhnen von Frauen zu, die unbedingt mit mir telefonieren wollen.

Ich sehe und sehe das nicht wirklich. Eine eigene Tonspur läuft in meinem Kopf. Ich stelle mir immer wieder dieselben Fragen, weil ich nicht weiß, was ich als nächstes tun soll. Vals Freundin liegt noch immer zwischen Toilette und Badewanne eingeklemmt. Sie ist gestorben. Tot. Ich kann sie da nicht liegen lassen, ich muß es der Polizei melden. Aber wie wird Val darauf reagieren? Und dann die Polizei. Und was tue ich, wenn Val andere Pläne hat? Aber was sollte sie schon für Pläne haben? Und was sagen wir bitteschön der Polizei?

Wie ich die Fragen auch drehe und wende, sie kommen auf den einen Punkt zurück – eine Tote liegt bei Val im Badezimmer.

Ich schalte den Fernseher aus und beobachte das knisternde Nachleuchten des Bildschirms. Vals Hand berührt mich am Arm.

– Alles in Ordnung?

Ihre Augen glänzen im Dunkeln.

– Alles in Ordnung, lüge ich.

Val hebt die Decke an und legt sie um mich. Ich rutsche näher heran.

– Ich habe nachgedacht.

Sie flüstert, als würde man uns belauschen.

– Wir müssen zurück, Marek, wir können nicht davonrennen. Jenni ist ...

Val verstummt. Ich flüstere zurück:

– Tot.

– ... Jenni ist tot, spricht Val weiter, Und ich will nicht, daß sie da so rumliegt, nicht meine Jenni, das geht nicht. Wir müssen die Polizei rufen, wir müssen ...

Wieder verstummt sie.

– Was ist, wenn die Schnellen uns gefolgt sind? sagt sie nach einem langen Schweigen.

Ich denke an die Fahrt von Kassel hierher. Die Autobahn war verlassen, keine Lichter im Rückspiegel. Nein, ich bin mir sicher, niemand ist uns gefolgt.

– Was glaubst du, was geschehen ist? frage ich, Hast du eine Idee, warum sie es getan haben?

Val schüttelt den Kopf.

– Warst du wieder - - -

– Ich war so weit von einer Psychose entfernt, wie du es jetzt bist, unterbricht sie mich, Ich habe mein Medikament genommen, ich war diszipliniert und habe nicht einmal daran gedacht. Ich weiß nicht, warum sie es getan haben, Marek. Ich weiß es wirklich nicht.

Mit einem Mal habe ich den blutigen Schriftzug vor Augen.

– Wieso wollten sie wissen, wo du warst?

– Was?

– Die Schrift auf dem Spiegel. Wieso wollten sie wissen, wo du warst?

– Ich war auf der Tankstelle.

– Ja, ich weiß, aber warum wollten sie das wissen? Es klingt so, als hätten sie nicht Jenni, sondern dich in der Wohnung erwartet.

Sie sieht mich verwirrt an.

– Und wenn?

– Wenn das so wäre, sage ich, Dann bist du in Gefahr und - - -

– Marek, wenn sie wollten, könnten sie mich jederzeit killen, das wann und wo ist nicht ihr Problem. Verstehst du das nicht? Sie sind überall, sie bewegen sich auf einer anderen Wellenlänge. Mich zu fragen, wo ich war, ist reinste

Ironie. Sie wußten, wo ich war. Wahrscheinlich sahen sie mich zurückkommen und standen neben mir, als ich Jenni fand.

Ich stelle mir das vor, mein Magen krampft sich zusammen.

– Können sie das wirklich? frage ich.

– Ich weiß nicht, was sie können. Aber ich bin mir sicher, daß sie nicht nach normalen Regeln spielen. Was auch immer ihr Problem ist, ich habe nichts getan, glaub mir das.

– Ich glaube dir.

Val schlägt die Decke zur Seite.

– Was machst du?

– Laß uns bitte fahren.

– Was? Jetzt?

– Jetzt, sagt Val und schaltet das Licht an.

Wir brauchen keine fünf Minuten, dann haben wir ausgecheckt und das Hotel verlassen. Val liegt wieder auf dem Rücksitz. Wir biegen auf die Autobahn ein. Vor exakt vierundzwanzig Stunden fuhren wir dieselbe Strecke in entgegengesetzter Richtung. Auch jetzt sind keine Rücklichter hinter uns, auch jetzt fühlt es sich an, als wären wir die einzigen Menschen, die noch wach sind. Vincent Gallo singt, während ich mich auf die Straße konzentriere und immer wieder aus den Augenwinkeln die gegenüberliegende Autobahnseite beobachte. Denn vielleicht kommt mir ein grauer Audi entgegen, und vielleicht sitzt ein nervöser Typ hinter dem Steuer und eine Frau schläft auf dem Rücksitz. Es wäre eine von vielen Reisen, die am Start enden.

2

Es gibt die Theorie, daß sich bestimmte Probleme auflösen, wenn man sie lange genug ruhen läßt. Ein kaputter Computer, ein Mißverständnis unter Freunden, das unangenehme Knacken in den Boxen. In Vals Wohnung hat sich nichts verändert – außer, daß die Bagels trocken sind und eine rote »6« auf dem Anrufbeantworter blinkt. Jenni hockt noch immer im Bad. Der Geruch ist nicht so schlimm, wie ich erwartet habe. Das Blut um sie herum ist schwarz und eingetrocknet, die Schrift auf dem Spiegel wirkt wie ins Glas gekratzt.

Val wartet im Hausflur, während ich alle Zimmer durchsuche. Erst als ich ihr versichere, daß wir alleine sind, betritt sie die Wohnung.

– Ich kann da noch nicht reingehen, sagt sie, ohne die Tür zum Badezimmer aus den Augen zu lassen.

– Du mußt da nicht reingehen, sage ich, Setz dich, und ich mache uns einen Tee, hörst du?

Ich schalte den Wasserkocher ein und schmeiße die Bagels in den Müll. Auf dem Tisch stehen zwei ungeöffnete Pizzakartons und zwei Flaschen Rotwein. Ich werfe die Pizzas zu den Bagels und falte die Kartons zusammen. Aus dem Wohnzimmer ist kein Laut zu hören. Ich will Val Zeit lassen mit ihren Gedanken. Ich weiß, wenn ich dränge, gerät sie in Panik. Und wenn sie in Panik gerät, schluckt sie mehr Pillen als gewohnt, und dann kann ich sie für den Rest des Tages vergessen.

Ich nehme die Glaskanne aus dem Schrank und hänge drei Teebeutel hinein. Das Wasser beginnt zu sieden. Ich werfe einen Blick in den Kühlschrank und höre ein Klicken aus dem Wohnzimmer. Dem Klicken folgt ein schrilles, fiependes Geräusch. Ich renne aus der Küche.

Val steht vor dem Anrufbeantworter und hält sich die Ohren zu. Das Fiepen schwankt, erst klingt es wie ein hoher Schrei, dann wird es tiefer, gurgelnd. Ich spüre das Geräusch bis in den Brustkorb.

– Stell das ab! rufe ich.

Bevor ich reagieren kann, hat Val den Anrufbeantworter aus der Buchse gerissen und gegen die Wand geworfen. Die Stille danach ist nur kurze Zeit besser, dann erklingt ein anderes Geräusch.

– Val, nicht, sage ich und gehe auf sie zu.

Val starrt auf den kaputten Anrufbeantworter, ihre Hände gehen auf und zu, auf und zu, aber das Geräusch kommt nicht von ihren Händen. Vals Kiefer arbeitet, knirschend reiben ihre Zähne übereinander.

Ich nehme sie in den Arm, umfasse ihr Kinn und bringe den Kiefer zur Ruhe.

– Okay? frage ich.

Val nickt zögernd, ihr Blick weicht meinem aus, die Lippen sind zusammengepreßt und zittern, als würde irgend etwas dahinter herauswollen.

– Was war das? frage ich.

– Ich weiß es nicht, sagt sie und löst sich aus meinem Griff.

– Hast du irgendein Wort verstanden?

– Das waren keine Worte, Marek.

Wir beginnen, die Reste vom Anrufbeantworter aufzusammeln. Ich rieche Vals Angstschweiß. Mir wäre lieb, wenn sie sich hinsetzen und mich machen lassen würde.

– Ich mach das schon, sage ich.

– Jetzt werde ich wohl einen neuen kaufen müssen.

Val versucht zu lachen, es klingt so, als würde sie erstikken. Plötzlich verstummt sie und richtet sich auf.

– Was ist . . .

Ohne eine Erklärung verschwindet sie im Arbeitszimmer und läßt mich allein. Ihre Panik steckt mich an. Ich renne ihr hinterher und weiß nicht, was ich erwarten soll. Vielleicht einen von den Schnellen, wie er sich versteckt. Irgend etwas. Nur nicht Val, die vor ihrem Schreibtisch steht.

– Sie haben alles geholt, sagt sie, Die Ausdrucke, den kaputten Computer, einfach alles.

Val zieht Schubladen auf, öffnet Ordner.

– Sogar meine Disketten, alles ist weg.

Ich stehe für eine Minute hilflos herum, dann verlasse ich das Arbeitszimmer und gehe in die Küche, um den Tee aufzugießen. Ich versuche, wieder ruhig zu werden und denke: *Es bringt nichts, wenn wir beide durchdrehen.* Im selben Moment frage ich mich, was Val dazu sagen würde. *Was heißt das?* würde sie fragen, *Heißt das, ich bin schon durchgedreht? Scheiße.*

Ich lasse mir Zeit, trage die Tassen und den Zucker ins Wohnzimmer, nehme danach die Teebeutel aus der Kanne und werfe sie in den Müll. Als ich das Wohnzimmer mit der Kanne betrete, steht Val vor dem Bad. Sie hat ihre Stirn an die Tür gelehnt und die Augen geschlossen.

– Du mußt da nicht rein, sage ich und setze mich. Ich gieße uns Tee ein und versuche, mit gespielter Ruhe die Situation in den Griff zu bekommen.

– Wie soll das weitergehen? fragt Val, Was denkst du, was als nächstes passiert?

– Ich weiß es nicht. Komm, setz dich zu mir, laß uns hier für ein paar Minuten in Ruhe sitzen und Tee trinken.

– Vielleicht wäre es gut, wenn ich einfach verschwinde, sagt sie.

– Red keinen Mist.

– Nein, mal ehrlich, Marek, vielleicht wäre es das beste. Es würde so vieles einfacher machen. Du hättest Ruhe, ich wäre hier weg . . .

Ich stehe auf und will zu ihr gehen, Val sagt:

– Bleib bitte sitzen. Es tut mir leid, ich weiß, ich rede Mist, richtigen Mist, ich ...

Sie schaut mich über die Schulter hinweg an, ich kann sehen, daß sie geweint hat.

– ... ich würde gerne für eine Weile mit Jenni allein sein, ist das in Ordnung?

Sie weiß, daß das mehr als nur in Ordnung ist, deswegen spare ich mir eine Antwort.

– Bis gleich, sagt Val und betritt das Badezimmer. Die Tür schließt sich hinter ihr, und ich bleibe allein mit einer Kanne Tee und zwei vollen Tassen.

VAL

1

Es schmerzt, es schmerzt so sehr.

Ich stehe im Bad und sehe Jenni an und möchte mich zusammenkrümmen, wie sie es getan hat. Als würde sie sich verstecken. Als wüßte sie nicht wohin.

Es schmerzt so sehr.

Ich setze mich auf den Wannenrand und kann die Augen nicht von ihr nehmen.

Meine Jenni.

Ich versuche zu rekonstruieren, wann genau ich den falschen Schritt gemacht habe. Wäre noch eine Flasche Rotwein dagewesen, hätte das Jenni gerettet? Oder wäre dasselbe geschehen, wenn ich die Wohnung nicht verlassen hätte? Und was genau ist geschehen? Waren es die Schnellen? Was, wenn sie es nicht waren?

Ich verspüre den Drang, eine Zigarette zu rauchen. Meine Hände sind unruhig, das Atmen fällt mir schwer, aber ich kann jetzt nicht zu Marek gehen und mir eine Zigarette holen. Ich bin jetzt hier bei Jenni. Ich gehe nirgendwohin.

Ich bleibe bei dir.

Wenn es eine Chance gegeben hat, Jennis Tod zu verhindern, dann hatte ich diese Chance nicht. Ich hätte sie genutzt, ich weiß es. Ich weiß auch, es kann nicht meine Schuld gewesen sein, ich war sauber – keine Drogen, keine Psychose, nicht einmal annähernd, ich war - - -

Wir waren zu nahe dran.

Ist es das?

Ich beuge mich vor und ziehe den Stöpsel. Das graue Wasser verschwindet zögernd aus der Wanne. Winzige Haare von der Beinrasur kleben am Rand. Mit einer Bürste schrubbe ich die Wanne sauber und lasse heißes Wasser einlaufen. Danach ziehe ich mich aus, lege meine Sachen auf die Kommode neben der Tür und zünde die Kerzen an. Ich lösche das Deckenlicht und stelle mich nackt vor den Spiegel. Die Härchen auf meinen Armen sind aufgerichtet, die Schrift verläuft über meine Brust.

Wo bist Du gewesen?!

Als ob sie es nicht wüßten. Als hätten sie auf mich gewartet, und ich kam zu spät. Ich reibe über meine Arme, bis mir wärmer ist, dann spucke ich auf den Spiegel und beginne, die Schrift mit einem Schwamm wegzuwischen. Zweimal muß ich den Schwamm im Waschbecken ausspülen, bevor der Spiegel sauber ist. Ich trockne ihn mit einem Handtuch ab und prüfe die Wassertemperatur. Als die Wanne halb voll ist, gehe ich zu Jenni.

Ich bin's.

Ihr Körper ist fest und steif. Was ich auch probiere, sie bleibt zu einem Ball zusammengekrümmt. Auch nachdem ich sie durchs Bad geschleift und in die Wanne gehievt habe. Wasser schwappt über den Rand, ich fluche, Marek klopft an die Tür und fragt, ob alles okay ist.

– Alles ist okay, sage ich und steige zu Jenni in die Wanne.

Ich weiß nicht, ob das geht oder nicht, es ist aber den Versuch wert. Vorsichtig versuche ich, Jenni in dem heißen Wasser aus ihrer gekrümmten Haltung zu befreien. Ich habe keine Ahnung von Totenstarre, ich weiß nur, daß ich Jenni nicht so in Erinnerung behalten möchte. Ein menschlicher Knoten, bedeckt mit Blut.

Es dauert.

Ich arbeite daran, die Arme um ihren Kopf zu lösen, dann strecke ich ihre Knie und langsam, ganz langsam öffnet sie sich, wie die Rose von Jericho, die jahrelang braun, vertrocknet und zusammengeballt in der Wüste liegen kann, und wenn dann Regen fällt, entfaltet sie sich in Zeitlupe und wird grün.

Bei Jenni ist es keine Zeitlupe, es ist mühevolle Arbeit. Ich spüre jeden Muskel in den Armen, der Rücken ist eine einzige Verspannung und mein Atmen hallt unangenehm laut von den Badezimmerwänden.

Erst als Jennis Kopf auf dem Wannenrand ruht – Augen geschlossen, als würde sie schlafen – lehne ich mich erschöpft zurück und mache eine Pause. Das Wasser um uns herum hat sich rosa verfärbt. Jennis helle Haut scheint zu leuchten.

Ich ziehe den Stöpsel und lasse neues Wasser einlaufen, dusche Jenni ab und wasche sie mit einem Schwamm. Ich seife sie ein, wie ich ein Kind einseifen würde. Danach spüle ich ihr den Schaum aus den Haaren und bin erst zufrieden, als der letzte Rest Blut von ihrem Körper verschwunden ist. Die Wunden sind deutlich sichtbar. Stiche im Hals, Stiche in der Brust. Schnitte an den Händen, die sie zur Abwehr erhoben haben muß. Rechts fehlen Zeigefinger und Daumen. Sie müssen noch irgendwo im Bad liegen.

Ich beuge mich vor und streiche Jenni eine Haarsträhne hinter das Ohr. Ich bin froh, daß sie keine Wunden im Gesicht hat. Ich widerstehe dem Drang, sie zu umarmen und lehne mich wieder zurück. Unsere Beine liegen im Wasser übereinander. Ich schließe die Augen. Würde jetzt jemand hereinkommen, wüßte er nicht, wer von uns beiden tot ist.

Ich ziehe die Schlafzimmertür hinter mir zu und gehe ins Wohnzimmer, wo Marek auf mich wartet. Nachdem ich Jenni abgetrocknet und in meinen Bademantel gewickelt hatte, trug ich sie mit Marek in mein Bett. Er sagte dabei kein Wort. Jetzt sind seine Arme vor der Brust verschränkt, und er hat einen komischen Ausdruck in den Augen.

– Findest du nicht, daß du übertreibst? fragt er.

– Wie meinst du das?

– Das mit ... ich weiß nicht, ich ...

Er wischt sich übers Gesicht.

– Das ist ganz schön heftig. Ich meine, das alles fing vor vierundzwanzig Stunden an, und jetzt sitze ich hier, und es ist noch immer nicht vorbei. Deine ...

Er wedelt mit der Hand in Richtung Schlafzimmer.

– ... deine Freundin liegt tot im Bett, und du hast mir Sachen von dir erzählt, die ... Ich habe das Gefühl, ich kenn dich nicht - - -

– Du kennst mich, unterbreche ich ihn.

– Ja, gut, ich kenne dich, dennoch ist da so viel Neues. Dann diese ... diese Schreie auf dem Anrufbeantworter. Ich meine, he, was soll ich dazu noch sagen, das macht mir nicht nur Sorgen, das macht mir eine Scheißangst, verstehst du? Als du mich ins Bad gerufen hast, damit ich dir helfe, deine Freundin ins Schlafzimmer zu tragen, da ist etwas gerissen. Ich meine, du hast sie angezogen, als wäre sie noch am Leben. Das ... das ist mir zuviel.

Ich setze mich neben ihn und habe das Gefühl, nach langer Zeit etwas wie Kontrolle zu spüren. Es hat gut getan, bei Jenni zu sein. Es war meine Art, mich von ihr zu verabschieden. Was auch passiert, ich werde auch mit Marek klarkommen.

– Es ist in Ordnung, sage ich, Mir muß es leid tun, nicht dir.

Ich ziehe seinen Kopf an meine Schulter. Für einige Minuten sitzen wir einfach nur still auf dem Sofa, dann erzähle ich Marek, wozu ich mich entschieden habe:

– Ich möchte nach Oldenburg fahren und Theo erklären, was hier geschehen ist.

Marek setzt sich auf.

– Wer ist Theo?

– Theo ist Jennis Freund. War es. Ich meine, einer muß ihm doch sagen, daß - - -

– Val, he, Val?

Marek winkt vor meinem Gesicht herum, als ob ich ihn nicht hören oder sehen könnte. Wie ich das hasse.

– Ich bin nicht doof, sage ich.

– Entschuldige, aber du kannst nicht einfach nach Oldenburg fahren. Sollten wir nicht erst mal der Polizei melden, was hier passiert ist?

– Und dann?

– Dann kümmern die sich um den Mord, nehmen Fingerabdrücke und stellen die richtigen Fragen ...

Er verstummt, schielt zur Schlafzimmertür und beendet seinen Satz:

– ... und kümmern sich um die Leiche.

Ich rutsche von Marek weg.

– Das da ist keine Leiche, sage ich gereizt und betone jedes Wort, Das ist Jenni. Meine Freundin Jenni. Und was denkst du, was die Polizei machen wird, wenn sie hört, was hier passiert ist ?

– Was sollen sie schon machen? Du kannst ihnen doch sagen - - -

– Daß ich keine Ahnung habe, was geschehen ist? Daß ich eben mal Wein holen gegangen bin, und als ich wiederkam, lag Jenni erstochen zwischen Badewanne und Toilette und auf dem Spiegel stand *Wo bist Du gewesen?!*, und es gab keine Anzeichen für einen Einbruch, es gab gar keine Anzeichen für irgendwas, außer natürlich einen Anrufbeantworter mit komischen Geräuschen darauf, aber oh, entschuldigen Sie Herr Inspektor, den habe ich aus Wut zertrümmert, wäre das denn wichtig gewesen? Und mein Computer und meine Ausdrucke sind verschwunden, hilft Ihnen das weiter? Und fast hätte ich es vergessen, mein Freund hier und ich, wir waren mal schnell in Berlin, während meine Freundin tot im Badezimmer lag, aber warum wir das gemacht haben, das kann ich Ihnen nun wirklich nicht erklären.

Marek sieht mich regungslos an.

– Was denkst du, frage ich ruhiger, Was die Polizei mit mir machen wird, wenn sie diese Geschichte hört?

– Val, ich - - -

– Ich kann es dir sagen. Sie werden mich mit Beruhigungsmitteln vollpumpen und in die nächstbeste Klapse stecken. Willst du das?

Marek schüttelt den Kopf.

– Aber was wollen wir sonst machen? Du kannst Jenni nicht in deinem Bett liegen lassen und nach Oldenburg fahren. Und wir können sie auch ganz sicher nicht einfach verschwinden lassen.

– Das will ich auch nicht.

– Danke, sagt Marek und sinkt auf das Sofa zurück.

– Was heißt *Danke?*

– Danke heißt Danke, daß du sie nicht irgendwo verscharren oder in kleine Stücke schneiden willst.

Mir klappt der Mund auf.

– Was . . .

Ich lache los.

– Du hast gedacht . . . daß ich meine . . .

Mir kommen die Tränen. Aus dem Lachen wird ein Husten, dann heule ich.

– He . . .

Marek kommt zu mir. Ich kann nicht aufhören. Mein ganzer Körper geht mit, ich spüre es bis in die Füße.

– So war das nicht gemeint, beruhigt er mich, Val, entschuldige, so war das nicht gemeint. Sag mir, was du machen willst, dann reden wir darüber, einverstanden?

Sein Gesicht erinnert mich an das Gesicht, das er hatte, als wir uns das erste Mal stritten. Er wußte nicht, was zwischen uns plötzlich falsch gelaufen war. Er wollte Frieden um jeden Preis. Auch wenn es bedeutete, sich selbst zu verleugnen. Ich konnte das an seiner Mimik ablesen. Die Ursache wurde unwichtig. Mareks Hunger nach Harmonie machte ihn zum Schwächeren.

– Laß uns nach Oldenburg fahren, sage ich und ziehe die Nase hoch, Wir fahren nach Oldenburg und erzählen es Jennis Freund. Mehr fällt mir im Moment nicht ein. Theo wird sich wundern, warum Jenni nicht anruft. Stell dir vor, mir wäre das passiert. Du würdest doch durchdrehen, wenn du nichts mehr von mir hören würdest, oder?

Marek hebt die Hände, als würde er sich ergeben.

– Einverstanden. Aber was machen wir mit der...

Er sieht wieder zur Schlafzimmertür. Ich weiß, daß er *Leiche* sagen wollte. Es ist in Ordnung. Ich bin nicht mehr wütend auf ihn, denn jetzt erst wird mir klar, daß er Jenni keine Minute lang lebend gesehen hat. Ich könnte ihm alles erzählen. Er weiß nicht einmal, ob das wirklich Jenni ist.

– Jenni, sage ich, Nehmen wir mit.

2

Es ist merkwürdig, in die Stadt zurückzukehren, die ich fluchtartig verlassen habe. Ich weiß zwar, warum ich gegangen bin, dachte aber immer, das Leben und die Menschen hier hätten mich vertrieben. Ich habe mir etwas vorgemacht. Ich selbst war es, vor der ich geflohen bin.

–Wieso grinst du? fragt Marek.

– Ich freue mich, wieder hier zu sein, antworte ich, Es ist so lange her, und ich habe das Gefühl, es hat sich kaum etwas verändert.

Aus Jennis Personalausweis habe ich ihre Adresse. Jenni hat erzählt, daß Theo am Wochenende immer auf dem Land ist und den Bauernhof renoviert. Heute ist Freitag, und ich hoffe, daß er noch nicht rausgefahren ist.

–Wir hätten ihn anrufen können, sagt Marek.

– Und was hättest du gesagt?

– Ich meine, um zu sehen, ob er da ist.

–Wenn er nicht da ist, dann suchen wir ihn. Jennis Eltern wissen bestimmt, wo der Bauernhof liegt.

Wir fahren zweimal die Straße rauf und runter und finden keinen Parkplatz. Schließlich halten wir direkt vor dem Haus in einer Einfahrt.

–Wenn du nicht mit hochkommen willst, sage ich, Dann kannst du gerne hier warten.

– Ich laß dich nicht allein gehen, regt sich Marek auf, Du hast keine Ahnung, wie der Typ reagieren wird.

Jemand klopft auf die Motorhaube. Wir sehen nach vorn. Ein Mann in einem schwarzen Ledermantel und mit einer Wollmütze auf dem Kopf geht um den Wagen und kommt zu Marek an die Fahrerseite. Er macht eine kurbelnde Bewegung, Marek läßt das Fenster herunter.

– Sorry, daß ich euren Plausch störe, aber ihr steht in der Einfahrt, und ich muß mal dringend mit dem Auto raus.

Ich weiß nicht, wie ich darauf komme, aber ich sage:

–Theo?

Der Mann sieht erst mich, dann Marek überrascht an. Als sein Blick zu mir zurückkehrt, versuche ich ein Lächeln.

– Und wer seid ihr?

– Ich bin Val, Jennis Freundin, und das ist Marek.

Ich beuge mich über Mareks Schoß und reiche Theo die Hand. Er nimmt sie zögernd, jetzt ist sein Blick verwirrt.

– Die Val aus Kassel?

– Genau die.

– Jenni ist doch ...

Er verstummt und sieht Marek an. Marek macht ein Gesicht, als hätte er nichts mit mir zu tun. Dafür könnte ich ihm eine verpassen.

– Okay, sagt Theo, Ich kapier es.

Er wird blaß, ich kann regelrecht beobachten, wie die Farbe aus seinem Gesicht weicht.

– Am besten kommt ihr mit hoch.

Er geht vor, ohne sich nach uns umzuwenden, und läßt die Haustür offenstehen. Marek und ich rühren uns nicht von den Sitzen.

– Beschissener Anfang, sage ich.

– Der Rest wird noch viel schlimmer, glaub mir das, sagt Marek und löst den Sicherheitsgurt.

Die Wohnung liegt im zweiten Stock und ist winzig. Ein Wohnzimmer, das auch als Arbeitsplatz dient, eine Küche und ein kleines Schlafzimmer. Das Bad hat eine Dusche, die Toilette befindet sich daneben in einer schmalen Kammer. Auf den Dielen sind hier und da Flickenteppiche verteilt. Die Wände sind unverputzt und weiß.

– Setzt euch, sagt Theo und verschwindet in der Küche. Er schließt die Tür hinter sich, und dann hören wir Wasser laufen. Marek sieht mich fragend an, ich weiß auch nicht, was das soll.

Wir setzen uns an den Wohnzimmertisch und behalten die Mäntel an.

– Nervös? frage ich.

– Nervöser geht es nicht, sagt Marek und wischt sich über den Mund, Was macht er in der Küche?

Das Wasserrauschen hat aufgehört.

– Keine Ahnung, sage ich und sehe mich um.

Ich erkenne Sachen von Jenni wieder, und es zieht mir das Herz zusammen. Das Bild dort hing in ihrer alten Wohnung über dem zugemauerten Kamin – zehn Hunde, die eine Pyramide bilden – und den Kerzenständer am Fenster haben wir an einem Sommertag zusammen auf dem Flohmarkt gekauft. Ich könnte jeden Moment in Tränen ausbrechen.

– Wieso weinst du? fragt Marek.

– Weil ...

Ich verstumme, als Theo mit einem Tablett hereinkommt. Schnell wische ich mir die Tränen ab. Auf dem Tablett befinden sich eine Kaffeekanne, drei Becher, Zucker und Milch. Ich möchte ihm sagen, das wäre nicht nötig, wir wollten nur kurz reinschauen, dann wird mir bewußt, wie absurd das ist, und ich ziehe den Mantel aus, hänge ihn über die Stuhllehne und nehme einen Becher Kaffee entgegen.

Ich habe mir Theo anders vorgestellt, mehr zu Jenni passend. Ihr gefielen immer diese kleinen, dunklen Jungs, die aussahen, als hätte man sie eben aus Sizilien eingeschifft. Theo ist alles andere als klein und dunkel. Ich schätze ihn auf einen Meter neunzig. Er hat hellbraunes Haar, das zu einem Zopf gebunden ist, und sieht aus wie jemand, der den ganzen Tag gesunde Nahrung zu sich nimmt und am Abend um den Block joggt. Jenni muß mit ihrer Zerbrechlichkeit den Beschützerinstinkt in ihm geweckt haben.

– Okay, sagt Theo und legt die Hände um seinen Becher, Sie kommt nicht wieder, richtig?

Ich sehe Marek an, er reagiert, indem er in seinen Kaffee starrt. Er hat recht, das hier ist meine Sache.

– Theo, wir haben schlechte Nachrichten, sehr schlechte Nachrichten.

Theos linkes Auge beginnt zu zucken, er legt eine Hand darüber, entschuldigt sich und verschwindet im Bad. Als er wiederkommt, sind seine Augen glasig. Er stellt ein kleines Fläschchen mit Augentropfen auf den Tisch.

– Neue Kontaktlinsen, erklärt er und sieht mich an, Was ist passiert?

– Jenni ist tot, antworte ich, und versuche es so normal wie möglich klingen zu lassen, Sie wurde in meiner Wohnung ermordet.

In Theos Gesicht passiert erst mal nichts, dann lächelt er.

– Wirklich, sage ich.

– Sehr witzig, sagt er.

– Es ist wahr, sagt Marek.

Sie sehen sich an, und was Theo mir nicht glauben konnte, glaubt er Marek. Für eine Sekunde vielleicht.

– Ihr verarscht mich doch, oder?!

Er ist auf den Beinen, stößt dabei mit den Knien gegen den Tisch, so daß der Kaffee aus den Bechern schwappt. Auch Marek steht und breitet beruhigend die Hände aus. Ich bin plötzlich froh, ihn dabeizuhaben, alleine wäre ich längst weggerannt.

– Jenni ist nicht tot, sagt Theo leise.

– Es tut mir leid, sagt Marek.

– Jenni ist nicht tot! wiederholt Theo lauter.

– Wir haben sie mitgebracht, erkläre ich.

– Sie liegt im Wagen auf dem Rücksitz, springt Marek ein, und das hätte er lieber nicht sagen sollen. Theo macht zwei

Schritte auf Marek zu und schlägt ihm ins Gesicht. Mit der offenen Hand, eine klatschende Ohrfeige, dann eine zweite mit der anderen Hand.

– HEY!

Mein Schrei bremst Theo. Marek taumelt zurück. Theo sieht erschrocken auf seine Hände.

– Es tut uns leid, sage ich, Aber wir dachten, daß du es als erster erfahren solltest.

Ich erwarte, daß er jetzt auch auf mich losstürmt, er aber schüttelt nur den Kopf.

– Ihr seid krank, ihr . . . Los, macht daß ihr rauskommt, los, haut ab. Was, was seid ihr?! Scheiß Zeugen Jehovas oder was? Ich habe keine Ahnung, was ihr . . . *SCHEISSE, LOS, RAUS HIER!*

Er bewegt sich nicht, seine Arme sinken herunter, die Hände ballen sich zu Fäusten.

– Laß uns gehen, sagt Marek.

Seine Wangen sind rot, ein dünner Faden Blut fließt ihm aus der Nase.

– Ich geh nicht, bis dieser Typ . . .

Theo will nicht hören, was ich zu sagen habe. Er wendet sich ab und geht zum Schreibtisch. Ich höre das Piepen eines Telefons.

– Wen ruft er an? fragt Marek.

Ich weiß es nicht, ich weiß nur, daß ich mir das alles anders vorgestellt habe.

– Ich dachte, es geht leichter, sage ich.

– Du müßtest dir ein paar Schellen von ihm einfangen, dann würdest du dir solch einen dämlichen Satz sparen.

– Du hast recht, sage ich, Das war keine gute Idee.

Ich ziehe mir den Mantel über und verlasse mit Marek das Wohnzimmer. Im Flur taumle ich gegen die Wand, als ich versuche, hastig in meine Stiefel zu steigen. Marek stützt meine Schulter.

– Wir sollten zur Polizei, sagt er, Wir ... Ich erkläre ihnen, daß wir nicht wußten, wie wir reagieren sollten. Was wäre, wenn ich dich ganz aus dem Spiel lasse? Ich erzähle ihnen, du wärst nach Berlin gefahren, und ich wollte kurz in deine Wohnung, um etwas zu holen und fand dann Jenni. Ist doch egal, wer sie gefunden hat, oder? Dann habe ich dich angerufen, und du kamst aus Berlin zurück und wußtest in deiner Panik auch nicht weiter, und deswegen sind wir zu Theo gefahren, weil er - - -

– Es stimmt also, sagt eine Stimme hinter uns.

Erschrocken drehen wir uns um. Theo hat das Telefon in der Hand, Strähnen haben sich aus dem Zopf gelöst, der Mund ist weich und verletzlich. Ich kann jetzt sehen, was Jenni an ihm geliebt haben muß.

Wir warten. Es ist nicht mehr an uns, etwas zu sagen. Theo ist am Zug.

– Seit gestern, sagt er und hält uns das Telefon entgegen, Versuche ich, sie übers Handy zu erreichen. Sie macht so etwas nicht. Nie würde sie das machen. Es ist also wahr?

Marek nickt, ich beiße mir auf die Unterlippe. Wir stehen da und rühren uns nicht. Ich weiß nicht, wieviel Zeit vergeht. Es kommt mir vor, als würde der Moment sich strecken und dehnen. Theo sieht an uns vorbei, dann gibt er sich einen Ruck und kommt näher. Wir weichen zurück. Theo nimmt sich seinen Ledermantel von der Garderobe. Ich möchte ihn berühren und über seinen Kopf streichen. Marek zieht mich am Arm zurück.

– Ich will sie sehen, sagt Theo und öffnet die Wohnungstür.

THEO

1

Ich sah Jenni das erste Mal im Kino, als ich zwischen Saal 3 und 4 wechselte. Sie stand mit einer Freundin vor den Plakaten und steckte sich ihr Haar hoch. Als ich vorbeilief, hörte ich sie lachen und dachte, das kann nicht echt sein. Nachdem ich den Film eingelegt und Saal 4 verlassen hatte, waren die beiden verschwunden. Ich tauschte mit Rita den Platz hinter der Theke und bat sie, den nächsten Film für mich zu übernehmen. Knappe zwanzig Minuten später verließen Jenni und ihre Freundin Saal 6. Sie hatten ›Elling‹ gesehen, und ich fragte, wie der Film gewesen war.

– Ein wenig so, als wäre ›Rain Man‹ nach Schweden ausgewandert und nie angekommen, sagte Jennis Freundin.

Ich lachte, ohne die Augen von Jenni zu nehmen. Es war sehr auffällig. Ich wurde rot und versuchte woanders hinzusehen, aber mein Blick kehrte immer wieder zu ihr zurück. Die zwei Frauen grinsten sich an. Ich trat wie ein Idiot von einem Fuß auf den anderen und fragte schließlich, ob sie mit einer Cola einverstanden wären.

– Das ist bei uns Brauch, log ich, Wenn jemand mittendrin aus einem Film rausgeht, bekommt er ein Gratisgetränk.

– Immer? fragte Jenni, und es war das erste Wort, das ich sie sagen hörte.

– Immer, sagte ich.

Sie teilten sich eine große Packung Popcorn, tranken dazu eine Cola und quatschten mit mir über Filme. Als die ersten

Zuschauer die Kinosäle verließen, schrieb mir Jenni ihre Telefonnummer auf die Rückseite meiner Hand.

Sie schließen die Wagentür hinter mir und lassen mich allein. Sie haben Jenni in eine Decke gewickelt. Ich erahne die Umrisse ihres Kopfes, die Schultern. Ich lege eine Hand auf die Stelle, an der ich ihr Becken vermute. So sitze ich und warte.

– Jenni?

Ich streichle über ihren Rücken, ziehe die Decke herunter.

Die Haut in ihrem Gesicht ist fahl und wächsern. Der Mund steht einen Spalt offen, die Augen sind geschlossen. Ich lege meine Hand auf ihre Stirn, berühre ihre Wange und warte, daß sie sich bewegt. Warte auf einen Atemzug, ein Blinzeln. Dann ziehe ich die Decke wieder über ihren Kopf und kneife die Augen zusammen, bis ich Lichter explodieren sehe. Ich weiß nicht, wie lange ich jetzt schon hier sitze. Als ich aufblicke, sind die Scheiben beschlagen, und es ist dunkel. Ich wische eine Stelle am Fenster frei. Da stehen sie. Frierend und nervös. Sie raucht, er scharrt mit den Füßen über den Asphalt und schaut immer wieder zum Wagen.

Ich hauche gegen das Glas, die beiden verschwinden. Ich sehe Jenni wieder an und lege mich über sie. So bleibe ich und spüre die Härte unter mir, und spüre eigentlich nichts.

Ich warte. Jenni ist weg. Ich muß es laut sagen:

– Jenni ist weg.

Ich habe für sie gebrannt. Ich kann es nicht anders beschreiben. Ich habe vom ersten Augenblick an für sie gebrannt. Dabei weiß ich nicht einmal, was mich zum Brennen brachte.

Vielleicht lag es am richtigen Moment, oder die Chemie stimmte. Es war auch nicht so, daß ich diese Momente nicht öfter hatte. Ich verliebte mich regelmäßig. Es war eher so, daß diese Momente einseitig blieben und ich immer wieder vor meinem eigenen Enthusiasmus kapitulieren mußte. Zu viel Phantasie. Aber nicht bei Jenni. Da gab es keine Kapitulation und auch keine Einseitigkeit. Die Chemie stimmte. Ich brannte vom ersten Moment.

Als ich die hintere Tür öffne, geht das Licht im Auto an. Ich steige aus und drücke die Tür zu. Meine Hände zittern so sehr, daß ich sie in den Manteltaschen vergrabe. Ich kann keinen von den beiden ansehen. Ich will etwas sagen, aber mein Mund funktioniert nicht.

Die Frau kommt auf mich zu. Val. Ich weiß wenig von ihr, ich weiß, wie sich Jenni um sie gekümmert hat, nachdem Val aus der Psychiatrie entlassen wurde. »Die Frau ist nicht verrückt«, hat Jenni immer wieder betont. Sie kannten sich seit der Grundschule, und Jenni verstand nie, weshalb Val so plötzlich aus Oldenburg verschwunden war. Jetzt ist sie wieder hier, und Jenni ist weg. Val. Als mich diese fremde Frau in den Arm nimmt, will ich mich dagegen wehren. Ich will nicht nachgeben. Ich will meine Distanz bewahren, damit nichts an mich herankommt. Aber ich habe da nichts zu sagen. Mein Körper gibt nach, und mein Denken setzt aus. Ich lasse es zu und erwidere die Umarmung und kneife erneut die Augen zusammen, bis Lichter in meinem Kopf explodieren.

– Mach die Augen zu.

Sie hat mich überrascht. Es war im Sommer. Ich erinnere mich an die Geräusche der Stadt, an die angenehmen Stimmen von den Gärten und Balkonen. In den Häusern war spät am Abend fast jedes Fenster geöffnet, um etwas von der Kühle der Nacht einzufangen. Tagsüber wurden die Vorhänge zugezogen, damit die Hitze ausgesperrt blieb.

Sie kam in meine Wohnung, zündete Kerzen an und kochte, während ich noch im Kino war. Die Überraschung war ihr gelungen. Ich mußte mich auf einen Stuhl setzen und die Augen schließen. Ich hatte keine Ahnung, was der Anlaß war. Wir kannten uns ein knappes Jahr, planten zusammenzuziehen und träumten von einem Haus auf dem Land. Natürlich würde unser Geld nie reichen. Ich mit meinen kleinen Kinos und dem ersten Drehbuch, das ich jede Woche von Neuem in die Mangel nahm; Jenni mit ihrem Job beim Filmstudio, wo sie alles tat, was zu tun war, um eines Tages hinter der Kamera zu sitzen. Das waren wir – Träumer durch und durch. Es machte uns Spaß, und an bestimmten Abenden zerbrachen wir uns den Kopf, was wir mit all dem Reichtum anstellen sollten, wenn er einmal auf uns herabregnete. Denn natürlich wollte sie die Filme drehen, die ich schrieb. Wie auch sonst.

– Sind sie zu?

– Sind zu, sagte ich und hörte meinen Magen knurren. Es roch gut nach Koriander, Curry und gekochtem Reis.

– Und du darfst nicht schmulen, und du darfst dich auch nicht erschrecken.

– Okay.

– Versprich es.

Ich versprach es. Es war still. Ich hörte Jenni atmen.

– Jetzt.

Ich öffnete die Augen und schrak zurück, weil sie mir so

nahe war. Jenni hatte ihr T-Shirt hochgezogen und reckte mir ihren Bauch entgegen. Er war vielleicht zwanzig Zentimeter von mir entfernt. Jenni hatte mit einem Filzer zwei riesige, schielende Augen, riesige Ohren und einen Grinsemund draufgezeichnet. Neben dem rechten Ohr war ein Kästchen und darunter stand *JA*, neben dem linken Ohr war ein Kästchen mit einem *NEIN*.

– Hier.

Jenni hielt mir den Filzer entgegen. Ich starrte auf die zwei Augen und den Punkt, der eine Nase sein sollte. Ich konnte Jenni nicht ansehen und bemerkte, daß ihr Herz heftig schlug – eine kleine, blaue Ader neben ihrem Beckenknochen pulsierte wie verrückt.

Ich zog die Kappe mit den Zähnen vom Filzer und setzte mein Kreuz neben das rechte Ohr.

Wir trinken Wodka und Cognac durcheinander. Ich habe nichts Stärkeres, und nach Wein ist mir nicht mehr zumute, seitdem Val ihre Geschichte beendet hat. Ich beobachte, wie ich die beiden beobachte. Es ist ein guter Trick, um von mir selbst abzulenken. Jede Geste wird registriert.

Vals hektische Art, sich eine Zigarette anzuzünden; Mareks Versuche, auf dem unbequemen Stuhl einigermaßen bequem zu sitzen. Er kommt mir vor wie jemand, den man auf der Straße trifft und nach einer Minute vergißt. Bei Val dagegen habe ich das Gefühl, sie schon länger zu kennen. Von Jenni habe ich viel über ihre gemeinsame Zeit und Vals Krankheit gehört. Sie waren die besten Freundinnen, bis Val plötzlich verschwand. Jenni hat sie sehr vermißt und fast jede Freundschaft mit der zu Val verglichen. Trotz all der Geschichten hielt sie zu ihr. Ich fand das bewundernswert.

Mir konnte man mit so etwas nicht kommen. Mir konnte man auch schwer mit irgendwelchen Schnellen kommen.

– Ihr glaubt wirklich, Jenni wurde von den Schnellen umgebracht? frage ich.

Sie tauschen einen kurzen Blick aus.

– Wir nehmen an, es waren die Schnellen, antwortet Val, Oder irgend jemand, der mit ihnen zu tun hat, ja.

Marek nickt zustimmend, und ich frage mich, ob er noch nicken würde, wenn er wüßte, was ich von dem Ganzen halte. Es ist so naheliegend, daß ich mich wundere, daß die beiden nicht selbst darauf gekommen sind.

– Glaubst du an die Schnellen? frage ich Marek, denn daß Val an sie glaubt, bezweifle ich nicht.

Marek hat bisher wenig gesagt und nur mit seinem Glas gespielt. Wie er da zusammengesunken im Sessel sitzt, wirkt er zu jung, um Alkohol zu trinken. Ich schätze ihn auf Anfang zwanzig.

– Glauben ist das falsche Wort, sagt er, Ich glaube Val, daß es etwas wie die Schnellen gibt, gesehen habe ich sie ja nicht. Aber ich denke nicht, daß sich Val da etwas zusammenspinnt. Sie nimmt Medikamente, die ein Pferd umhauen würden, weil sie den Schnellen aus dem Weg gehen will. Ich habe ein paar von den Pillen selbst probiert. Niemand nimmt die freiwillig.

– Ist das der Sinn dahinter? frage ich Val, Möchtest du den Schnellen aus dem Weg gehen?

– Bisher war ich auf diese Weise sicher vor ihnen, antwortet sie, Was aber mit Jenni passiert ist . . .

Sie verstummt, denkt nach.

– Ich verstehe es selber nicht, Theo, es ergibt für mich keinen Sinn. Das einzige, was ich mir vorstellen kann, ist, daß wir ihnen auf der Spur waren. Mit dem Internet und diesem Portal, das wir entdeckt haben. Ich weiß nicht, was das alles soll, aber ich werde es herausfinden, weil ich keine große Lust habe, Marek oder wen auch sonst noch zu verlieren.

Sie macht eine Pause und reibt sich die Augen. Beide wirken übermüdet und aufgedreht. Bei Val äußert es sich in ihren Bewegungen. Manchmal erstarrt ihre Hand in der Luft, als wüßte sie nicht, welche Geste sie machen wollte. Mareks Augen sind gerötet, was aber auch an den Zigaretten liegen kann, die Val unablässig raucht.

– Und ich will mich entschuldigen, spricht Val weiter, Ich wußte nicht, was wir sonst tun sollten, als Jenni herzubringen.

– Wir hätten es melden müssen, sagt Marek, Wir können Jenni nicht im Auto liegen lassen, wir sollten - - -

– Vergiß es, unterbreche ich ihn, Niemand wird Val die Geschichte mit den Schnellen abnehmen.

– Das ist keine Geschichte, sagt sie.

Wir sehen uns an. Ich will ihr nicht glauben, weil ich mir selbst nicht glaube. Ich könnte sie beruhigen und sagen: *Ihr täuscht euch völlig, niemand hat Jenni etwas angetan.* Es aber zu sagen, hieße, es vor mir selbst zuzugeben. Seit dem Gespräch über die Schnellen ist in mir eine absurde Hoffnung wachgeworden. Was, wenn es wahr ist? Was, wenn es wirklich diese ominösen Schnellen waren? *Jemand hat Jenni etwas angetan*, klang weniger schmerzvoll als: *Jenni hat sich etwas angetan.*

– Ich verstehe nicht, wie ihr nach Berlin fahren und Jenni in der Wohnung liegenlassen konntet, sage ich.

– Das war nicht meine Idee, wehrt Val ab.

– Dann warst du der Idiot? sage ich zu Marek und weiß sofort, ich sollte nicht so reden. Ich sollte lieber aufstehen und in das Schlafzimmer gehen, Tür zu und Ruhe, damit ich zu mir komme. Aber ich will nicht. Ich will von diesen beiden wissen, was wirklich in Kassel geschehen ist. Ich will jeden Schritt verstehen. Ohne Rücksicht.

Marek erzählt von Vals Lüge über ihre Mutter:

– Ich habe einfach nur panisch reagiert. Val wurde ohnmächtig, eine Frau lag tot im Badezimmer, ich meine, he, ich habe einfach nur reagiert und wollte mit irgend jemandem sprechen, der Val kannte.

Val atmet geräuschvoll aus und sagt:

– Meine Mutter hat mich noch nie gekannt. Wir haben nichts miteinander zu tun, und das soll auch so bleiben.

– Das wußte ich doch nicht, verteidigt sich Marek.

– Warum hast du ihn angelogen? frage ich.

Vals Blick ist wütend. Sie beugt sich vor, Ellenbogen auf den Knien.

– Was meine Familie und mich angeht, ist meine Sache, okay? Und was Jenni und dich angeht, das ist deine Sache.

– Was soll das heißen?

– Wieso dachtest du, daß Jenni nicht mehr zurückkommt?

– Quatsch, sage ich und gieße mir ein neues Glas ein.

– Nein, kein Quatsch, wieso dachtest du das?

Sie kommt mir zu nahe, obwohl sie sich keinen Zentimeter bewegt hat. Ich will ihrem Gedankengang nicht folgen.

– Das geht dich nichts an, sage ich.

– Genausowenig, wie dich meine Probleme mit meiner Familie angehen, erwidert sie und streckt ihr Kinn vor.

Ich bin überrascht. Diese Frau streitet gern. Da ist eine Wut in ihren Augen, die ich nicht verstehe. Ich habe große Lust, ihr mein Glas ins Gesicht zu schütten. Was denkt sie sich, wer sie ist, ich könnte - - -

– He, beruhigt euch.

Marek legt Val den Arm um die Schultern. Mir ist sofort zum Heulen. Dasselbe hätte ich in dieser Situation auch bei Jenni getan. Ich merke, wie zerbrechlich ich bin. Wenn mich jetzt jemand antippt, bekomme ich Risse. Ich trinke mein

Glas leer und stelle es ab. Als ich spreche, sehe ich nur Marek an:

– Jenni hatte Angst, daß uns alles über den Kopf wächst. Da war der Bauernhof und die Renovierungen, wir hatten einen Kredit aufgenommen, und plötzlich wurde es ernst.

– Wovor hatte sie Angst? fragt Marek.

Ich kann mir denken, was durch seinen Kopf geht. Vielleicht gab es ja jemanden, der hinter Jenni her war.

– Sie hatte Angst, daß irgendwas schiefläuft, sage ich, Sie las esoterische Bücher über Schwangerschaften und hatte sich in den Kopf gesetzt, daß etwas mit ihrem Körper falschlief. Sie hatte panische Angst vor einer Fehlgeburt und vor der Möglichkeit, daß das Kind behindert - - -

– Sie war schwanger?! unterbricht mich Val und drückt sich den Handrücken gegen den Mund.

Marek sieht sie erstaunt an.

– Hat sie dir nichts davon erzählt?

– Sie wollte mit mir feiern, antwortet Val, Sie hat aber nicht gesagt, was es zu feiern gab, denn sie wollte . . . ich sollte erst den Wein holen, erst danach wollte sie . . .

Ich stehe auf. Ich will mir das nicht anhören oder irgend etwas näher erklären. Ich will einfach nur, daß etwas passiert. Etwas Lautes, etwas Zerstörendes. Ich mit lauter Rissen.

Mit unsicheren Schritten verschwinde ich im Schlafzimmer.

Tür zu, kein Licht, Ruhe. Ich stelle mich ans Fenster und sehe hinaus. Ich bin hilflos und kann keinen klaren Gedanken fassen.

Wieso schmeiße ich die beiden nicht raus und kümmere mich um Jenni? Weil ich nicht glauben will, daß sich Jenni umgebracht hat. Denn was ist, wenn es nicht stimmt und sie wirklich getötet wurde, was dann?

Als ich merke, daß mir schwindelig wird, setze ich mich zwischen Bett und Fenster auf den Boden und starre die gegenüberliegende Wand an. Die Dämmerung verwandelt mein Leben mit Jenni in einen Schwarzweißfilm. Schatten bewegen sich darin und machen auf sich aufmerksam. Ich will nicht hinsehen. Jeden Moment wird die Tür aufgehen, und Jenni wird fragen, was ich da mache, warum ich auf dem Boden sitze, wir hätten doch Gäste. *Komm schon rüber, und sei kein Spielverderber.* Das hat sie gerne gesagt. »Sei kein Spielverderber«, als wäre das alles nur ein großes Spiel, und wir bräuchten bloß auf die Regeln zu achten, dann ginge alles gut.

Bei meiner Rückkehr ins Wohnzimmer sind die Risse nicht mehr sichtbar. Es geht mir nicht besser, und es geht mir nicht schlechter, aber ich habe mich entschieden.

– Was auch immer passiert ist, sage ich und setze mich wieder an den Tisch, Ich will herausfinden, wie Jenni gestorben ist. Der Rest ist mir egal. Also, was habt ihr? Gebt mir einen Beweis, daß es die Schnellen gibt.

– Wir haben nichts, sagt Val und erzählt mir, wie nach ihrer Rückkehr aus Berlin alles verschwunden war – Ausdrucke, Notizen und sogar der abgestürzte Computer. Sie glaubt, sie war mit Jenni den Schnellen auf der Spur. Sie beschreibt mir das Portal und die fremde Schrift. Sie sagt, sie hatte keine Chance, den Download zu stoppen, der ihren Computer lahmgelegt hat.

Marek schlägt vor, wir sollten ein zweites Mal versuchen, im Internet nach den Schnellen zu suchen.

– Einen Versuch wäre es wert, sage ich und gehe zum Schreibtisch. Der Computer startet mit einem schnarrenden Geräusch, der Monitor knistert. Ich schalte die Lampe über dem Schreibtisch an. Eine Minute darauf folgen mir Val und Marek und ziehen sich Stühle heran.

In den ersten zwei Monaten der Schwangerschaft konnten wir die Hände nicht voneinander lassen. Alles kam uns wertvoller und mächtiger vor. Wir waren dabei, etwas zu erschaffen. Wir hatten einen Stein ins Rollen gebracht.

In dieser Zeit entdeckten wir westlich von Oldenburg ein Anwesen mit einem verfallenen Bauernhof. Es war reiner Zufall. Spätsommer, wir beide auf dem Motorrad und auf der Suche nach einem See. Wir hatten Sachen für ein Picknick dabei. Wir wollten romantisch sein und einander mit Trauben füttern.

Erst übersahen wir das Anwesen, weil es auf einer Anhöhe lag. Wir kamen auf eine Straße, die wegen Bauarbeiten gesperrt war, und mußten zurückfahren. Als wir das zweite Mal an dem Hof vorbeifuhren, klopfte mir Jenni auf den Oberschenkel. Ich fuhr langsamer, folgte ihrer ausgestreckten Hand mit den Augen und wendete.

Ein überwucherter Weg führte zum Anwesen hoch. Ich hielt auf der Hofeinfahrt und ließ Jenni absteigen. Nachdem ich die Maschine aufgebockt hatte, schaute ich mich um. Wir waren von der Straße aus nicht zu sehen. Der Tümpel hinter dem Hof war von Bäumen eingeschlossen. Ein kleiner Schuppen stand windschief in der Nähe des Hauses.

Wir blieben, picknickten und beschlossen, mehr über den Hof herauszufinden. Wir betraten die verfallene Scheune, sahen durch die eingeschlagenen Fenster des Hauses, wagten es aber nicht, eine der Türen aufzubrechen.

Als es dunkel wurde, konnten wir uns noch immer nicht von dem Ort trennen. Mücken begannen uns zu umschwirren, und Jenni schlug vor, ich sollte doch ein Feuer machen. Während sie Äste sammelte, kehrte ich eine Stelle am Ufer frei und baute aus Steinen eine Feuerstelle. Ich weiß nicht, wie lange wir dort saßen. Jennis Kopf lag in meinem Schoß, ich hörte ihr zu und sah immer wieder zum Hof hinüber. Auf eine bestimmte Weise gehörte er uns schon, auf eine bestimmte Weise lebten wir dort schon.

Zehn Jahre waren vergangen, wir verbrachten die Sommerabende noch immer am Tümpel, kaum etwas hatte sich verändert. Die Welt drehte sich im gleichen Rhythmus, unsere Kinder schliefen im Haus, wir waren angekommen und würden nie wieder suchen müssen.

Wir löschten das Feuer, indem wir es mit Sand bedeckten, und standen für einige Minuten mit dem Rücken zum Hof. Jenni spuckte auf das Wasser.

– Du auch, sagte sie.

Ich spuckte weiter, und das brachte Jenni zum Lachen. Sie sagte, ich wäre ein Angeber, ich sagte, sie könnte nicht weit spucken.

– Jetzt mal ernst.

Sie lehnte ihren Hinterkopf an meine Brust, ihre Stimme war leise.

– Wenn wir mal sterben, dann will ich, daß sie uns hier beerdigen, versprochen?

– Blödsinn.

– Nein, versprich es mir.

– Wir sterben nicht.

– Wenn aber . . .

Mir zog sich der Hals zusammen.

– Jenni?

– Wenn aber . . .

– . . . dann werden sie uns hier beerdigen, zufrieden?

Sie drehte sich um, ihre Pupillen waren zwei glitzernde Punkte.

– Gut, sagte sie, Laß uns jetzt nach Hause fahren.

Wir suchen über zwei Stunden im Internet und geben die Begriffe ein, mit denen Jenni und Val Erfolg hatten. *Die Schnellen. Das Spiegelprinzip. Zeitverzögerung.* Nichts. Wir wechseln die Suchmaschinen und denken uns Variationen auf die Begriffe aus. Rein gar nichts kommt dabei heraus. Unmengen von Serviceseiten tauchen auf, dann obskure Pressemitteilungen, wie schnell der und der liefert, auch physikalisches Gelaber über ein Spiegelprinzip, das niemand versteht, aber in dem alle die Zukunft sehen.

Wir finden all das, die Links mit den Zahlen aber existieren nicht.

– Nicht mehr, betont Val, Sie müssen die Seiten aus dem Netz genommen haben. Ist so etwas möglich?

– Keine Ahnung, sage ich, Wie wer was im Netz verteilt, war mir schon immer ein Rätsel, aber sicher ist es möglich.

Ich unterbreche die Verbindung und fahre den Computer runter. Die Ruhe danach ist unangenehm, die Stimmung schlecht. Es stinkt nach Zigaretten und Schweiß. Mareks Gesicht wirkt eingefallen, Val ist gereizt. Mir schmerzt der Kopf, also löse ich den Zopf und fahre mir durchs Haar.

– Das war's? frage ich, Mehr habt ihr nicht?

Val sieht aus dem Fenster, Marek reibt sich die Augen und sagt:

– Mehr haben wir nicht.

– Denkt nach, da muß was sein. Ich brauche einen Beweis. Irgendwas.

Val spricht, ohne sich vom Fenster abzuwenden:

– Wir haben keine Beweise, Theo. Unser einziger Beweis liegt unten im Wagen und ist tot.

Der Treffer sitzt. Ich sinke in den Stuhl zurück, als würde jemand mit beiden Händen auf meine Brust drücken. *Jenni ist wirklich weg.* Nur ein paar Worte von Val haben gereicht, der Druck preßt mir die Luft aus den Lungen.

– Was mache ich nur? sage ich mehr zu mir selbst als zu den anderen. Ich denke dabei nicht an unser Kind, das nie sein wird, ich denke dabei nicht an Jenni, die einmal war. Ich habe nur *mein* Leben vor Augen. Wie mache ich weiter?

Val hat sich umgewandt und sieht mich an. Sie versteht meine Frage falsch und sagt:

– Ich denke, du solltest es ihren Eltern als Erstes sagen.

Sie hat recht. Jennis Eltern werden nach ihr fragen. Jenni kann sich nicht einfach in Nichts auflösen, niemand verschwindet spurlos, und es bleibt unbemerkt.

– Sie werden sich wundern, wo Jenni ist. Nicht nur ihre Eltern, auch ihre Freunde. Ich muß ihnen sagen, daß sie nicht nach Hause gekommen ist. Das ist der erste Schritt. Ich muß . . .

Ich verstumme, sehe in den Raum und frage mich, ob das eben wirklich meine Worte waren. Sie kommen mir so nüchtern und klar vor.

Marek räuspert sich und sagt:

– Ich habe Hunger.

Überrascht sehe ich ihn an. Es ist so absurd, daß er jetzt Hunger haben kann. Es ist echt, es ist natürlich, es ist genau das, was ich im Moment nicht bin.

– Gut, sage ich, Prima, laßt uns essen gehen, danach reden wir weiter.

Ich stehe auf und schiebe hinterher:

– Und wir nehmen deinen Wagen, okay?

Marek sieht mich an, als würde ich das nicht ernst meinen.

– Sehr witzig, sagt er.

– Das war kein Witz, sage ich und schalte das Licht über dem Schreibtisch aus.

Bevor wir in das Auto steigen, frage ich Marek, ob ich fahren darf.

– Sicher, kein Problem.

Val setzt sich zu Jenni nach hinten. Wir hören auf der Fahrt zum Restaurant Musik.

– Wer ist das? frage ich.

– Matt Ward, sagt Marek.

Eine brüchige Gitarre zu einer brüchigen Stimme in einer brüchigen Geschichte. Ich stelle lauter und erwarte jeden Moment, daß Jennis Arme sich von hinten um meine Brust schließen und den Druck lösen. Mich wieder frei atmen lassen. Mich festhalten. Als ich in den Rückspiegel sehe, schaue ich Val direkt in die Augen. Ich weiß nicht, wie lange sie mich schon beobachtet. Ich sehe wieder nach vorne. Beim nächsten Mal hat sie den Kopf abgewandt, und ich nehme den Rest des Weges den Blick nicht von der Straße.

Vor dem Restaurant halte ich in zweiter Reihe, obwohl weiter vorne ein Parkplatz frei wird. Val und Marek steigen aus. Val zündet sich eine Zigarette an, Marek stellt den Kragen seines Mantels hoch. Ich kurble das Fahrerfenster herunter.

– Hier ist ein Zweitschlüssel, sage ich und reiche ihn Marek, Der Kleine ist für unten, der Rote für oben. Ihr könnt euch das Sofa ausziehen, Bettwäsche findet ihr im Flurschrank, Handtücher auch.

Marek will etwas sagen, Val zieht an seinem Arm.

– Es ist in Ordnung, erklärt sie ihm.

Ich lasse die beiden am Straßenrand stehen.

Wir stritten uns über esoterische Bücher, Ernährung und Erdstrahlungen. Wir brachten es fertig, Rudolf Steiner zum Thema zu machen und diskutierten hitzig, in welchen Kindergarten unser ungeborenes Kind gehen sollte. Ich bin mir sicher, wir wußten beide, wie albern wir uns verhielten. Und ich bin mir auch sicher, daß es sehr viel mit Jennis Angst zu tun hatte.

– Ich tue das nicht für mich, sagte sie mit der Hand auf ihrem Bauch.

Es waren die ersten Monate, in denen wir zusammenlebten, und wir hatten uns das alles anders vorgestellt. Jenni begann sich für Yoga zu interessieren und besuchte Seminare. Gesundheit stand bei ihr an erster Stelle. Während ich die Sorge hatte, ein Kind in dieser winzigen Wohnung großziehen zu müssen, weil der Bauernhof nicht fertig wurde. Jedes Wochenende fuhr ich raus und arbeitete mir die Finger blutig, während Jenni zu Hause saß und dachte, ich vernachlässige sie. Das Ergebnis war, daß der eine auf dem anderen herumhackte.

– Du nimmst das alles zu ernst, sagte ich, Du machst dir Angst, und das kann doch nicht der Sinn des Ganzen sein.

– Aber ich *habe* Angst, sagte sie, Und ich will sichergehen, daß unserem Kind nichts passiert.

Abonnements von ›Stiftung Warentest‹, ›Schrot & Korn‹ und ›Öko-Test‹, Einkäufe im Naturkostladen, stirnrunzelndes Nachfragen, ob dieser Käse oder jener Saft für das Baby schädlich sein könnten, Horoskope, Fußreflexzonenmassagen und die Wahl der richtigen Hebamme – es gab keine anderen Themen mehr, und ich wurde langsam müde davon, verschwand sogar unter der Woche und renovierte den Hof.

Anfang Dezember hatte ich das Erdgeschoß fertig, einen Kamin eingebaut und die Wasserleitung neu verlegt. Die Heizung und die Böden in den oberen Stockwerken wollte ich bis zum Jahresende erledigen. Als ich nach Hause kam, fand ich ein Bahnticket auf dem Küchentisch.

– Du fährst weg?

Ich wußte, ich klang enttäuscht. Jenni hatte darüber gesprochen, für eine Woche Pause zu machen und auszuspannen. *Wieso,* fragte ich mich, *kann sie nicht mit mir Pause machen und ausspannen?*

Wir sahen uns mehr oder weniger zufällig. In den zwei Monaten vor Weihnachten hatte ich eine Menge in den Kinos zu tun, und Jenni tanzte nach der Pfeife der Produktionsfirma. Meistens begegneten wir uns spät am Abend und waren dann so müde, daß wir beim Sex einschliefen. Wir lachten darüber und nahmen es leicht. Wir wollten ja auf den Hof ziehen und unserem Baby ein wenig Idylle bieten.

–Val hat mich eingeladen, antwortete Jenni aus dem Wohnzimmer.

Ich ging hinüber. Sie lag mit einem Buch auf dem Sofa. Ich blieb im Türrahmen stehen.

– So schnell?

Jenni hatte ihre alte Freundin vor zwei Tagen übers Internet ausfindig gemacht. Es wunderte mich, daß sie nicht schon vorher auf die Idee gekommen war. Es gab wohl für jeden Menschen eine bestimmte Zeit, jetzt war wieder Zeit für Val.

– Sie braucht Hilfe, sagte Jenni und klopfte neben sich auf das Sofa, Deswegen dachte ich mir, ich fahre morgen und bleibe bis zum Wochenende bei ihr. So spontan, weißt du. Es sind ja nur ein paar Tage. Du hättest hören sollen, wie sehr sie sich am Telefon gefreut hat. Sie wohnt in Kassel.

– In Kassel, wiederholte ich lahm, als hätte ich den Namen noch nie gehört. Ich setzte mich zu Jenni. Kassel klang wie das Ende der Welt.

– Was ist mit dem Dreh am Kanal, ich dachte, das dauert noch.

– Sie brauchen mich nicht wirklich, ich habe die Woche freibekommen.

– Ach.

Ich wußte, ich sollte nicht so ein Gesicht ziehen. Ich fand es schon immer schwer, Enttäuschungen zu verbergen.

– Theo, sag *Hallo, Mama* und küß mich.

Ich sagte *Hallo, Mama* und küßte sie und wollte wissen, ob sie wiederkommen würde.

Jenni lachte los.

Ich weiß nicht, wie ich auf den Gedanken kam, sie nicht mehr wiederzusehen. Vielleicht war es eine Vorahnung oder reine Unsicherheit. Seitdem ich Jenni kannte, ließ mich diese Angst vor Verlust nicht los. Wahrscheinlich hat das jeder, wenn er glaubt, den richtigen Menschen gefunden zu haben. Oft zog sich mir mitten am Tag der Magen zusammen, und ich mußte Jenni anrufen. »Alles okay bei dir?« hatte ich dann gefragt. »Natürlich«, war ihre Antwort gewesen.

– Was ist das für eine Frage? sagte Jenni und zog mich über sich wie eine Decke, Natürlich komme ich wieder. Wo soll ich denn sonst hingehen?

MAREK

1

– Sitzt du schon lange hier?

Es ist nett, daß er das Licht nicht anmacht. Ich sitze in der Küche am Fenster und warte, daß es hell wird. Erst lag ich mit Val auf dem Sofa, war aber zu unruhig und zog mich wieder an. Seitdem sitze ich hier am Tisch, trinke kalte Milch und schaue auf den Hinterhof.

– Fast alle Zimmer, in denen ich in letzter Zeit bin, gehen auf Hinterhöfe hinaus, sage ich.

Theo reagiert darauf, indem er aus dem Türrahmen verschwindet. Das Licht im Flur geht an. Ich warte und denke mir, daß man nicht jeden mit solchem Zeug vollquatschen sollte. Die Spülung rauscht, das Licht geht aus, dann ist Theo wieder da. Er setzt sich mir gegenüber an den Tisch, zieht die Milch zu sich und nimmt einen Schluck aus der Packung.

– Keine Ahnung, was Hinterhöfe zu bedeuten haben, sagt er, Aber ich würde das nicht überinterpretieren.

Ich kann in der Dunkelheit seine Augen nicht erkennen. Die Konturen verwischen, über die Wände bewegen sich Dinge, die nicht da sind. Ich beobachte das schon seit über einer Stunde. Immer, wenn ich blinzle, verschwinden sie. Je länger ich starre, um so mehr Dinge sehe ich über die Wände huschen. Ich weiß, da ist nichts, ich bin völlig übermüdet.

Theo nimmt einen zweiten Schluck Milch und sagt:

– Ich wünschte, es würde die Schnellen geben.

– Soll das ein Witz sein?

– Nein, ich meine es ernst.

– Denn wenn das ein Witz war, sage ich, Dann kommt er nicht bei mir an. Ich habe für dieses Jahr keinen Humor mehr übrig.

– Dann sind wir schon zu zweit.

– Ja, dann sind wir zu zweit, stimme ich ihm zu.

Ohne, daß ich zu fragen brauche, beginnt Theo von Jenni zu erzählen. Kleine Szenen – woher sie sich kennen, was er an ihr mochte, was ihm nicht gefiel. Er redet an einem Stück und ohne große Pausen, und ich glaube, es ist die Dunkelheit, die es möglich macht. Von mir wird nur erwartet, daß ich stillsitze. Zwischendrin sehe ich die beiden vor mir. Sein Arm um ihre Hüfte; wie sie ihr Lachen an seinem Hals erstickt, weil es ihr peinlich ist, im Kino vor Spannung laut aufzuschreien; wie sie seine Hand hält, als er im Krankenhaus die Magenspiegelung machen ließ und der Streit, als sie dachte, er würde sich vor ihrem Geruch ekeln. Kleinigkeiten.

Theo verstummt irgendwann und sieht aus dem Fenster, seine Lippen bewegen sich lautlos, dann preßt er sie zusammen.

– Was hast du mit Jenni gemacht? frage ich.

Er sieht mich nicht an.

– Schon gut, sage ich und bereue es, gefragt zu haben.

Theo trinkt die Milchpackung leer, faltet sie zusammen und steht auf, um sie in den Mülleimer zu werfen. Danach öffnet er den Kühlschrank und sieht hinein. Das Licht ist grell und vertreibt die Schatten von den Wänden. Theo stellt Brotaufstrich und Käse auf den Tisch, gibt mir einen Teller.

– Toast?

Ich nicke, er schließt den Kühlschrank und legt zwei Scheiben Weißbrot in den Toaster. Es ist merkwürdig, so im Dunkeln zu sitzen. Aus den Schlitzen des Toasters schimmert es rot.

– Jetzt mal ganz ehrlich, sagt Theo, So zwischen dir und mir und niemand anderem, was hältst du von der ganzen Sache?

Ich zögere, denn ich will nicht zu schnell antworten. Manchmal ist mein Mund schneller als mein Kopf. Ich will, daß der Toast hochspringt, bevor ich antworte. Der Toast denkt nicht daran, irgendwohin zu springen. Also sage ich:

– Ich glaube Val, daß sie daran glaubt. Ich weiß nicht, ob es echt ist. Vielleicht steckt etwas Plausibles dahinter. Irgend jemand, der Val verfolgt, und dann auf Jenni gestoßen ist, obwohl er Val haben wollte. Etwas Rationales, verstehst du?

– Keine Schnellen?

Ich will es nicht sagen, es würde wie ein Verrat klingen, deswegen formuliere ich es anders:

– Nenn es die Schnellen oder die Langsamen, gib ihnen irgendeinen Namen, das ist egal. Was zählt, ist, daß jemand existiert, der am Tod deiner Freundin schuld ist.

Der Toast springt raus, Theo legt mir eine Scheibe auf den Teller.

– Und was ist, wenn sich Jenni selbst umgebracht hat? sagt er, Ist dir schon mal der Gedanke gekommen?

– Theo, sage ich und versuche eindringlich zu klingen, Niemand bringt sich auf diese Weise um.

Er nickt ein paarmal, als würde er über meine Worte nachdenken, dann bestreicht er seinen Toast. Ich warte auf eine Reaktion. Ich würde das gerne mit ihm ausdiskutieren, denn ich habe das Gefühl, daß er wirklich denkt, Jenni könnte sich das selbst angetan haben. Sich und seinem Kind. Aber Theo hat anscheinend kein Interesse daran. Er beißt von seinem Toast ab und fragt:

– Was habt ihr jetzt vor?

In mir ist ein merkwürdiger Zwiespalt. Auf der einen Seite möchte ich Theo nichts davon erzählen, daß Val eine ihrer

Ärztinnen aufsuchen will. Ich möchte ihr alleine beistehen. Auf der anderen Seite *will* ich Theo dabeihaben, damit er *mir* beisteht. Es ist nicht so, daß ich Val mißtraue, es ist eher so, daß ich nicht aus ihr schlau werde.

Ich erzähle ihm, daß wir morgen früh eine Ärztin aufsuchen wollen, die Val betreut hat. Val will mit ihr und, wenn es geht, auch mit ein paar Patienten sprechen, die ähnliche Erfahrungen hatten.

– Gibt es viele davon?

– Eine Menge. Val meint, auf der Station herrscht ein regelrechter Klüngel, wer an welche Erscheinungen glaubt und wer in welcher Dimension lebt. Außerdem gab es einen Arzt, bei dem sich Val sicher ist, daß er zu den Schnellen gehört.

Theo nickt, damit ich weiterspreche. Sein Gesicht hat in den letzten Minuten Konturen angenommen, die Augen sind zu erkennen, die Wangenmuskeln treten beim Kauen deutlich hervor. Das Licht vor dem Fenster ist tiefblau.

– Das ist alles, sage ich.

– Ja, aber was versprecht ihr euch davon?

– Val will näher ran. Sie ... Ich weiß ehrlich gesagt nicht, was sie *genau* will. Ich glaube, sie ist da ein wenig wie du – Jenni ist tot, und das Leben kann nicht weitergehen wie vorher. Jemand hat Schuld, also muß dieser Jemand bezahlen.

Theo hat aufgehört zu kauen. Ich kann sehen, daß seine Messerhand zittert. Ich habe keine Ahnung, ob ich etwas Falsches gesagt habe.

– Kann ich mitkommen? fragt er.

– Klar, sage ich schnell.

– Danke, sagt er und kaut weiter.

2

Theo verzieht das Gesicht, als er erfährt, daß wir nicht in Oldenburg bleiben.

–Aber ich dachte, du warst hier in der Klapse, sagt er zu Val.

–Das zweite Mal, zuerst hat es mich in Hamburg erwischt. Ich hatte da nicht so richtig die Wahl, verstehst du?

Val lächelt entschuldigend. Sie sieht gut aus – frisch geduscht und ausgeschlafen. Theo und ich haben Schatten unter den Augen. Gegen sieben hat er sich hingelegt, während ich die zweite Milchpackung geöffnet und aus dem Fenster gestarrt habe. Ich weiß nicht, was mit mir los ist. Entweder liege ich wach und starre an die Decke, oder ich sitze herum, starre aus dem Fenster und fühle mich wie gerädert. Aber was ich auch tue, der Schlaf will nicht kommen. Unter meiner Haut rumort eine unangenehme Nervosität. Ich verspüre das Bedürfnis, durch die Gegend zu rennen oder ein Glas an die Wand zu werfen.

Theo hat gestern nacht keinen Parkplatz in der Straße gefunden und meinen Wagen zwei Ecken weiter abgestellt. Während Val unter der Dusche stand, ging ich los, um den Wagen vorzufahren. Das war ein Alibi. Ich mußte einfach sehen, ob Jenni noch auf dem Rücksitz lag. Am Wagen atmete ich erleichtert aus. Jenni war mitsamt der Decke verschwunden. Jetzt befindet sich nur noch ihre Tasche in meinem Kofferraum, doch das werde ich Theo erst später erzählen.

Um zehn verlassen wir die Wohnung. Val setzt sich nach hinten, ohne Fragen zu stellen. Für sie ist es selbstverständlich, daß Jenni nicht mehr auf dem Rücksitz liegt und Theo mit uns nach Hamburg kommt.

Auf der Autobahn wechseln wir nur ein paar belanglose Sätze. Val sagt, sie müsse einen Stadtplan von Hamburg kaufen. Theo sagt, er würde sich ein wenig in Hamburg auskennen. Ich sage, daß Tanken keine schlechte Idee wäre. Danach sind wir wieder still.

Ich fahre bei der ersten Tankstelle raus, Val und Theo bleiben im Wagen sitzen. Als ich bezahlt habe und wieder eingestiegen bin, schläft Val, und Theo fummelt am Radio herum.

– Irgendwas Klassisches, sagt er und sucht weiter.

Kurz vor Hamburg erwacht Val schlechtgelaunt. Sie friert und will wissen, was das für Trauermusik ist. Ich sehe Theo entschuldigend an, schiebe eine CD ein und hoffe, daß sich Vals Laune legt.

– Übrigens ...

Theo dreht sich zu Val um.

– ... glaubst du, die Schnellen wußten, daß Jenni schwanger war?

Seine Stimme zittert, als er das sagt. Ich spüre, wie meine Hände um das Lenkrad herum schweißfeucht werden. Val sagt zögernd:

– Wieso?

– Die Stichwunden hier und hier ...

Er zeigt auf seinen Bauch, beschreibt einen Kreis.

– ... das kann doch kein Zufall gewesen sein. Wenn ich jemanden ermorde, dann kriegt er eine ins Herz ...

Er schlägt sich mit voller Kraft auf die Brust.

– ... so würde ich das machen.

Theo schaut wieder nach vorne, Vals Gesicht taucht zwischen unseren Schultern auf.

– Woher hätten sie das wissen sollen? fragt sie.

– Gute Frage, sagt Theo.

Val verschwindet wieder. Ich sehe sie im Rückspiegel den Stadtplan von Hamburg aufblättern. Sie hat nur eine vage Ahnung, wo die Anstalt liegt.

– Und die Finger? fragt Theo.

Ich habe befürchtet, daß das kommen würde. Bevor Val antworten kann, sage ich schnell:

– Wir haben alles abgesucht und nichts gefunden. Sie müssen ihre Finger mitgenommen haben.

Keine Reaktion.

– Aber ihre Sachen sind noch im Kofferraum, schiebe ich schnell hinterher, um Theo auf eine absurde Weise zu trösten.

Er sieht aus dem Seitenfenster. Ich bereue es, meine Klappe nicht gehalten zu haben.

– Wir fahren Hamburg Nord raus, beschließt Val, Ich glaube, von da aus müßte ich es finden.

Die folgende Dreiviertelstunde reden wir nicht mehr miteinander. Val gibt Anweisungen, Theo schaut aus dem Fenster, ich fahre.

– Das tut mir leid, sagt die Frau zum vierten Mal. Sie trägt einen Sari und hat einen roten Punkt auf der Stirn. Es ist merkwürdig, eine Inderin hinter dem Empfang einer psychiatrischen Anstalt sitzen zu sehen. Und als ob Val meine Gedanken gelesen hätte, sagt sie:

– Arbeiten Sie hier wirklich?

Die Frau lächelt.

– Ich bin zur Vertretung da. Meine Schwester bekommt heute ihr drittes Baby. Aber ich mache öfter Vertretung, verstehen Sie?

Theo wendet sich ab und geht zu dem Wasserspender neben dem Eingang. Val beugt sich über die Empfangstheke.

– Könnte ich einen Arzt sprechen?

Die Inderin schüttelt den Kopf.

– Sie können sich aber anmelden. Aber wenn ich Ihnen etwas verraten darf . . .

Sie beugt sich auch über die Empfangstheke.

– Sie werden Dr. Lorrent auch nicht finden, wenn Sie mit den Ärzten reden. Sie hat Urlaub bis zum Ende des Monats und kommt erst am 5. Januar wieder zur Arbeit. Das dürfen Sie mir glauben.

Val sieht an mir vorbei zum Ausgang. Ich kenne das, sie ist hier noch nicht fertig. Es ist eine Eigenart von ihr, den Leuten das Gefühl zu geben, sie würde kapitulieren.

– Wissen Sie, ob wir Dr. Lorrent telefonisch erreichen können? frage ich.

Bedauernd schüttelt die Inderin den Kopf.

– Wir dürfen weder Telefonnummern noch Adressen unserer Ärzte herausgeben, das müssen Sie verstehen. Oh, entschuldigen Sie, ich habe einen Anruf auf Leitung 2.

Sie lächelt mich an und nimmt den Anruf entgegen.

– Das bringt nichts, sagt Val, Wir gehen zur Offenen.

Sie knöpft ihren Mantel zu und marschiert aus der Anstalt.

– Wo will sie hin? fragt Theo.

– Zu den Irren, sage ich.

Die geschlossene Anstalt unterscheidet sich von der offenen nicht nur durch die Tatsache, daß die Patienten das Gebäude nicht verlassen dürfen. In der Geschlossenen sind die Regeln strikter; der Zeitplan eng und nach Vals Meinung der einzige Grund, warum man wahnsinnig werden könnte. In der Offenen dürfen die Patienten auf das umliegende Gelände, sie müssen nicht auf ihrem Zimmer sein oder auf den Fluren herumstehen und einen Zeitplan befolgen.

– Natürlich gibt es auch in der Offenen einen Zeitplan, sagt Val, Aber der ist eher für die, die nicht wissen, was sie tun sollen. Da vorne ist es.

Etwa fünfzig Meter entfernt stehen drei Männer vor einem roten Ziegelsteinbau, der mich sehr an mein Gymnasium erinnert. Der eine Mann in einer knallbunten Jacke, die einem Teenager gestanden hätte, die anderen beiden in grauen Mänteln und mit Baseballmützen auf den Köpfen. Sie nehmen alle zehn Sekunden einen Zug von ihren Zigaretten, die sie in der hohlen Hand verstecken, dabei treten sie von einem Fuß auf den anderen und atmen den Rauch durch die Nase aus.

– Normalerweise hat jede Stadt ihre Dauerpsychotiker, erklärt Val, als Theo sie fragt, was wir in der Offenen verloren haben, Sie kommen und gehen und kommen und gehen und sind eigentlich in der Anstalt mehr zu Hause als in ihren Wohnungen. Wenn wir schon meine Ärztin nicht sprechen können, vielleicht haben wir Glück, und ich treffe hier jemanden aus der Zeit, als ich selbst drin war.

Val verstummt, als ein Pärchen an uns vorbeiläuft. Sie hält ihn am Arm und bewegt sich wie eine Hundertjährige. Er läßt die Füße schleifen, als wäre jeder Schritt sein letzter. Sie sind beide keine dreißig Jahre alt.

– Können wir da einfach so rein? frage ich, als das Pärchen außer Hörweite ist.

Val lacht.

– Nichts zu machen, außer du bist Besucher und angemeldet. Wir warten draußen.

Und da sitzen wir jetzt seit einer Stunde auf einer Parkbank gegenüber von der Offenen und frieren. Die drei Männer vor dem Backsteingebäude haben ein paarmal zu uns rübergesehen und dann das Interesse verloren. Bisher kamen nur zwei Frauen heraus, keine von ihnen war Val bekannt.

– Du bereust es, nicht wahr? wende ich mich an Theo.

Er zuckt mit den Schultern.

– Es ist kein richtiges Bereuen. Ich hätte zu Hause so oder so nichts mit mir anfangen können.

– Zumindest hättest du nicht gefroren.

– Du sagst es.

Ich stehe auf und gehe ein paarmal um die Parkbank. Eine Frau schaut aus dem Eingang des Backsteinbaus und ruft die Männer rein. Sie winkt uns, ich winke zurück, sie winkt noch einmal, ich höre auf zu winken, sie verschwindet.

– Komm, setz dich, sagt Val und klopft neben sich.

– Was war mit der? frage ich.

– Das war eine der Tagesschwestern. Wahrscheinlich hat sie dich für einen Patienten gehalten.

Val sieht auf ihre Uhr.

– Wir liegen gut in der Zeit, gleich wird Mittag gegessen. In ein paar Minuten werden sie von allen Seiten heranströmen. Seid ihr bereit für die Flut der Psychotiker?

Es sind viele. Sie kommen nicht nur aus den anderen Häusern, sie kommen aus den Büschen, vom Parkplatz, scheinen aus dem Nichts aufzutauchen und bewegen sich in kleinen Gruppen auf den Backsteinbau zu. Ich bin überrascht, daß sich so viele bei der Kälte ins Freie wagen.

– Und? fragt Theo.

Val antwortet ihm nicht, sie schaut und schaut, dann steht sie auf und geht los, Hände in den Manteltaschen und zielstrebiger Schritt. Sie hält eine Gruppe von Frauen auf. Im nächsten Moment wirft eine von ihnen Val die Arme um den Hals, und sie tanzen im Kreis.

– Treffer! sage ich und setze mich zu Theo auf die Parkbank.

Ihr Name ist Bettina. Ich weiß nicht, was ich von ihr halten soll. In meinem Kopf jagen sich die absurdesten Bilder, weil ich mir vorzustellen versuche, was gewesen wäre, wenn ich Val nicht nach einer Party, sondern hier auf diesem Gelände kennengelernt hätte – mit weißen Stiefeletten, grüner Jogginghose, Lederjacke mit Fellkragen und rosa Lippenstift.

– Hi, sage ich.

– Hallo, sagt Theo.

Bettina ist völlig aufgeregt, sie umarmt Val ein zweites Mal und quietscht dabei:

– Es ist *soo* lange her, es ist *soowas* von lange her. Val, die Val ist wieder zurück! Wir haben auf dich gewartet, wir wußten, daß du zurückkommst.

Bettina sieht Theo und mich an.

– Wir wußten es! Wußtet ihr es auch?

Bevor wir antworten können, hat sie die Arme in die Luft geworfen und ruft:

– Val ist wieder da!

Eine neue Umarmung. Val lächelt unsicher und versucht, Bettina auf Abstand zu halten. Theo sieht zum Backsteinbau, als würde er auf einen Bus warten. Ich grinse dämlich.

– Sie reden von dir, sagt Bettina, Sie reden alle von dir. Was du getan hast, was du nicht getan hast. Wir wissen das alles.

– Wovon sprichst du? fragt Val.

Bettina zwinkert ihr zu, dann verpaßt sie ihr einen kumpelhaften Stoß gegen die Schulter.

– Wovon sprichst du? imitiert sie Vals Stimme und wechselt fließend zu ihrem hohen Kreischen zurück, Hahaha, was werden sich die anderen freuen! Was werden die sich freuen! Gehst du mir nicht weg, versprochen? Gehst du mir nicht wieder weg?! Ich bin gleich wieder da.

– Ich warte hier, verspricht Val, dann erklingt wieder ein Quietschen, Val wird umarmt, ehe Bettina wieder zu ihrer Gruppe von Frauen zurückrennt.

– Mittagessen, sagt Val und weicht unseren Blicken aus.

Wir finden in dem überfüllten Besuchercafé einen Tisch direkt am Fenster. Die Luft ist dick vom Zigarettenrauch, die Scheiben vom Dunst beschlagen, so daß man nur an einigen Stellen hinausschauen kann. Viele Patienten essen mit ihrem Besuch, an den vorderen Tischen sitzt Personal.

– Von denen kenne ich keinen, sagt Val und geht los, um sich ein Tablett zu holen.

– Ich paß auf den Tisch auf, sage ich zu Theo.

Während die beiden sich anstellen, checke ich mein Handy. Die elfte SMS von Gerald ist gekommen. Ich kann nicht mehr lange so tun, als ob ich kein anderes Leben habe. Ich schreibe ihm zurück, daß ich in den nächsten Tagen noch unterwegs bin und er alle Entscheidungen vorerst allein treffen soll. Keine Werbeagentur geht den Bach runter, nur weil ich nicht zu sprechen bin.

Als ich die SMS abschicken will, bemerke ich einen Arzt vor dem Fenster. Er trägt einen aufgeknöpften Kittel und nichts darüber. Die Hände hat er links und rechts an den Augen, um besser durch die Spiegelung in das Café zu schauen. Es war für mich schon immer komisch, so etwas zu beobachten. Wenn jemand auf diese Weise reinschaute, hatte ich immer das Gefühl, ich würde in einer Glaskugel sitzen.

Ich schicke die SMS ab, schalte das Handy aus und verstaue es im Mantel. Der Arzt steht noch immer da, die Hände um die Augen, das Glas ist von seinem Atem beschlagen. Außer mir beachtet ihn niemand. Ich versuche zu erraten, was er sieht. Ist es der Tisch mit den anderen Ärzten, oder sind es die zwei Küchenhilfen, die neben einem Rollwagen stehen und sich unterhalten?

Der Arzt wischt die beschlagene Stelle vom Glas und ist im nächsten Moment verschwunden. Theo und Val kommen auf unseren Tisch zu. Ich bin so langsam mit meinem Denken, daß es fast schon peinlich ist.

– He, sagt Theo, Was ist los, warum - - -

Den Rest kriege ich nicht mit. Ich renne ohne Mantel aus dem Café und sehe den Arzt hinter einem weißen Flachbau verschwinden. Hinter dem Flachbau teilt sich der Weg und führt zu zwei Häusern und einem Schuppen.

– Hallo! rufe ich.

Der Arzt ist weg.

Am Schuppen hängt ein Vorhängeschloß. Ich laufe zum linken Haus, die Tür ist zu. Auch beim rechten Haus komme ich nicht rein. Ich schaue an der Fassade hoch. Niemand ist an einem der Fenster zu sehen.

Ich jogge frierend zurück und spüre von der Kälte ein Stechen in den Lungen. Als ich beim Besuchercafé ankomme, zögere ich kurz und stelle mich dann vor die große Frontscheibe. Ich will wissen, was der Arzt von da aus gesehen hat. Hat er wirklich Val beobachtet? Ich schirme die Augen mit den Händen ab.

Und schrecke zurück.

Das kann nicht wirklich gewesen sein.

Ich renne zum Eingang und ziehe die Tür auf.

Lärm und Hitze, der Gestank von Zigaretten, Schweiß, Parfum und aufgewärmtem Essen. Val und Theo sehen mich von der anderen Seite des Raumes an. Sie sind nicht die einzigen. Ich habe das Gefühl, im Rampenlicht zu stehen.

– Kommen Sie rein, sagt eine Frau am Eingang, Sonst hol ich mir eine Lungenentzündung.

Der Mann neben ihr sagt, sie soll nicht so unhöflich sein. Ich mache einen Schritt in das Café und lasse die Tür hinter mir zufallen. Während ich mich an den Gästen vorbeischlängele, frage ich mich, ob es nicht klüger wäre, den Mund zu halten. Es ist nicht der richtige Ort und auch nicht die richtige Zeit, um Val und Theo zu erzählen, was ich durch die Frontscheibe sah. *Was denn?* würde Val fragen. *Nichts,* würde ich antworten, *außer, daß das Cafe leer und verlassen war, es brannte nicht einmal Licht.* Und Theo würde ergänzen: *Was für ein Blödsinn.*

– Was war los? fragt Theo.

– Du sahst aus, als hättest du einen Geist gesehen, sagt Val. Ich setze mich zu ihnen, reibe die Hände aneinander, lege sie um Vals Teetasse.

– Nichts, mir war nur etwas schlecht.

Ich mache eine Geste, die das Café umfassen soll.

– Schlechte Luft und so, versteht ihr?

Val schiebt mir ihren Teller zu, ich sollte etwas essen, sie könnte sich nicht erinnern, wann ich das letzte Mal richtig gegessen habe.

Ich nehme mir eine von ihren Pommes und tue, als ob alles in Ordnung wäre. Ungewollt wandert mein Blick zu der Frontscheibe. Es ist nicht zu erkennen, wo der Arzt vorhin gestanden hat. Auch von mir sind keine Spuren zurückgeblieben.

– ... besser.

– Was?

– Ich sagte, daß es besser wäre, wenn du auch einen Tee trinkst, sagt Val.

– Bleib mal sitzen.

Theo steht auf, um sich ein zweites Mal anzustellen. Val legt die Hände um mein Gesicht, so daß ich sie ansehen muß.

– Was ist los mit dir?

– Übelkeit, sage ich, Und zu wenig Schlaf.

Sie beobachtet meine Augen, erst das linke, dann das rechte. Sie lächelt und küßt mich auf den Mund. Als wir uns wieder trennen, wird mir bewußt, daß es der erste Kuß seit Jennis Tod ist.

– Hast du Angst? fragt mich Val.

– Ein bißchen, sage ich und will noch mehr sagen, verstumme aber.

Val läßt mein Gesicht los.

– Hab keine Angst, sagt sie, Hier, nimm lieber noch ein paar Pommes.

Eine halbe Stunde später stehen wir wieder vor der Parkbank.

– Was, wenn sie nicht rauskommt? fragt Theo.

Val sieht ihn überrascht an.

– Wieso sollte sie nicht rauskommen?

– Hausarrest oder was auch immer.

– Sie wird kommen, es dauert immer ein Weile. Sie sitzen jetzt beim Nachtisch, Bettina würde sich den Nachtisch nie entgehen lassen.

Val hakt sich bei mir unter, lehnt sich an mich, Theo knöpft seinen Mantel zu, der Eingang zum Backsteinbau bleibt verlassen.

– Scheißkälte, sage ich.

– Da kommen sie, sagt Theo.

Erst kommen die drei Männer. Sie nehmen ihren Posten ein und geben sich gegenseitig Feuer. Dann schauen sie zu uns, schauen wieder weg. Wir warten. Einige Minuten später kommt die Gruppe von Frauen aus dem Haus. Val ruft Bettinas Namen, Bettina hebt die Hand, winkt und sagt etwas zu den Frauen. Dann läuft sie zu uns und umarmt Val.

– Ist das schön, daß du noch da bist! Das wollte mir keiner glauben. Keiner, weißt du?! Sie sagen, du bist nicht mehr Val. Sie sagen, du hast dich verändert und bist nicht mehr du.

– Wer sagt das? fragt Val.

– Die …

Bettina beißt sich auf die Unterlippe und kichert. Wir sehen sie an, wir warten. Bettina hört auf zu kichern und blickt verlegen in die Runde.

– Was ist denn? fragt sie.

– Wer sagt, daß ich nicht mehr ich bin? fragt Val mit ruhiger Stimme nach.

– Du weißt schon, antwortet Bettina und zeigt mit dem Daumen hinter sich, Alle eben.

– Aber sie kennen mich doch gar nicht.

– Schon, ich habe doch von dir erzählt, sie kennen dich gut.

– Was hast du erzählt?

Bettina strahlt übers ganze Gesicht:

– Daß du meine Val bist. Die alles sieht. Die alles sieht, was die anderen nicht sehen. Meine Val eben.

Bettina hört auf zu strahlen.

– Aber jetzt nicht mehr, sagt sie plötzlich traurig und streichelt über Vals Wange, Du bist ja gesund, nicht wahr? Du siehst nichts mehr. Arme Val.

Es ist eine komische Szene. Ich kann sehen, daß Val irgendwie reagieren möchte. Ihre linke Hand zuckt, der Mund ist schmal. Sie reagiert aber nicht, sondern sieht Bettina nur an. Es dauert lange, viel zu lange.

– Was ist mit den Schnellen? mischt sich Theo ein und tritt einen Schritt vor. Ich halte ihn am Ellenbogen zurück. Das würde noch fehlen, daß er einer wie Bettina Angst macht.

– Was soll mit ihnen sein? fragt Bettina zurück, ohne den Blick von Val zu nehmen.

– Wir haben ein Problem mit ihnen, spricht Val weiter, bevor Theo mehr sagen kann, Sie denken, wir suchen sie. Wir suchen sie nicht, Bettina, wir wollen nur in Ruhe gelassen werden.

Bettina wippt mit dem Kopf auf und ab, als wären Vals Worte kleine Bälle, die durch die Luft springen.

– Jemand ist gestorben, sagt Val.

– Oh, sagt Bettina und steht still, Das solltet ihr ihm erzählen.

Sie sieht mich an, ich schaue über meine Schulter, da ist niemand, dann verstehe ich es und tippe mir an die Brust:

– Mir?

– Hast du ihm schon gesagt, daß jemand gestorben ist? fragt sie Val.

– Warum sollte ich es ihm sagen? will Val wissen, Er weiß alles, das ist Marek.

Plötzlich schlägt sich Bettina die Hand vor den Mund.

– Oh, habe ich jetzt was verraten?!

Sie sieht mich wieder an. Ich kann zwischen ihren Fingern die Zähne erkennen.

– Ich wollte das nicht verraten, sagt sie und lächelt entschuldigend und beginnt dann zu weinen. Val legt ihr einen Arm um die Schulter und geht mit ihr ein paar Schritte zur Seite. Theo und ich wechseln einen Blick.

– Du gehörst also dazu, sagt Theo.

– So eine Scheiße auch, sage ich und versuche zu lachen.

Wir haben den Wagen am Straßenrand geparkt. Val hat von einem Imbiß drei Kaffee besorgt, die Heizung läuft, die Musik ist aus. Ich bin froh, vom Anstaltsgelände weg zu sein.

Bettina war ein Reinfall. Nach den Tränen gab es noch mehr Tränen, und dann rannte sie auf die Offene zu und verschwand darin. Die Gruppe von Frauen sah uns wütend an, und eine zeigte die ganze Zeit in unsere Richtung. Schließlich verzogen wir uns.

– Ich mag das nicht, sagt Val, Wenn jemand behauptet, ich bin nicht mehr ich.

– Niemand mag das, sage ich.

Theo pustet über seinen Kaffee und schweigt. Er ist seit Bettinas Ausbruch sehr ruhig geworden. Ich erwarte jeden Moment, daß er sich verabschiedet und zum Bahnhof bringen läßt.

– Streichen wir mal Bettinas Gerede auf das Wesentliche zusammen, schlage ich vor und komme mir vor wie ein übermüdeter Student, der nur noch seinen Schein haben will.

– Dann bleibt nicht viel übrig, sagt Theo, Sie hält Val für gesund und dich für einen der Schnellen, das ist das Wesentliche.

– Nimm ihr das nicht übel, sagt Val und streichelt meinen Arm, Es ist ein Wunder, daß sie nicht in einer anderen Sprache gesprochen hat. Denkst du, ich mache Witze? Ich habe das schon erlebt. Wenn wir Besuch hatten, konnte Bettina mächtig aufdrehen. Es gibt schon einige Gründe, warum sie da drinnen besser aufgehoben ist als hier draußen.

– Weiterhelfen tut es uns aber nicht, sage ich.

– Nicht richtig, sagt Val und holt einen Zettel aus ihrer Hosentasche, Für das hier hat es aber gereicht.

Sie faltet den Zettel auf. In kleiner, runder Mädchenschrift stehen da ein Name und eine Adresse.

– Woher hast du das? will Theo wissen.

– Connections, sagt Val und gibt dem Zettel einen Kuß.

Sie hatte Bettina gebeten, noch vor dem Essen ins Büro zu gehen. Val wußte von damals, daß alle Notrufnummern der Ärzte samt Adresse auf einer Pinnwand aushingen. Daran hatte sich in den letzten Jahren nichts geändert. Bettina hatte keine Probleme, sich die Daten abzuschreiben. Von ihr weiß Val auch, daß Dr. Lorrent wirklich im Urlaub ist. Wenn wir etwas Glück haben, verbringt sie ihn zu Hause.

3

Dr. Lorrent wohnt in einem Haus am Rand einer Villengegend. Im Vorgarten steht ein Tannenbaum mit einer Lichterkette, die in rot und blau leuchtet. Val will, daß wir im Auto warten. Theo murmelt einen Fluch und steigt aus.

– Du kannst da nicht allein reingehen, sage ich, nachdem er die Tür zugeworfen hat, Das ist Theo gegenüber nicht fair. Er steckt da genauso drin wie du. Es kann nicht schaden, wenn wir beide mit dabeisind.

– War es seine Idee, daß er mitkommt? fragt Val.

– Er hat es vorgeschlagen, ja. Wieso?

– Nur so.

– Denkst du, ich trau dir nicht?

Val steigt aus, ohne mir zu antworten. Für eine Sekunde

überlege ich, einfach sitzenzubleiben und die beiden machen zu lassen. Wie kann sie mir nur mißtrauen, nach all dem, was passiert ist?

Ich öffne die Fahrertür und steige aus.

– Wie kannst du mir nur mißtrauen? frage ich und drehe sie zu mir um.

– Müssen wir das vor Theo regeln?

– Ruft mich, wenn ihr fertig seid, sagt Theo und geht die Straße runter.

Ich lasse Vals Arm los, sie steckt ihre Hände sofort in die Manteltaschen und sieht mich herausfordernd an. Ich würde gerne wissen, wie das von außen aussieht und ob jemand auf die Idee kommen könnte, daß wir zu irgendeinem Zeitpunkt Liebe füreinander empfunden haben.

– Ich weiß nicht, was los ist, sagt sie, Du verhältst dich so komisch, seitdem wir in Oldenburg waren. Als wäre dir das alles zu viel . . .

– Das ist mir auch alles zuviel.

– . . . als wäre ich dir zuviel, beendet Val ihren Satz.

Ich schüttle den Kopf und sage, daß das so nicht stimmt.

– Du kannst mir nicht zu viel sein, sage ich und wünsche mir, es wäre wahr, Ich weiß, wir packen das gemeinsam, ich weiß es wirklich. Heute morgen habe ich gehofft, Theo würde nicht mitkommen. Jetzt bin ich froh, daß er dabei ist. Es ist richtig, daß er uns bei der Suche hilft. Es ist ihm gegenüber fair.

Val sieht zum Haus der Ärztin, sieht mich wieder an.

– Du hast recht, es ist fair, sagt sie nach einer langen Pause, und die Härte ist aus ihrer Stimme verschwunden, Laß uns klingeln.

Während wir warten, daß Theo zu uns kommt, raucht Val hastig noch eine Zigarette. Ich beobachte sie dabei aus den Augenwinkeln. Manchmal wüßte ich gerne, was sie denkt, denn was sie denkt, unterscheidet sich allzuoft von dem, was sie sagt.

– Alles okay? fragt Theo.

– Alles okay, sagt Val.

Der Mann, der uns öffnet, ist um die sechzig. Er hält eine Brille in der Hand, mit der er beim Sprechen gestikuliert.

– Ah, da sind Sie ja! begrüßt er uns und streckt seine Hand aus. Mich bemerkt er erst auf den zweiten Blick.

– Willkommen, willkommen, es wurde aber auch Zeit, daß wir uns kennenlernen. Celia spricht viel von Ihnen. Die Mäntel hängen Sie am besten einfach an die Garderobe, hier, nehmen Sie doch den Bügel, bitteschön.

Er hilft Val aus dem Mantel, Theo sieht mich fragend an, ich mache ein ratloses Gesicht und gebe meinen Mantel ab.

– Wir haben hinten im Wintergarten etwas Tee und Gebäck bereitgestellt. Celia druckt noch schnell den letzten Newsletter aus und wird jeden Moment herunterkommen.

– Herr Lorrent, setzt Val an und wird sofort unterbrochen.

– Nennen Sie mich Paul, einfach nur Paul, das andere ist zu förmlich und sorgt immer für - - -

– Paul, sind sie schon da? erklingt eine Stimme aus dem ersten Stockwerk.

Paul verdreht für uns belustigt die Augen und ruft dann nach oben:

– Sie sind da, und einen Freund haben sie auch mitgebracht. An uns gewandt sagt er beinahe flüsternd:

– Jetzt wird sie aufgeregt ins Bad laufen, sich mit Parfum einsprühen und dann die Treppen heruntersteigen, als wäre sie nicht nervös.

Und genauso ist es. Wir hören Stöckelschuhe auf Parkett,

das Schließen einer Tür, das Öffnen einer Tür, dann Stöckelschuhe auf der Treppe. Der Auftritt von Dr. Lorrent bringt nicht nur die versprochene Parfumwolke, sondern auch ein strahlendes Lächeln, das an den Mundwinkeln etwas zu zucken beginnt, als sie uns erblickt.

– Paul, wer ist das? fragt sie unsicher.

Paul sieht uns an, dann lacht er plötzlich los. Nachdem er sich beruhigt hat, wischt er sich links und rechts eine Träne aus den Augenwinkeln und sagt:

– Entschuldigen Sie, das tut mir wirklich leid, du meine Güte, daß ich Sie hier einfach reinzerre und mit meinem Blödsinn vollquatsche, wie peinlich.

Wir lächeln verlegen.

– Sie sind also nicht von der Stiftung, sagt Paul und läßt es wie eine Frage klingen. Dr. Lorrent steht noch immer zwei Stufen über uns. Ich beobachte sie, wie sie uns beobachtet. Vals Gesicht scheint ihr nichts zu sagen.

– Wir sind hier, um mit Dr. Lorrent zu sprechen, sagt Val und wendet sich an die Ärztin, Vielleicht erinnern Sie sich. Ich war vor Jahren eine Ihrer Patientinnen, hätten Sie einen Moment Zeit für mich?

Dr. Lorrent klappt der Mund auf, im selben Moment klingelt es. Paul schiebt sich entschuldigend an uns vorbei und öffnet die Haustür.

– Ah, da sind Sie ja! sagt er, Kommen Sie herein, kommen Sie herein und geben Sie mir Ihre Mäntel – vorausgesetzt natürlich, Sie sind von der Stiftung.

Dr. Lorrent führt uns in die Küche. Es riecht nach Keksen und frisch aufgebrühtem Tee, aus dem Radio ist Klaviermusik zu hören, eine Katze ist über einen Freßnapf gebeugt und schaut kurz auf. Wir wissen nicht genau, ob wir uns setzen sollen. Dr. Lorrent stellt das Radio aus und bleibt gegen eine Kommode gelehnt stehen, Arme vor der Brust verschränkt.

– Machen Sie es bitte kurz, sagt sie mit einem Blick auf ihre Uhr, Ich habe ein wichtiges Treffen mit den Gründern einer Stiftung und möchte sie nicht warten lassen.

Val streicht sich mit beiden Händen gleichzeitig das Haar hinter die Ohren. Sie ist nervös und will einen guten Eindruck machen.

– Ich war vor Jahren eine Ihrer Patientinnen, beginnt sie von vorne, Das ist - - -

– Ich erinnere mich an Sie, unterbricht Dr. Lorrent, Sie heißen Valerie Emmig und waren für drei Wochen in der geschlossenen Abteilung. Psychotische Wahrnehmungen oder so ähnlich.

– So ähnlich, sagt Val.

– Rückfälle?

– Einmal, aber deswegen bin ich nicht hier. Ich ... ich weiß nicht, wo ich anfangen soll, aber ...

Val macht eine kurze Pause, als würde sie die Worte suchen.

– ... erinnern Sie sich an mein Erlebnis in der U-Bahn? Sie haben mich öfter darauf angesprochen, ich sollte Ihnen die Szene genau schildern.

Die Ärztin sieht Val nur an. In ihrem Blick ist nichts zu erkennen. Sie könnte genausogut auf einen blanken Bildschirm starren.

– Ich weiß nicht, wie ich Ihnen weiterhelfen kann, sagt sie schließlich, Ich bin aber ab dem 5. Januar wieder im Institut zu erreichen, dann können wir gerne weitersprechen, ja? Gut, sollte das alles sein, dann würde ich mich freuen, wenn Sie jetzt mein Haus verlassen, weil - - -

– Warten Sie einen Moment, unterbricht Theo, Sie erinnern sich an Val, Sie erinnern sich aber nicht an ihren Fall?

– Ich habe nicht behauptet, ich würde mich nicht an ihren Fall erinnern, antwortet Dr. Lorrent gereizt, Die Patientin sah Menschen, die schneller waren als normale Menschen. Ist das richtig?

– Das ist richtig, sagt Val.

Zufrieden sieht die Ärztin Theo an. Ihr Blick sagt: *Ich habe ein gutes Gedächtnis.*

– Und was wäre *jetzt* Ihr Problem? wendet sich Dr. Lorrent wieder an Val. Ihr Tonfall hat sich verändert, sie klingt professionell, Sehen Sie diese schnellen Menschen noch immer?

Val schüttelt den Kopf.

– Ich sehe sie nicht mehr, aber ich bin mir sicher, daß sie noch immer da sind, Und ich glaube, daß sie mir nichts Gutes wollen. Sie haben mir gedroht, sie . . . Wissen Sie, was ich meine? Sie haben doch damals mit einem Arzt über mein Erlebnis in der U-Bahn gesprochen. Könnten Sie mir sagen, wo ich den Arzt finden kann?

– Ich spreche mit vielen Kollegen über meine Fälle. Ich weiß nicht, wen Sie meinen.

Erneut schaut Dr. Lorrent auf ihre Uhr, blickt Val wieder an.

– Kommen Sie im Januar in meine Praxis. Wir können dann in Ruhe über alles reden, *jetzt* ist Zeit für meine Gäste. Und machen Sie sich keine großen Gedanken. Was in Ihrem Kopf geschieht, kann nicht ausbrechen. Das ist das Schöne an uns Menschen. Wir haben unsere *Grenzen*.

Sie tippt sich bei »Grenzen« an die Stirn, als hätte sie einen guten Witz gemacht. Zu meiner Überraschung wendet sich Val ab und verläßt die Küche. Theo folgt ihr. Ich will noch etwas sagen, lasse es aber sein und gehe auch. Auf dem Weg zur Haustür höre ich Theo auf Val einreden:

– . . . läßt dich so leicht abspeisen? Was stimmt bei dir nicht? Geh zurück, und sag ihr deine Meinung. Los! Du hast so viele Fragen gehabt. Was war das für ein Auftritt, das geht doch nicht, daß du - - -

– LASS MICH IN RUHE! brüllt ihn Val plötzlich an, greift sich ihren Mantel und ist draußen.

– He, laß sie, sage ich zu Theo und warte, daß auch er seinen Mantel nimmt. Theo aber macht auf den Hacken kehrt und schiebt sich an mir vorbei. Ich sehe ihn die Küchentür hinter sich schließen, dann ist Ruhe.

THEO

1

Sie lehnt am Waschbecken und raucht einen Zigarillo. Ich kann an ihrem überraschten Gesicht erkennen, daß sie nicht erwartet hat, daß einer von uns zurückkommt. Ich bleibe einen Meter vor ihr stehen und hebe beschwichtigend die Hände.

– Okay, hier ist mein Vorschlag. Sie erzählen mir, was Sie wissen, und ich verschwinde. Falls Sie denken, irgend einer Ihrer Patienten wäre gefährlich, dann wissen Sie nicht, wozu ich fähig bin. Ich habe einen mir sehr wichtigen Menschen verloren, weshalb ich herausfinden will, was es mit diesen Schnellen auf sich hat. Warten Sie, ich bin noch nicht fertig. Mich interessiert Vals Krankengeschichte kein Stück. Mein Interesse bezieht sich nur auf die Schnellen. Und glauben Sie mir, ich bin so weit, eine Menge Dinge anzustellen, um Antworten auf meine Fragen zu bekommen. Deswegen überlegen Sie sich genau, was Sie mir hier und jetzt antworten, sonst stehe ich morgen früh wieder vor Ihrer Tür und werde Sie bis zum 5. Januar jeden Tag besuchen. Ich bitte Sie.

Die Ärztin blinzelt einmal, dann sagt sie:

–Verschwinden Sie, oder ich rufe die - - -

Ich mache zwei Schritte auf sie zu. Meine rechte Hand schließt sich um ihren Hals, mit der linken drücke ich ihre Wangen zusammen, so daß sie nicht schreien kann. Mein Körper preßt sich an ihren, sie kann sich nicht rühren. Ich wundere mich, daß es so leicht geht. Mein Instinkt hat die Kontrolle übernommen.

– Ich wiederhole mich jetzt nicht, sage ich und weiche ihrem Atem aus, der nach Zigarillo riecht, Ich bitte Sie nur noch einmal, sagen Sie mir, was Sie wissen.

Ihre Augen starren und starren, und dann nickt sie einmal. Ich lasse ihren Hals los, nehme meine Hand von ihrem Mund und trete einen Schritt zurück.

– Es gibt ...

Sie hustet, reibt sich den Hals, sieht auf den heruntergefallenen Zigarillo, der auf den Fliesen weiterglüht, sieht mich wieder an.

– ... es gibt verschiedene Fälle, in denen von den Schnellen berichtet wird. Oft wird es eine Zeitverzögerung genannt, wir benutzen eher den Begriff der gestörten Zeitwahrnehmung. Das Auge ist bei psychotischen Fällen nicht gewöhnt, alle Gegenstände in seiner Peripherie deutlich wahrzunehmen. Also selektiert es und fokussiert sich auf einzelne Punkte. So kann ein Fahrzeug rasend vorbeifahren, während alle anderen zu schleichen scheinen. Die Realität verrutscht, der Betrachter sieht, was er zu sehen glaubt. Was Ihrer Freundin da passierte, ist nichts weiter als eine selektive Wahrnehmung. Ein Fokus gibt bestimmten Details mehr Wert. Bei einer Psychose brechen Filter zusammen und verschwinden oft völlig. Danach muß sich das Gehirn entscheiden, was es wahrnehmen will. Jedes Licht ist mit einem Mal ein wichtiges Licht, jede Geste zählt, jede Kleinigkeit löst im Kopf ein Feuerwerk von Zusammenhängen aus. Das Gehirn kann dem nicht folgen, die Synapsen reagieren unkontrolliert, was in vielen Fällen zu Visionen führt - - -

– Langsam, unterbreche ich sie, So genau wollte ich das nicht wissen. Das sind nach Ihrer Meinung also alles nur Visionen, sehe ich das richtig? Aber was ist mit den Schnellen?

– Der Fokus Ihrer Freundin hat sich auf Schnelligkeit fixiert, mehr kann ich Ihnen dazu nicht sagen. Was Ihre

Freundin auch sah, sie sah es in ihrem psychotischen Zustand. In der Realität bekommt sie davon nichts mit, aber das wissen Sie sicher selber. Nimmt Sie weiterhin Medikamente? Achten Sie darauf, daß sie ihre Medikamente nimmt. Wer einmal die Tür zur Psychose aufgestoßen hat, hungert danach, sie offen zu halten. Dahinter liegt ein Land der Phantasie, und die Schnellen sind Götter in diesem Land.

Sie atmet einmal laut aus, bevor sie weiterspricht:

– Es tut mir aufrichtig leid, daß Sie einen wichtigen Menschen verloren haben. Sie können mir aber glauben, daß es nichts mit den Visionen Ihrer Freundin zu tun gehabt hat. Nichts, verstehen Sie?

Ich bücke mich und hebe ihren Zigarillo auf. Als ich ihn der Ärztin reiche, zittert ihre Hand nicht.

– Danke, sage ich und verlasse die Küche.

Kontrolle war für mich schon immer ein Problem, aber das eben hätte ich nicht erwartet. Ich weiß genau, was Jenni jetzt sagen würde. »Endlich.« Nur dieses eine Wort. Wie gerne sie mich gereizt hat, um Reaktionen aus mir hervorzulocken.

Ich kann in den unangenehmsten Momenten ruhig bleiben. Bei Streitereien versuche ich, verständnisvoll zu sein, bei Diskussionen die Balance zu halten, um einem Konflikt aus dem Weg zu gehen. Jenni gelang es nur einmal, mich so sehr zu reizen, daß ich unbedacht reagierte. Es war beim Duschen. In unserer Wohnung ist der Wasserdruck nicht der beste. Jedes Mal, wenn man unter der Dusche steht und jemand den Wasserhahn aufdreht oder die Klospülung drückt, fällt der Druck, und das Wasser wird kalt. Jenni wußte, wie sehr ich es haßte, unter einer kalten Dusche zu stehen. An diesem Tag hatten wir beide schlechte Laune. Ein Idiot hatte in einem meiner Kinos zwei Sitze aufgeschlitzt, und Jenni war rückwärts gegen einen Steinpfeiler gefahren, so daß sich der Kofferraum nicht mehr öffnen ließ. Ich hatte nicht mehr vor, das Haus zu verlassen, und Jenni bestand darauf, wegen der schlechten Laune, teuer Essen zu gehen. Ihr Betteln half nichts, für mich war der Tag gelaufen. Nachdem ich beschlossen hatte, unter die Dusche zu steigen, drohte sie mir, sich auf die Klospülung zu setzen. Und genau das tat sie dann auch, als ich gut eingeschäumt war. Mir riß der Faden. Ich rannte nackt aus der Dusche und in das Klo hinein. Jenni nahm erschrocken die Hand vom Spülknopf, als ich sie anschrie, ich würde ihr in den Hintern treten, wenn sie nicht sofort mit dem Kinderkram aufhören würde. Dann schrie sie auf. Ich hatte sie am Arm gepackt. Natürlich tat es mir leid, und Jenni gab zu, daß sie sich kindisch benommen hatte und wollte es nie wieder tun, aber ich weiß, daß sie sich insgeheim freute, mich aus der Reserve gelockt zu haben.

– He, was ist los? Willst du nach Oldenburg laufen?

Ich sehe nach links. Keine Ahnung, wie lange der Wagen schon neben mir herfährt. Marek hat das Fenster heruntergekurbelt.

– Ich muß abkühlen, sage ich, Laßt mich kurz allein.

An der Straßenecke bleibe ich stehen und sehe mir die Villen an. Es gab mal eine Zeit, in der mir nichts wichtig war. Ich lebte, und mehr gab es nicht. Ich besaß wenig, und von dem Wenigen konnte ich mich leicht trennen. Mir war kein Ort wichtig, die Menschen waren austauschbar. Es gab Flirts und vereinzelte Nächte mit Frauen, die nur vereinzelte Nächte wollten; Freundschaften mit Männern, die nicht unter die Oberfläche gingen. Es gab nichts, was mich wirklich hielt. Ich lebte mit der Philosophie, daß das Wenige, was ich hatte, reichen würde. Einer, der seine Wurzeln mit sich nahm und überall ein Zuhause fand. Mit Jenni änderte sich das. Sie wurde für mich mein Zuhause; sie wurde das, was ich nicht zurücklassen wollte, wohin auch immer ich ging. Und dann sollte sie auch noch die Mutter meines Kindes werden.

Ich starre auf die parkenden Autos, die Gärten und das Licht in den Häusern, als würde ich darauf warten, daß jemand zurückstarrt. Mein Entschluß ist gefaßt. Marek und Val sollen mich in Oldenburg absetzen. Ich bin einer Illusion hinterhergerannt. Was hatte ich geglaubt, hier in Hamburg zu finden? Dachte ich wirklich, mir würde Jennis Tod leichterfallen, wenn ich die Schuld an eine mysteriöse Killerorganisation weitergebe, die aus Versehen Jenni getötet, aber in ihrem Blutrausch nicht mit Theo, dem Racheengel, gerechnet hat?

Was für ein ausgemachter Blödsinn.

Sobald ich zu Hause bin, werde ich Jennis Verschwinden melden. Danach will ich allein sein. Auch wenn ich mich davor fürchte, gibt es keinen anderen Weg. Das Wissen um Jennis Tod wird wieder und wieder auf mich einstürzen wie das kalte Wasser in der Dusche. Ich werde mich daran gewöhnen müssen, denn niemand wird im Klo stehen und erschrocken die Hand vom Spülknopf nehmen.

Ich sehe zum Wagen zurück, der in zweiter Reihe auf mich wartet. Ich wüßte gern, welchem Gespenst Val und Marek hinterherjagen. Aber das ist nicht mein Problem. Ab jetzt nicht mehr.

– Nach Hause, sage ich leise und denke an Jenni und den verlassenen Bauernhof. Ihr Grab am Tümpel. Die Bäume drumherum. Die dunkle Stelle auf der Erde, wo einmal ein Feuer brannte.

Nachdem ich von meinem Gespräch mit Dr. Lorrent erzählt habe, lacht Val und meint, sie hätte schon lange nicht solch einen Quatsch gehört.

– Ich kann nicht glauben, daß du darauf anspringst, sagt sie, Da wirft sie dir ein paar Fachbegriffe vor die Füße, und du akzeptierst das. Meine Realität ist nicht verrutscht. In meinem Kopf finden keine Feuerwerke statt. Oder findest du, daß Jennis Tod ein schiefgegangenes Feuerwerk ist?

– Das habe ich nicht behauptet, ich - - -

– Ich hänge auch keinem Phantasieland nach, unterbricht mich Val, Ich bin auf der Suche nach dem Mörder meiner besten Freundin, und du läßt dich von irgendwelchem Gelaber über Fokus und selektive Wahrnehmung zufriedenstellen. Es tut mir leid, daß ich darüber lache, aber ich habe dich schon etwas anders eingeschätzt.

Val verstummt, ich drehe mich zu ihr um.

– Bist du fertig? frage ich.

– Fertiger geht es nicht, sagt Val.

– Gut, denn um ehrlich zu sein, weiß ich nicht, was ich glauben soll. Ich weiß nicht, ob sich Jenni umgebracht hat oder ermordet wurde. Ich weiß nicht, was ich glauben soll. Und mir ist egal, was die Ärztin denkt, und ob es Quatsch ist oder nicht. Ich selbst habe nämlich das Gefühl, vor Jennis Tod davonzurennen, indem ich ihren Mörder suche, ohne zu wissen, ob es einen Mörder gibt. Mir reicht es. Für mich ist die Jagd beendet. Da drinnen bei der Ärztin habe ich die Kontrolle verloren, und ich mag es nicht, die Kontrolle zu verlieren. Ich habe genug und will erst einmal damit klarkommen, daß es Jenni nicht mehr gibt.

– Theo, sagt Val und berührt meine Schulter, Jenni hat sich nicht umgebracht.

– Woher willst du das wissen?! fahre ich sie an und weiß, ich bin zu laut.

– Jenni hätte das nie getan, sie - - -

– Woher willst du das wissen?

Val verstummt, und das ist gut so. Ich will nicht hören, was sie zu sagen hat. Ich will nur nach Hause.

– Ich will nur noch nach Hause, sage ich.

Marek weckt mich. Seine Augen sind gerötet, die Wangen wirken eingefallen. Er sieht so erschöpft aus, daß ich mich schuldig fühle, die beiden nicht zu mir einzuladen. Aber mein Entschluß steht fest. Genug ist genug.

Ich sehe aus dem Fenster. Wir parken in meiner Straße. Das fahle Licht der Laternen, die Graffitis, die schlecht beleuchteten Hausnummern. Ich werfe einen Blick nach hinten, Val schläft. Ich sage zu Marek:

– Ich muß allein sein.

Er nickt, ich merke aber, daß er mich noch nicht gehen lassen will.

– Jenni hat es nicht getan, sagt er nach einer Pause, Du hättest sie sehen sollen, Theo. Niemand würde sich selbst so zurichten. Und dann die fehlenden Finger, denk doch mal darüber nach.

– Ich denke über nichts anderes nach, sage ich und schüttle ihm die Hand.

– Ist der Kofferraum offen?

Marek nickt.

Ich steige aus und nehme Jennis Tasche aus dem Kofferraum. Im Hauseingang drehe ich mich ein letztes Mal um und sehe nur noch die Rücklichter von Mareks Wagen. Ich lasse die Haustür zufallen und gehe die Treppe hoch. Meine Hände sind verschwitzt, der Wohnungsschlüssel fällt mir aus der Hand.

– Hallo? sage ich leise.

Jenni kommt aus der Küche, sie rennt durch den Flur und schließt ihre Arme um mich.

Ich hänge den Mantel auf, streife die Schuhe ab, sehe in den Spiegel.

Jenni fragt, wie es gewesen war, sie sagt, sie würde schon lange auf mich warten.

Ich gehe durch die Zimmer, mache die Lichter an, mache sie wieder aus, stehe am Küchenfenster und schaue in den Hinterhof. Aus dem Eisfach nehme ich eine Flasche Wodka und lege mich auf das ungemachte Bett. Ich schiebe mir zwei Kissen in den Rücken, trinke den ersten Schluck.

Jenni legt sich zu mir und fragt, ob ich die ganze Flasche allein trinken will.

– Auf dich, sage ich.

Der Plan ist nicht, sich gnadenlos zu betrinken, um zu vergessen. Der Plan ist, sich gnadenlos zu betrinken, um sich besser zu erinnern. Ich weiß, mit jedem Schluck wird mehr von der Erinnerung hervorkommen. Betrunken ist sie leichter zu ertragen. Alles bekommt eine feine Beleuchtung, edle Farben und den perfekten Soundtrack. Alles scheint dann so greifbar nahe.

Jenni sagt, sie wäre müde und würde ein wenig schlafen. Ihr Kopf ruht auf meiner Brust, mit der einen Hand streichle ich ihr übers Haar, mit der anderen setze ich die Flasche an. Der Film beginnt. Die Dunkelheit wird von kleinen Szenen erleuchtet. Dr. Lorrent müßte jetzt hier sein, um zu sehen, was das Verschieben der Realität oder selektive Wahrnehmung wirklich bedeuten. Wunden heilen. Tote erwecken. Die Magie der Erinnerung.

– Schlaf, Jenni, sage ich.

2

Der nächste Morgen ist hell und überraschend still. Ich fühle mich schwerelos, mein Kopf ist klar, auch als ich aufstehe, bin ich sicher auf den Beinen. Die Wodkaflasche liegt leer auf Jennis Bettseite, die Uhr zeigt 11:04. Ich stelle mich ans Fenster und glaube nicht, was ich sehe.

Die gesamte Straße ist von einer dichten Schneeschicht bedeckt. Die Fahrbahn ist noch nicht gestreut, ein Großteil der Autos erinnert an weiße Hügel. Daher kommt auch die Stille. Jedes Geräusch wird vom Schnee verschluckt. Es ist so schön, daß ich für einen Moment über meine Schulter schaue, um Jenni zu sagen, sie müsse sich das ansehen, das wäre völlig verrückt.

Ich öffne das Fenster und stecke den Kopf raus. Schneeflocken wehen mir ins Gesicht, jetzt erst glaube ich, daß sie wirklich sind.

Im Bad mache ich die Dusche an und weiche meinem Blick im Spiegel aus. Kleinigkeiten liegen auf der Ablage. Creme, Lippenstift, Ohrringe. Ich stelle mich unter den Wasserstrahl, drehe ihn heiß und heißer und erreiche den Punkt, an dem es unerträglich wird.

Das Telefon klingelt, als ich beim Abtrocknen bin. Ich wickle mir das Handtuch um die Hüfte und gehe ran. Es ist Marek.

– Wir haben ein Problem. Wir . . .

Er verstummt, es rauscht in der Leitung, Marek schluchzt.

– Was ist passiert? frage ich.

– Sie haben sich Val geschnappt, sie haben sie . . . Wieder dieses Schluchzen, dann flucht Marek.

– Könntest du . . . ich meine, ich weiß nicht, wo ich sonst hin soll . . . bitte?

– Wo seid ihr?

– Vor deiner Tür.

Ich schaue aus dem Fenster und sehe Marek in seinem Wagen sitzen, Handy am Ohr, Stirn am Lenkrad.

– Komm hoch, sage ich.

– Ich . . . ich kann nicht . . .

– Dann warte, ich komme runter.

MAREK

1

Nachdem wir Theo abgesetzt hatten, beschlossen wir, die Nacht in Oldenburg zu verbringen. Ich war viel zu erschöpft, um noch die Strecke nach Kassel zu fahren, und auch Val fühlte sich nicht danach.

– Außerdem bin ich hungrig, sagte sie.

Wir nahmen uns ein Zimmer und aßen im Restaurant. Wir sprachen über Theo und kaum über uns. Mir ging der Arzt nicht aus dem Kopf, den ich am Fenster des Besuchercafés gesehen hatte. War es derselbe Arzt, nach dem Val gefragt hatte? Sah ich einen der Schnellen? Und wieso fiel es mir so schwer, mit Val darüber zu sprechen?

Weil ich Angst habe und die Schnellen nicht sehen will, gab ich mir zur Antwort.

Das Hotel hatte einen Pool und eine Sauna. Val versuchte mich zu überreden, ich winkte ab. Auf Pay-TV lief ein Film, den ich sehen wollte, das Bett war weich, nichts und niemand würde mich dazu bekommen, in einen Pool zu steigen oder mir mit Geschäftsleuten die Sauna zu teilen.

Val griff sich zwei der Handtücher, küßte mich und verließ das Zimmer.

Ich schaffte es nicht einmal, den Fernseher einzuschalten. Die Müdigkeit überkam mich, und ich fiel in ein Wachkoma. Es war merkwürdig, wie ich da lag und genau wußte, daß ich da lag. Jedes Geräusch nahm ich wahr. Schritte über mir, Stimmen, das Anfahren von Autos. Irgendwann hörte ich das Öffnen der Zimmertür. Jemand flüsterte, ein leises Lachen erklang. Ich wollte aufstehen, hatte aber keine Kraft, bekam nicht einmal die Augen auf. Etwas raschelte, etwas berührte meinen Rücken, dann wurde mir das Gesicht ins Kissen gedrückt. Ich lag einfach nur hilflos da und spürte, wie mir Speichel aus dem Mundwinkel lief. Das Atmen fiel mir schwer und erst nach einer Ewigkeit verschwand der Druck, und ich konnte mein Gesicht aus dem Kissen heben und zur Seite drehen. Für lange Zeit blieb es still, nur mein lautes Keuchen war zu hören, dann ratterte etwas, ein Auto hupte, ein Vogel schrie und wurde von anderen Vögeln begrüßt. Ich kämpfte mit der Müdigkeit und zwang mich, die Augen zu öffnen. Langsam, zäh blinzelte ich.

Es war Morgen. Der Himmel leuchtete blau, die Geräusche der Stadt drangen für einige Sekunden überdeutlich und klar durch das Fenster, bevor sie in den Hintergrund traten.

Ich befand mich in derselben Haltung, in der ich aufs Bett gefallen war. Flach auf dem Bauch, Arme links und rechts vom Kopf, die Füße hingen über den Bettrand.

Es war zehn Uhr, zwei schmale Sonnenstreifen lagen auf dem Kissen. Vals Bettseite war unberührt. Ich schrak auf, schmerzhaft zuckte es durch meine Schultern, verkrampfte Muskeln, ein widerliches Prickeln in den blutleeren Armen. Ich fühlte mich, als hätte ich die Nacht durchgemacht.

Im Bad klatsche ich mir Wasser ins Gesicht. Vals Tasche lag noch im Flur. Ich schnappte mir den Zimmerschlüssel und rannte zur Rezeption hinunter.

Niemand hatte Val gesehen, sie hatte auch keine Nachricht hinterlassen.

– Wo geht es zum Swimmingpool? fragte ich.

– Der Pool hat noch geschlossen, sagte die Frau am Empfang.

– Ich muß da rein.

– Der Pool macht erst mittags um zwei auf, auch die Sauna - - -

– Hören Sie, ich will nicht *in* den Pool, ich will nur kurz reinschauen. Meine Freundin, sie ... sie ist zuckerkrank und heute nacht nicht ins Hotelzimmer zurückgekommen. Wenn sie einen Schwächeanfall gehabt hat und im Pool liegt, dann werde ...

Mehr brauchte es nicht. Die Frau telefonierte kurz. Der Geschäftsführer kam und bat mich, ihm zu folgen. Wir gingen in den Keller. Es roch nach Chlor und Reinigungsmitteln. Ein unangenehmes, hohes Summen hing in der Luft.

– Pool und Sauna schließen abends um zehn. Vielleicht ist Ihre Freundin noch was trinken gegangen. Die Bar hat länger geöffnet, man weiß ja nie, was einem nachts in den Kopf kommt.

– Danke für den Tip, sagte ich und schob mich an ihm vorbei.

Der Pool war unbeleuchtet und leer. Ich beugte mich über den Rand, sah in die Tiefe und erwartete jeden Moment, Vals Körper auf dem Grund liegen zu sehen.

Nichts.

Auch die Umkleidekabine für Frauen war verlassen. Ich ging durch den Gang, riß die Spinde auf.

Vals Sachen lagen sorgfältig gefaltet in der Nr. 19.

– Wo ist die Sauna?

Wir gingen vorbei an den Duschen, vorbei an einem Getränkeautomaten und an einem Tisch, um den vier Korbsessel standen.

– Überprüft denn keiner, ob sich noch jemand in der Sauna befindet? fragte ich.

– Natürlich, was denken Sie?

Er blieb vor einer klobigen Holztür stehen und sagte:

– Für Frauen.

Ich schaute durch das Fenster. Der Raum war dunkel und verlassen. Der Geschäftsführer legte einen Schalter um, ein dunkelblaues Licht ging an. Ich sah Holzbänke, auf dem Boden lag ein Handtuch. Ich stemmte die Tür auf. Der Geruch von Eukalyptusöl und Feuchtigkeit. Ich machte einen Schritt in den Saunaraum hinein. Hinter mir sagte der Geschäftsführer, so ginge das nun aber nicht, ich könne da nicht mit Straßenschuhen reingehen.

Val lag ganz links zwischen zwei Bänke eingeklemmt. Sie war zu einem Ball zusammengekrümmt und erinnerte so sehr an Jenni, daß ich beinahe aufgeschrien hätte.

– VERSCHWINDEN SIE! brüllte ich den Geschäftsführer an, der mich am Ellenbogen aus der Sauna ziehen wollte. Er ließ los, die Tür flappte hinter mir zu.

– Val?

Ich berührte ihre Schulter, sah die Schnittwunden auf ihren Armen, die Haut war übersät davon. Langsam zog ich sie aus der hockenden Haltung, der Ball öffnete sich, Val fiel mir entgegen. Ich hörte sie stöhnen, spürte die Wärme ihres Körpers und biß mir vor Erleichterung auf die Unterlippe.

Vorsichtig legte ich sie auf eine der Bänke und verließ die Sauna. Der Empfangschef erwartete mich mit verschränkten Armen.

– Holen Sie mir bitte einen Bademantel.

– Was ist passiert? fragte er und versuchte an mir vorbeizusehen.

– Sie ist zuckerkrank und hatte einen Schwächeanfall. Holen Sie mir einen Bademantel und einen Schokoriegel, machen Sie schon.

– Aber wie konnte das - - -

– Gehen Sie schon!

Er verschwand. Ich ging wieder in die Sauna und hockte mich neben Val. Die Schnitte waren blutverkrustet, die Oberlippe aufgeplatzt. Ihr linker Ohrring fehlte, da war ein Riß in ihrem Ohrläppchen. Sie hatte Schrammen an den Knien und die Knöchel an beiden Händen waren aufgescheuert.

Aber sie lebte.

Ihre Augen flackerten für einen Moment, als würde sie schlecht träumen. Ich strich ihr übers Haar und wartete, daß dieser Idiot mit dem Bademantel kam. Mehr konnte ich im Moment nicht tun. Nicht denken, nicht handeln, einfach nur dahocken und Val streicheln.

2

Mit Theos Hilfe trage ich Val in die Wohnung. Wir nehmen sie in die Mitte und reden kein Wort. Kein Wort über Val, kein Wort über den Schnee und auch nicht darüber, daß wir noch immer in Oldenburg sind. Wir keuchen auf den Stufen und versuchen, durch den engen Treppenflur zu kommen. Oben legen wir Val auf Theos ungemachtes Bett und sehen uns an.

– Lassen wir sie allein, sagt Theo und hebt eine leere Wodkaflasche vom Boden auf. Er stellt sie zum Altglas und fragt mich, ob ich Kaffee möchte. Er fragt nicht, was passiert ist. Er sagt, ich soll mich ins Wohnzimmer setzen, und ich sage, ich würde lieber bei ihm in der Küche bleiben.

– Okay.

Da sitze ich also wieder am Fenster und schaue hinaus. Der idyllische Wintertag paßt nicht. Er wirkt wie ein schlechter Scherz. Als würde ich erfahren, daß ich zehn Millionen geerbt habe, kurz nachdem mir die Diagnose gestellt wurde, daß sich ein Tumor von der Größe eines Tennisballs in meinem Kopf breitgemacht hat.

Es paßt einfach nicht.

Theo stellt einen Becher Kaffee vor mir ab. Ich nippe, verbrenne mir die Zunge und verziehe das Gesicht. Ich erzähle ihm von meiner Ruhelosigkeit und daß ich keine Ahnung habe, was in den letzten Tagen mit mir los ist. Es ist ein guter Anfang, denn er hat nichts mit Val zu tun.

– Deswegen habe ich auch sehr spät gemerkt, daß Val nicht ins Hotelzimmer zurückgekehrt ist, sage ich und schildere, wie ich sie in der Sauna fand, und daß Val für einen Moment aussah wie Jenni.

Zwischendrin klingelt das Telefon, Theo läßt es klingeln. Der Anrufbeantworter springt an, eine Frauenstimme sagt:

– Hi, bist du da? Ich dachte, du wärst schon zurück ... Mhm ... Vergiß unser Essen nicht. Jan meint, wenn Theo mitkommt, dann wird er seine Plattensammlung verstecken. Soll er mal, ich wäre froh, wenn er sie verstecken und für einige Jahre nicht wiederfinden würde. Ich meine, Hallo, schon mal was von CDs gehört? Hat er bestimmt, aber das ist ja Teufelszeug, diese silbernen Schei - - -

Es piept, die Verbindung wurde unterbrochen. Theo sagt:

– Anita. Maskenbildnerin. Erzähl weiter.

Ich erzähle, wie ich Val von der Sauna in unser Hotelzimmer gebracht habe und von meiner Lüge mit der Zuckerkrankheit.

– Ich habe behauptet, Val wäre gestürzt. Der Geschäftsführer hat mir einen Erste-Hilfe-Kasten besorgt, und ich habe dann Vals Wunden verbunden. Ich hoffe, ich habe keinen Mist gebaut; ich habe doch keine Ahnung, wie man das macht. Danach wollte ich ihr was anziehen, durchkramte ihre Sachen und fand die hier.

Ich nehme die Packung aus meiner Hosentasche und lege sie auf den Tisch.

– Sind das ihre Pillen? fragt Theo.

– Das sind sie. Und ich weiß nicht, was genau Val in den

letzten Tagen getan hat, aber eins ist sicher, ihre Pillen hat sie nicht genommen. Die Packung ist fast voll. Val muß ihr Medikament seit Jennis Ankunft abgesetzt haben. Sie hat absichtlich ...

Ich breche mitten im Satz ab und drehe die Verpackung in den Händen. Hat mich Val schon auf der Fahrt nach Berlin hereingelegt? Tat sie nur so, als würde sie ihr Medikament nehmen? Hat sie es geplant?

– Theo, verstehst du, das war Absicht. Ich bin mir sicher, daß Val ihre Psychose herausgefordert hat. Sie wollte ... Du kannst dir nicht vorstellen, wie fertig ich war, als ich das entdeckt habe. Sie hat mich hereingelegt.

Ich werfe die Verpackung wieder auf den Tisch und verschränke die Hände, damit Theo nicht sieht, wie sehr sie zittern.

– Ich habe Val vom Hotel zum Auto getragen und wußte danach nicht, wohin. Ich hätte dich auch nicht genervt, wenn du ...

Theo winkt ab.

Ich merke, wie zugeschnürt mein Hals ist. Ruhe. Wir trinken Kaffee, sitzen in der Küche und warten, daß irgend etwas geschieht. Nichts geschieht, also warten wir weiter, daß Val erwacht.

Es ist später Mittag, als Val im Türrahmen auftaucht. Sie hat sich in eine Wolldecke gewickelt, ihr langes Haar ist vom Schlaf durcheinander. Meine ungeschickt angebrachten Verbände um ihre Hände sind noch fest, der Verband um ihre Schulter hat sich gelöst, und eine der Wunden ist zu sehen. Auf Vals Stirn kleben zwei Pflaster, ihre Oberlippe ist von einem häßlichen Schnitt geschwollen.

– Hi, sagt sie.

Ich stehe auf, berühre ihren Arm, Val zuckt zurück, als hätte sie einen Stromschlag bekommen.

– Nicht, sagt sie.

Ich weiche zurück, ich habe keine Ahnung, wie ich mich verhalten soll.

– Setz dich, sagt Theo zu mir.

Ich setze mich wieder. Val geht zum Kühlschrank und nimmt sich Orangensaft heraus. Sie stellt ihn auf den Tisch und zeigt darauf.

– Könnte einer von euch ...

Ich kann sie nur ansehen. Auf der einen Seite bin ich erleichtert, daß es ihr gutgeht. Auf der anderen Seite bin ich wütend, weil sie ihre Pillen nicht genommen hat.

Theo öffnet den Orangensaft, nimmt ein Glas aus dem Schrank und füllt es.

– Danke.

Val hebt das Glas ungeschickt mit beiden Händen an. Die Decke klafft auf. Theo sieht schnell weg und konzentriert sich auf die Saftpackung. Ich bin erschrocken, daß es so viele Pflaster und Verbände sind, obwohl ich sie selbst angebracht habe. Nachdem Val getrunken hat, seufzt sie und stellt das Glas ab. Sie rafft die Decke vor ihrer Brust zusammen und bittet um mehr. Ich gieße nach. Val setzt sich und trinkt. Ich muß jetzt einfach etwas sagen:

– Was ...

Ich räuspere mich.

– Was ist passiert?

Val verzieht den Mund, aus dem Schnitt in ihrer Oberlippe perlt Blut. Ein Tropfen löst sich, bevor ihn Val weglekken kann, und landet auf der Tischplatte.

– Oh, sorry ...

Ich springe auf, befeuchte ein Küchentuch und reiche es

ihr. Val drückt es sich an die Oberlippe und tupft das Blut weg. Für Sekunden starrt sie den Fleck auf der Tischplatte an und sagt dann:

– Ich war dumm, ich ... ich dachte, ich könnte sie ...

Sie schüttelt den Kopf, das Haar fällt ihr ins Gesicht, die Tränen laufen an ihren Wangen herab. Sie wischt sich mit der bandagierten Hand über die Nase.

– ... ich dachte, ich hätte eine Chance ... nur eine kleine, aber ich hatte keine, gar keine, es ... es tut mir so leid ...

Val verstummt. Ihr Mund zittert, nur langsam beruhigt sie sich, dann bleibt ihr Blick an der Pillenschachtel hängen, die neben meiner Kaffeetasse liegt.

– Gibst du mir eine?

Ich drücke ihr eine Pille aus der Schachtel. Es zieht mir das Herz zusammen, als Val den Mund öffnet. Wie ein krankes Kind, das seine Medizin entgegennimmt. Ich lege ihr die Pille auf die Zunge, Val spült mit einem Schluck Orangensaft nach und bedankt sich. Ich kann meine Augen nicht von ihrem Mund nehmen. Theo und ich warten, daß sie zu erzählen beginnt. Nichts geschieht. Dann sieht Val von einem zum anderen, ihr Gesicht leuchtet auf, und sie sagt:

– Aber es hat geklappt. Ich habe sie gesehen, ich habe sie wieder gesehen. Es hat wirklich geklappt.

Und bricht wieder in Tränen aus.

VAL

1

Außer mir waren noch zwei Pärchen und eine alte Frau im Schwimmbad. Wir nickten uns zu und ignorierten einander. Ich bereute es, am Automaten keine Badekappe gezogen zu haben. Das Wasser war reinstes Chlor.

Nach fünf Runden legte ich eine Pause ein, breitete die Arme aus und ließ mich auf dem Rücken treiben. Mir gefiel, daß nur mein Gesicht aus dem Wasser schaute, dann begann dieses sanfte Rauschen im Kopf. Würde ich jemals Tauchen gehen, könnte es passieren, daß ich freiwillig nicht mehr hochkomme. Die Pärchen verließen das Becken. Sie alberten herum, dann schubste eine der Frauen einen der Männer, und er landete mit einem schiefen Sprung wieder im Wasser.

– Du Schlampe! rief er lachend und stieg wieder aus dem Becken.

Die Frau boxte ihm spielerisch gegen die Schulter, dann verschwanden die vier in den Duschen. Die alte Frau hatte das beobachtet und schüttelte den Kopf. Sie trug eine geblümte Badekappe und schwamm alle paar Meter an den Beckenrand, um zu verschnaufen.

Ich überlegte mir, wie sie reagieren würde, wenn ich jetzt untertauchte, um auf ihrer Seite wieder aufzutauchen. Wahrscheinlich würde sie den Kopf schütteln und aus dem Becken steigen. Ich erwartete, daß sie ging. Ich wollte schon immer mal ganz allein in einem Schwimmbad sein. In einem Schwimmbad, in einem Kino, in einer Bäckerei, in einem Supermarkt.

Als hätte die alte Frau meine Gedanken gehört, stieg sie aus dem Becken und nahm umständlich ihre Badekappe ab. Sie hatte plattgedrücktes, kurzes Haar, und ich war mir sicher, daß sie in der Öffentlichkeit eine Perücke trug.

Ihre Schritte patschten auf den Fliesen. Während sie davonging, sah ich kleine Perlen unter ihren Füßen aufsteigen. Ich wußte, daß es Spritzer waren, doch für diesen einen Moment wurden sie in meinen Augen zu Perlen.

Ich schwamm auf die andere Seite. Die Perlen waren im Wasser verschwunden. Ich tauchte unter, tauchte auf. Die Schritte der alten Frau waren nicht mehr zu hören. Ich war enttäuscht, keine Perlen gefunden zu haben und lachte laut los. Erschrocken hielt ich mir die Hand vor den Mund. Gott, war ich kindisch.

Allein.

Ich schaute mich um.

Stille.

Ich konnte jetzt machen, was ich wollte.

Ich stieß mich vom Rand ab und trieb in die Mitte. Ich spürte, wie das Wasser mir auswich, spürte eine Veränderung in den Wellen. Als wäre ich nicht allein im Becken. Als würde gleichzeitig mit mir etwas durch das Wasser gleiten und Kurs auf mich nehmen.

Ich hatte keine Angst. Ich wartete schon so lange auf diesen Moment, daß Angst einfach nicht aufkam. Erwartung, ja. Freudige Erwartung ist das richtige Wort dafür.

Komm.

In der Mitte des Beckens bremste ich meine Bewegungen. Alles an mir erstarrte. Mit ausgebreiteten Armen legte ich den Kopf in den Nacken und sah die niedrige Decke des Schwimmbades als einen grellen Sternenhimmel. Die Lichter zogen Schlieren, ein leises Plätschern war zu hören. Ich trieb reglos im Wasser und spürte den Widerstand, die Spannung der Oberfläche. Dann geronn das Wasser um mich herum. Es wurde zu einer gerippten Fläche, über die ich laufen konnte, wenn ich wollte.

Ich sah auf die Uhr über der Tür zu den Duschkabinen. Da wurde es offensichtlich. Ganz sanft machte es *Klick* in meinem Kopf. Der Sekundenzeiger stand still, dann bewegte er sich nach vorne. Ich hatte mitgezählt. Es vergingen 20 Sekunden.

Ich wartete auf das nächste Mal. Dieses Mal zählte ich bis 52, erst dann ruckte der Zeiger eine Stelle weiter.

Es ist soweit.

Ich glitt auf den Beckenrand zu. Kein Tropfen Wasser löste sich von mir, als ich mich heraushievte. Erst viel zu spät begriff das Wasser, daß ich es verlassen hatte. Das Loch schloß sich hinter mir. Ich war wie Licht, nichts blieb an mir haften.

Tack.

Der Zeiger war eine Sekunde vorgerückt. Ich wußte, die Tür stand offen. Ich wollte weinen, so glücklich war ich und stand da und wartete, was als nächstes geschehen würde. Ich war geduldig, ich konnte bis zum Morgen hier stehen und einfach nur warten. Ich wußte, sie würden kommen. Sie waren Wächter. Sie bekamen jedes Öffnen der Türen mit. Ich brauchte nicht lange zu warten. So ist das immer – wenn man die Zeit ignoriert, besiegt man sie.

Eine Frau und ein Mann erschienen im Türrahmen der Umkleidekabine. Beide trugen Winterkleidung, auch wenn ich nicht glaubte, daß sie wirklich froren. Es war das Bild, das sie präsentieren wollten. Die Schnellen kannten keine Kälte.

Sie sahen zu mir, dann trennten sie sich. Die Frau ging links, der Mann rechts am Becken entlang. Als ob ich versuchen würde zu fliehen. Ich stand da und erwartete sie. Mein

Slip klebte an mir, der BH war beinahe durchsichtig. Im Wasser konnte das keiner sehen, jetzt war es mir egal.

Sie erreichten mich gleichzeitig. Der Sekundenzeiger hatte sich noch nicht weiterbewegt.

– Wieso? fragte der Mann.

Ich sah ihn an und konnte ihn nicht richtig sehen. Er flimmerte vor meinen Augen. Er war so schnell, daß er an den Rändern verschwamm.

– Wieso nur? fragte die Frau, sie konnte ich besser erkennen.

– Wegen Jenni, sagte ich, Weil ihr mir Jenni genommen habt.

Der Sekundenzeiger zuckte mit einem hohlen Tacken eine Stelle weiter. Die Frau legte den Kopf schräg, und ich wußte, ich hätte mich auf den Mann konzentrieren sollen. Seine Hand packte mich an den Haaren, dann bekam ich einen Tritt in die Kniekehlen und fiel. Der Sturz tat weh. Bevor ich mich wieder aufrappeln konnte, zerrte mich der Mann an den Haaren hinter sich her. Die Frau blieb stehen und sah uns nach.

– He, was . . .

Es ging so schnell, daß ich mich erst wehren konnte, als wir schon längst angekommen waren. Ich fiel über eine Holzbank. Der Geruch von Eukalyptus umgab mich. Ich sah mich in der Dunkelheit um. Es mußte die Sauna sein, der Mann hatte mich in die Sauna gestoßen.

Ein blaues Licht ging an.

Der Mann stand im Türrahmen, die Frau tauchte neben ihm auf.

– Zieh dich aus, sagte sie.

Der Mann zog sich aus. Ich hatte keine Ahnung, warum er das tat. Die Vorstellung, daß er mich berühren könnte, ließ mich zurückweichen. Der Mann reichte der Frau seine

Sachen, dann betrat er die Sauna. Die Frau blieb im Türrahmen stehen.

– Du wurdest gewarnt, sagte der Mann, und ich sah etwas Metallisches in seiner Hand glitzern.

– Das hier ist nicht dein Leben, du hast hier nichts verloren, sprach er weiter, Wenn dir gesagt wird, du sollst fernbleiben, dann solltest du darauf hören. Wie viele müssen denn noch sterben, weil du nicht hörst?

– Ich ...

Ich wich zurück. Der Mann hielt eine Art Skalpell in der rechten Hand. Ich konnte nur die schmale, bläuliche Klinge sehen. Sie hatte die Form eines Halbmondes.

– ... ich will doch nur wissen, wer ihr seid und warum ...

Der Mann schüttelte den Kopf.

– Wir gehen dich nichts an. Rein gar nichts.

– ... aber ihr, ihr habt Angst vor mir, ihr ...

Die Frau im Türrahmen lachte.

– Tu ihr weh, sagte sie.

Er war zu schnell. Lange bevor ich reagieren konnte, tropfte mein Blut von der Klinge, und der Mann stand wieder neben der Frau. In seiner linken Hand hielt er meinen BH und den Slip. Ein Spritzer Blut klebte auf seiner haarlosen Brust. Jetzt begriff ich, warum er sich ausgezogen hatte.

– Wenn sie Antworten will, sagte die Frau, Solltest du sie ihr geben.

Mit diesen Worten wandte sie sich ab und schloß die Tür. Das Licht erlosch, nur ein heller Fleck hing vor meinen Augen, wo sich das Fenster in der Tür befand.

– Bitte ...

Der Mann hörte nicht. Für eine Sekunde glaubte ich, seinen Atem in meinem Gesicht zu spüren, dann spürte ich nur noch das schneidende Metall und versuchte um mich zu schlagen. Aber was war ich schon gegen seine Schnelligkeit?

Ich sprang auf, stolperte über die Holzbänke und prallte von der Wand ab. Und wurde geschnitten, wurde immer wieder geschnitten, versuchte den Mann zu greifen, griff ins Leere und wurde geschnitten. Versuchte zu schreien und spürte sofort das Metall an den Lippen, wie es sich in der Haut verhakte und hochgezogen wurde. Blut füllte meinen Mund, ich fiel und schlug auf dem Boden auf. Ich hob schützend meine Hände, versuchte mich zu verkriechen, wurde zu einem Ball aus Fleisch und wurde geschnitten und geschnitten.

THEO

1

Val hat die Arme vor ihrer Brust verschränkt, und ich kann hören, wie ihr nackter Fuß auf den Boden tippt.

– Und dann? fragt Marek.

– Ich muß ohnmächtig geworden sein und erwachte erst wieder in deinem Bett. An mehr erinnere ich mich nicht, das ist alles.

Sie sieht uns an und wartet auf eine Reaktion. Während sie erzählte, saßen Marek und ich vorgebeugt. Zum Ende hin hatten wir die Hände zu Fäusten geballt. Als mir das auffiel, habe ich mich anders hingesetzt und die Finger verschränkt.

– Ich habe dich in der Sauna gefunden, sagt Marek, Theo hatte nichts dagegen, daß wir hierher kommen.

Val sieht mich an, sagt Danke und senkt den Blick.

– Es . . . es tut mir wirklich leid, spricht sie weiter, Aber ich dachte, ich bekomme das hin. Ich dachte, ich kann mit ihnen reden und herausfinden, warum sie Jenni umgebracht haben.

Sie beginnt wieder zu weinen. Marek rührt sich nicht, auch ich sitze einfach nur da. Ich will ihr nicht glauben. Was mit ihr geschehen ist, macht mir angst. Auf der anderen Seite bewundere ich es, daß sie für Jenni so weit gegangen ist.

Marek gibt sich einen Ruck. Er wagt es nicht, Val am Körper zu berühren, also streichelt er ihren Hinterkopf.

– Wie konntest du nur, sagt er und macht eine Pause.

Ich sehe ihn an und weiß nicht, wie er auf Vals Geschichte reagieren wird. Als Marek weiterspricht, ist seine Stimme so ruhig, als würde er laut denken:

– Da zerbreche ich mir den Kopf, wie ich dich schützen kann und habe schlaflose Nächte und Angst um dich, und du hörst auf, deine Pillen zu nehmen. Einfach so. Ich verstehe das nicht. Ohne ein Wort zu sagen, einfach so. Ich verstehe das einfach nicht.

– Aber ich wußte doch, daß sie mir nichts tun, verteidigt sich Val.

Marek nimmt die Hand von ihrem Hinterkopf.

– Sie tun dir nichts? Val, hast du schon mal in den Spiegel gesehen?

– Das ...

Val winkt ab, als würde Marek über ein paar Schrammen reden.

– ... soll mir bloß Angst machen. Ich weiß, sie können nicht weitergehen. Irgendwas hält sie ab. Ich bin für sie tabu. Und das ist mein Joker, ist das so schwer zu verstehen?

Marek schüttelt den Kopf. Ich bewundere seine Ruhe. Er steht auf, verläßt die Küche und geht ins Wohnzimmer. Val schaut ihm hinterher, dann werden ihre Augen plötzlich groß, denn Marek kommt zurückgerannt und brüllt sie an:

– DA GIBT ES NICHTS ZU VERSTEHEN! VERDAMMT NOCH MAL, DU SPIELST MIT DEINEM UND WAHRSCHEINLICH AUCH MIT UNSEREM LEBEN, KAPIERST DU DAS NICHT?!

Er wendet sich an mich und versucht normal zu klingen, seine Stimme überschlägt sich:

– *Sie mag ihre Psychose, Theo, sie mag ihre verschissene Psychose, das ist doch nicht nor - - -*

– Ich kann sie verstehen, unterbreche ich ihn.

– *WAS?!*

– Ich sagte, ich kann sie verstehen. Sie wollte Antworten

von den Schnellen und nahm diesen Weg. Ich finde das gut. Es ist zwar nicht harmlos, aber sie hat es hinbekommen.

– Du verarschst mich doch, oder?

– Jenni ist tot, wie kann ich dich da verarschen?

– Theo, das ist nicht dein Ernst!?

Er zeigt auf Val.

– Was für Antworten hat sie bitteschön bekommen, mh, kannst du mir das mal sagen?

Da hat er recht, denke ich, halte aber den Mund.

Marek sieht von mir zu Val und wieder zu mir zurück.

– IHR SEID DOCH BEIDE VÖLLIG DURCHGEKNALLT!

Damit wendet er sich ab und verläßt die Wohnung. Die Tür fällt ins Schloß. Wir bleiben schweigend in der Küche sitzen. Val sieht elend aus. Es ist das eine, Fehler zu machen, es ist das andere, diese Fehler zu akzeptieren.

– Es tut mir leid, sagt sie, Ich wollte nicht, daß es so kommt. Ich ... ich weiß auch nicht, wie ich mir das vorgestellt habe. Ich wollte einfach, daß es passiert.

– Marek wird dir das nicht vergessen.

– Ich weiß, aber es hat etwas gebracht, Theo. Ich weiß jetzt, was ich tun muß, was wir tun müssen.

– Wovon redest du?

– Wir stellen den Schnellen eine Falle, sagt Val und lächelt, Das ist mein Plan.

Der Riß in ihrer Oberlippe füllt sich mit Blut, doch bevor sich ein Tropfen lösen kann, leckt ihn Val mit der Zunge weg.

– Eine Falle?

– Genau, eine Falle.

– Val?

– Mh?

– Nimm lieber noch eine von deinen Pillen, ja?

Eine Stunde ist vergangen. Val schläft, Marek ist noch nicht zurück, und ich sitze in der Küche und denke über Vals Plan nach. Er ist simpel und dämlich in einem. Sie will einen der Schnellen für uns greifbar machen. Mehr nicht. Also wenn das alles ist. Sie hat es so erklärt:

– Ein jedes Mal, wenn ich in die Psychose gehe und die Tür öffne, tauchen früher oder später die Schnellen auf. Als wären sie Wächter. Die Zeit gerinnt, und ich werde wie sie. Das sollten wir ausnutzen. Wir stellen ihnen eine Falle und schnappen uns einen von ihnen. Ich weiß, das klingt verrückt, aber bisher war ich allein, mit eurer Hilfe könnte es klappen. Stell dir vor, was er uns alles verraten könnte! Was aber noch wichtiger ist – Marek und du, ihr würdet endlich sehen, daß sie echt sind. Das ist mir wichtig. Daß ihr sie seht. Und wenn wir das schaffen, haben wir auch Jennis Mörder.

Ihre Augen strahlten, als sie das sagte. Sie griff immer wieder nach ihrem Glas, drehte es in der Hand und leckte sich über ihre wunde Lippe.

– Und du meinst, die anderen Schnellen lassen das zu? fragte ich.

– Sie wissen ja nichts davon, es wird sie also überraschen. Keiner von denen denkt doch daran, daß wir zurückschlagen könnten. Wir drehen den Spieß um. Sie haben auch nicht damit gerechnet, daß ich sie mit Jenni übers Internet suche. Der neue Plan wird sie kalt erwischen, da bin ich mir sicher, das wird klappen.

Ich konnte beobachten, wie die Müdigkeit sie trotz des Enthusiasmus mehr und mehr überkam. Langsam, aber stetig verschwand die Energie aus ihren Augen. Es war wie die Ausblende in einem Film.

– Ich denke darüber nach, hatte ich ihr versprochen, und eine Stunde später habe ich noch immer keinen klaren Gedanken in meinem Kopf.

–Theo?

– Ich bin in der Küche.

Val kommt aus dem Schlafzimmer. Ihre bloßen Füße tapsen über die Dielen, dann steht sie in ihre Decke gewickelt im Türrahmen, Arme vor der Brust verschränkt, ein Fuß auf dem anderen.

– Ist er immer noch weg?

– Er kommt schon zurück, sage ich.

– Hast du nachgedacht?

– Ich bin dabei, aber ich will, daß du weißt, warum ich das alles mache.

Val nickt und setzt sich zu mir an den Tisch.

– Mir ist egal, wer die Schnellen sind, wo sie herkommen oder warum es sie überhaupt gibt. Von mir aus können sie die Welt versklaven oder eine Fernsehserie drehen, das juckt mich nicht. Ich will nur dem gegenübertreten, der Jenni umgebracht hat, das ist alles, der Rest ist mir egal.

Val sagt, das sei ihr schon klar gewesen.

– Gut, sage ich, Dann hätten wir das geklärt. Kommen wir zu deinem Plan. Ich will, daß Marek mit dabei ist. Du mußt ihn überzeugen.

– Ich verspreche es dir, meint Val, Sobald er zurück ist, rede ich mit ihm.

Sie reibt sich über die Arme.

– Könnte ich mich schnell waschen? Ich habe das Gefühl, Ameisen krabbeln unter meiner Haut.

Ich hole ihr Handtücher aus dem Schrank und stelle die Heizung im Bad an. Val bittet um einem Waschlappen, auch den gebe ich ihr und lasse sie allein.

Ich setze Wasser für Tee auf. Während ich warte, daß es kocht, schaue ich in den verschneiten Hinterhof und erinnere mich, daß außer uns noch immer niemand von Jennis Tod weiß. Wie lange will ich das noch aufschieben?

Ich stelle die Gasflamme unter dem Kessel klein und hole das Telefon aus dem Wohnzimmer.

Wen zuerst?

Ich tippe 110 und unterbreche die Verbindung.

Es wird komisch aussehen, wenn ich nicht zuerst Jennis Eltern anrufe und frage, wo sie steckt.

Ich tippe die Nummer ihrer Eltern und unterbreche die Verbindung.

Das Telefon in meiner Hand knackt, ich lockere meinen Griff und starre auf den Boden. Ich weiß nicht, wie lange ich schon da stehe – das Telefon am Ohr und das monotone Freizeichen im Kopf – als mich Vals Schrei zusammenschrekken läßt.

Das Telefon fällt mir aus der Hand, ich renne zum Badezimmer und stoße die Tür auf. Val steht unter der Dusche. Ich kann durch den Plastikvorhang ihren nackten Körper erkennen. Sie ist allein.

– Bist du allein? frage ich.

Keine Antwort. Val steht nur da und rührt sich nicht. Durch den Vorhang sind ihre Konturen verzerrt. Ich greife mir eine Massagebürste mit langem Holzstiel. Ich weiß, daß ich lächerlich aussehe, aber ich habe wirklich Angst, daß noch jemand hinter diesem Vorhang hockt und mit seinem Skalpell darauf wartet, mir die Kehle durchzuschneiden.

– Val?

Nichts. Ich reiße den Vorhang mit einem Ruck auf. Val sieht mich starr an. Sie hält die Arme nach oben, als würde sie jemand mit einer Waffe bedrohen.

– Alles okay?

Ihre Mund zittert. Ich kann jeden Schnitt deutlich sehen. Auf ihren Brüsten, den Armen, auf ihrem Bauch. Und dann entdecke ich, was Marek übersehen haben muß, als er ihre Wunden verband. Vielleicht war es zu dem Zeitpunkt noch blutverschmiert und unkenntlich. Jetzt ist es ausgewaschen und tritt klar und deutlich hervor.

Auf die Innenseite von Vals rechten Arm ist vom Handgelenk bis zur Achselhöhle in groben Buchstaben eingeritzt: *Weil es uns immer gab.* Und auf dem linken Arm von der Achselhöhle bis zum Handgelenk: *Weil es uns immer geben wird.*

– Mach das weg, sagt Val leise.

Ich lege die Bürste zur Seite und weiß nicht, was ich tun soll.

– Bitte, mach das weg, wiederholt sie, ohne die Arme zu senken.

Ich greife mir ihre Handgelenke und muß gegen ihren Widerstand ankämpfen, drücke aber die Arme Zentimeter um Zentimeter herunter. Ein Wimmern dringt aus Vals Mund.

– Setz dich, sage ich und bringe sie dazu, sich in der Duschkabine auf den Boden zu setzen. Sie zittert, drückt die Arme fest an ihre Seite. Mir kommt kein Wort über die Lippen. Ich sollte sie trösten, ich sollte irgend etwas Beruhigendes sagen, aber da ist nichts.

Im Arzneischrank finde ich Wundpuder. Sollten einige der Schnitte anfangen zu eitern, ist es besser als flüssiges Antiseptikum. Ich trage es auf und hoffe, daß sich keine der Wunden infiziert hat.

– Wie schlimm ist es? fragt Val.

Ich erzähle ihr, daß die Schrift auf ihren Unterarmen nur aus oberflächlichen Schnitten besteht, die mit der Zeit verblassen werden. Ich habe keine Ahnung von Narben und bei welcher Art von Wunden sie zurückbleiben.

Val läßt mich auch die Schnitte auf ihren Brüsten und dem Bauch neu desinfizieren. Dabei erzählt sie mir, wie sie als

Kind einen Jungen gekannt hatte, den alle nur Spasti nannten. Spasti tat alles, damit ihn die anderen Kinder mochten. Er ließ sich in voller Fahrt vom Fahrrad fallen, er nahm jede Herausforderung an und lernte nie, sich vor Schmerzen zu schützen.

– Ich habe mal einen Stock aufs Eis rausgeworfen und gesagt, er soll ihn holen. Spasti hat keine Sekunde gezögert. Er lief raus und brach nahe am Ufer durch die Eisdecke. Wir haben uns weggepackt vor Lachen. Spasti stand einfach bis zur Hintern im Eis und steckte fest. Dann kämpfte er sich frei und versuchte, an einer anderen Stelle übers Eis zu laufen. Er kam nie weiter als zwei Meter, ehe er erneut einbrach. Ich weiß nicht, was gewesen wäre, wenn er es bis zur Mitte des Sees geschafft hätte, wo das Wasser richtig tief war. Ich weiß auch nicht, wie er die Kälte aushielt. Wir riefen ihm zu, er sollte es seinlassen. Spasti dachte nicht daran, er wollte mir den Stock zurückbringen. Irgendwann wurde uns das langweilig, und wir hauten ab, bevor ein Erwachsener kam und uns fragte, was wir da mit Spasti machten. In den folgenden Wochen kam Spasti nicht zur Schule. Lungenentzündung, wurde uns gesagt. Ich habe mich nie bei ihm entschuldigt, aber ich glaube, das hätte er auch nicht verstanden. Vielleicht ist das hier die Strafe. Spasti hatte so viele Kratzer und Narben wegen uns, vielleicht ist das eine Revanche.

– Blödsinn, sage ich und frage sie, ob Jenni damals schon mit ihr um die Häuser gezogen ist. Es ist ein billiger Themenwechsel. Ich will nichts über malträtierte Jungen hören. Ich will etwas Licht. Val beginnt zu erzählen, und obwohl ich den Großteil der Geschichten schon kenne, höre ich zu, als wären sie mir neu.

– Das wär's, sage ich nach einer Viertelstunde und verschließe das Wundpuder, Soll ich dir was zum Anziehen holen?

Ich bringe ihr ein weites Hemd von Jenni und ihre Reisetasche. Danach verlasse ich das Bad und warte, daß Marek kommt. Daß Val das Bad verläßt. Daß es weitergeht.

Wir sitzen im Wohnzimmer und trinken Tee. Val hält die Tasse mit beiden Händen und stellt sie nach jedem Schluck vorsichtig wieder ab. Ich hätte ihr das weite Hemd von Jenni nicht geben sollen. Immer wieder wandert mein Blick von Vals Gesicht zu diesem Hemd hinunter. Ich frage mich, wann Jenni es das letzte Mal getragen hat und ob ihr Geruch jetzt aus dem Hemd verschwunden ist.

Vor mir liegt der Zettel, auf dem ich mir den Spruch notiert habe. Nachher werde ich die Suchmaschine damit füttern. Das Internet war zwar eine Sackgasse, dennoch bin ich mir sicher, daß die Schnellen in der kurzen Zeit nicht alle Spuren verwischt haben können.

–*Weil es uns immer gab*, zitiere ich, *Weil es uns immer geben wird*.

– Ganz schön pathetisch, was? sagt Val.

– Mehr als das, sage ich, Wenn du mich fragst, dann sind das verdammt kranke Schweine, und das hier ist ein verdammt kranker Spruch.

– Es ist mehr ein Statement, sagt Val, Sie haben mich gebrandmarkt, als wäre ich ihr Vieh. Ich wollte von ihnen wissen, warum sie das tun. Vielleicht ist das ihre Art, mir zu antworten.

Sie schiebt mir die Tasse zu, ich gieße nach.

–Theo, ich glaube, sie haben Angst vor mir.

– Blödsinn.

Sie zuckt mit der Schulter und nimmt einen Schluck Tee.

–Val, wieso reitest du darauf herum? hake ich nach, Wieso sollten sie Angst vor dir haben?

– Weil sie mich warnen, immer wieder warnen. Sie wollen nicht, daß ich eine Psychose habe. Und falls ich doch eine habe, dann bezahlt jemand, der mir wichtig ist. Aber warum nicht ich? Warum ziehen sie mich nicht einfach aus dem Verkehr?

Sie wartet, ob ich ihr antworte, bevor sie weiterspricht:

– Weil sie nicht können, Theo. Irgend etwas hält sie davon ab. Sie wollen nicht, daß ich die Welt sehe, wie sie ist. Ich darf die Tür nicht öffnen. Ich meine, wonach klingt das für dich?

– Nach einer Phobie? mache ich einen lahmen Witz.

– Ja, eine Val-Phobie, stimmt sie mir ernst zu, Bleibt die Frage, was diese Phobie bei ihnen auslöst. Ich habe schon daran gedacht, mit meinen Eltern zu sprechen. Vielleicht reicht das alles Jahrzehnte zurück, als ich noch ein Kind war.

– Ja, sage ich, Vielleicht bist du ein Gen-Experiment oder hast zu lange an radioaktiven Bonbons gelutscht. Val, hör dir das doch mal an.

– Okay, ich gebe zu, daß - - -

Es klingelt an der Tür. Val springt sofort auf.

– Das ist Marek.

– He, warte!

Ohne auf mich zu hören, rennt sie in den Flur. Ich folge ihr.

– Du weißt nicht, ob es Marek ist, sage ich und halte die Tür zu.

– Ich weiß es, sagt sie und schiebt meinen Arm beiseite.

Marek steht vor uns, Hände in den Manteltaschen, Augen groß.

– Was ist? fragt er und sieht von Val zu mir.

– Wir sind dein Empfangskomitee, sagt sie und streckt ihm beide Hände entgegen.

– Val, ich - - -

Sie unterbricht ihn, indem sie die Arme um ihn schließt.

– Es tut mir leid. Laß uns reden, dann wirst du mich verstehen, Marek, ja?

Marek sieht mich über Vals Schulter hinweg an. Sein Blick ist verwirrt. Er legt die Arme um Val. Ich kann ihn gut verstehen. Meine Wut würde genauso schnell verschwinden, wenn es um Jenni ginge. Liebe. Ich verdrücke mich in die Küche und schließe die Tür hinter mir. Ich betrachte die Wände. Es wird Zeit, daß ich mal streiche. Ich schaue auf die Dielen. Und den Boden abziehen könnte ich auch.

So stehe ich da und denke mir, ich könnte so vieles hier neu machen, doch dem Gedanken fehlt die Substanz. Jenni und ich hatten nicht vorgehabt, mehr Geld in die Wohnung zu stecken. Wir hatten den alten Hof und waren auf dem Weg in ein neues Zuhause. Die Wohnung zu renovieren würde bedeuten, den Hof aufzugeben. Aber was soll ich alleine mit dem Hof? *Ja, aber was willst du alleine mit dieser Wohnung?* ist die andere Frage. Zu viele Erinnerungen leben hier, die sich nicht mit einer neuen Schicht Farbe überstreichen lassen - - -.

Ich klatsche einmal laut in die Hände und zucke selbst erschrocken zusammen. Es reicht. Es reicht völlig. Mein Selbstmitleid geht mir auf die Nerven. Schluß, Sense. Sollte ich mich noch einmal selbst bemitleiden, setzt es Schellen.

Ich nehme Zwiebeln von der Ablage neben dem Waschbecken und beginne sie kleinzuschneiden. Erst nach der sechsten Zwiebel lege ich das Messer zur Seite und frage mich, was ich hier tue.

Ich habe keine Ahnung, was ich kochen will.

MAREK

1

Nachdem uns Theo im Flur allein gelassen hat, schaffe ich wieder Abstand zwischen Val und mir.

– Laß uns reingehen, sage ich.

Im Wohnzimmer setze ich mich so hin, daß der Tisch zwischen uns ist.

– Marek, ich - - -

– Nein, warte, erst habe ich dir was zu sagen, unterbreche ich sie und rede, ohne lange nachzudenken.

– Ich werde nicht vergessen, daß du mich belogen hast. Wir hätten darüber reden können. Es gab keinen Grund, die Medikamente heimlich abzusetzen. Stell dir vor, ich hätte nicht in der Sauna nachgesehen. Jemand anderes hätte dich gefunden, und du wärst wahrscheinlich wieder in der Klapse gelandet. Zum dritten Mal, Val. Deine Eltern hätten dich da garantiert nicht mehr rausgeholt. Hast du auch nur eine Sekunde daran gedacht?

Sie will etwas sagen, ich spreche schnell weiter.

– Warte, ich bin gleich fertig. Ich will nur, daß du weißt, daß ich dir das nicht verzeihen werde. Das ist jetzt eine Sache, die zwischen uns steht. Wirklich zwischen uns steht, begreifst du das? Und ich habe auch genug von dieser Jagd nach den Schnellen. Wir fahren jetzt nach Hause. Ich habe mit Gerald gesprochen, und er erwartet mich am Abend in Kassel. Du brauchst Hilfe und Schutz, bevor dir auch noch etwas passiert. Ich verspreche dir, daß ich dich nicht im Stich lassen werde, Val, glaub mir das.

Ich bin durchgeschwitzt. Vals Blick ist unverändert. Ich hoffe, sie nimmt mir das alles ab.

– Verstehst du mich? frage ich nach.

– Ich verstehe dich.

– Und was sagst du dazu?

Val schiebt mir einen Zettel zu.

– Das haben sie mir auf die Innenseite meiner Arme geritzt.

– Was?!

Ich lese, was auf dem Zettel steht. Es verschwimmt, wird wieder deutlich. Es ist nicht in Vals Handschrift geschrieben. Ich sehe sie an.

– Eingeritzt?

– Ich will dir das nicht zeigen, sagt Val.

– Es ... es tut mir leid, ich ...

– Es ist schon gut. Das ist ihre Nachricht an mich. Es ist schon in Ordnung. Das hier zwischen uns beiden ...

Sie nimmt meine Hände zwischen ihre.

– ... ist jetzt wichtiger, Marek. Ich will mich ehrlich bei dir entschuldigen. Ich habe keinen anderen Weg gesehen. Ich wußte, daß du mich davon abhalten würdest, das Medikament abzusetzen. Es war mir einfach zu wichtig. Und ich war zu feige, um mich mit dir anzulegen.

Sie sieht mir in die Augen, ich weiche ihrem Blick aus. Ich will nicht, daß sie feige ist, ich will nicht, daß sie recht hat.

– Und ich verstehe auch, daß du nach Kassel willst. Ich wünschte, ich könnte so einfach in unser altes Leben zurückkehren, aber ich kann nicht mit dir kommen. Ich habe einen Plan. Ich glaube, ich muß das jetzt angehen, sonst laufe ich davon, pumpe mich mit Medikamenten voll und habe ewig Angst. Ich weiß, was ich machen muß. Theo findet den Plan gut, er steht hinter mir. Aber das ist nicht wichtig, wichtig ist mir, daß auch du dahinterstehst.

– Du willst hierbleiben?

Ich kann es nicht glauben. Ich sage es noch einmal.

– Du willst hierbleiben? Bei Theo? Du kennst den Typen doch gar nicht, wie ...

Mir fällt nicht ein, was ich sagen soll. Ich bin wie vor den Kopf geschlagen.

– Habt ihr was miteinander? frage ich und bereue es sofort.

– Marek, du hörst mir nicht zu. Ich habe einen Plan.

– Du kannst nicht hierbleiben, sage ich.

Sie sieht mich nur an und sagt nach einer langen Pause:

– Hörst du mir jetzt zu?

Ich nicke, dann erzählt mir Val ihren Plan.

Zwei Stunden später bringt mich Theo zum Wagen. Val hat sich nach dem Essen wieder hingelegt. Ich habe ihr versprochen, so schnell wie möglich aus Kassel zurückzukommen.

Nichts ist geklärt.

Ich weiß noch immer nicht, was ich von ihrer Aktion halten soll. Val dachte sich, es *könnte* klappen. Es hat nicht geklappt, und sie hat dafür bezahlt. Gut. Dennoch kann ich nicht einfach sagen, alles ist wieder beim alten, laß uns weitermachen. Und dann dieser Plan. Theo findet, wir sollten es probieren. Es ist verrückt, es wird nie klappen. Wie sollen wir jemanden überraschen, der nach völlig anderen Regeln existiert? Einen Schnellen fangen, das ist doch der letzte Mist. Aber ich bin dabei. Val und Theo wollen auf meine Rückkehr warten, danach gehen wir es zusammen an. Ich denke nicht daran, Val im Stich zu lassen.

– Bist du dir sicher, daß sie hierbleiben kann? frage ich

Theo, als wir das Haus verlassen, Ich meine, sie könnte ausflippen und eine Angstattacke bekommen. Ich habe das erlebt, es ist kein Spaß.

Theo winkt ab.

– Ihre Medikamente machen sie harmlos. Sie wird eine Menge schlafen. Außerdem sind es ja nur zwei Tage. Mach dir bitte keine Sorgen, ich spiele Babysitter, bis du wieder da bist. Regel das mit deinem Job, ich habe Zeit, das Kino läuft auch ohne mich. Hast du meine Telefonnummer?

Ich schüttle den Kopf und erzähle ihm, daß ich seine Nummer heute morgen über die Auskunft bekommen, aber nicht notiert habe. Theo nimmt eine Visitenkarte aus seiner Brieftasche und schreibt mir seine private Telefonnummer auf die Rückseite.

– Danke.

Wir kommen zu meinem Wagen. Ich mache mit dem Eiskratzer die Frontscheibe frei. Theo kehrt die Seitenfenster mit den Händen sauber und formt einen Schneeball. Er wirft auf eine Laterne und trifft.

Ich steige ein, Theo reicht mir die Hand durchs Fenster. Ich habe das Gefühl, ihn seit Jahren zu kennen.

– Komm bald zurück, sagt er zum Abschied.

– Ein, zwei Tage. Ihr werdet nicht mal merken, daß ich weg war.

Dann sage ich, was ich vor Val nicht sagen wollte:

– Du weißt, was sie ihr gedroht haben, wenn sie die Tür öffnet.

Theo haucht in seine Hände und sagt, ja, er hätte schon darüber nachgedacht.

– So leicht lasse ich mich nicht überraschen. Aber ich werde vorsichtig sein, wem ich die Wohnungstür öffne. Dasselbe gilt auch für dich.

– Ich weiß. Paß bitte auch auf, daß sie ihre Pillen nimmt.

– Keine Sorge.

Theo klopft zum Abschied auf das Autodach. Ich lege den Gang ein und rolle langsam vom Parkplatz. Theo schliddert einige Meter hinter dem Wagen her und bleibt dann stehen. Sekunden später trifft ein Schneeball mein Rückfenster. Ich hupe kurz und bin sehr erleichtert, mit so einer simplen Lüge davongekommen zu sein.

VAL

1

Es ist ein Winter wie dieser hier. Seit Wochen schneit es, und wir verbringen die Zeit nach der Schule draußen. Am Horrberg rodeln, aufs Eis rausgehen oder Iglus aus Schnee bauen. Ich bin wieder dreizehn Jahre alt, und jeder Tag ist ein aufregender Tag. Am Morgen steige ich ungeduldig aus dem Bett, renne von der Schule nach Hause, Sachen in die Ecke, kurz etwas essen, dann raus, raus, raus. Alle sind dabei, Gabi und der dicke Carl, Bernie und Didi, Jenni natürlich, Klaus und sein Bruder Tim. Es kommen auch viele aus den Nachbarklassen und dann natürlich Spasti. Spasti ist immer dabei. Er hält seinen Abstand und bleibt in unserer Nähe, damit er nach Hause gehen kann, sobald wir gehen. Wo er jetzt ist, weiß ich nicht, denn mein Kopf tut weh. Ich bin bei der letzten Abfahrt vom Schlitten gefallen und mit dem einen Ohr im Schnee gelandet. Ich wundere mich ein wenig, daß ich dreizehn Jahre alt bin. Ich müßte älter sein, ich habe die Schule abgeschlossen, ich wohne nicht mehr zu Hause. Das zu wissen beruhigt mich, obwohl es in meinem Kopf klingelt und das Ohr sich anfühlt, als würde es brennen. Der Sturz war hart. Während die anderen wieder auf den Berg steigen, laufe ich zwar noch mit, habe aber genug vom Rodeln. Ich setze mich auf einen Baumstumpf und lasse mir von Erika eine Zigarette geben. Plötzlich bin ich nicht mehr dreizehn, ein Jahr ist vergangen, und Erika und ich sind vierzehn, tragen rosa Lippenstift mit Bananengeschmack und klauen unseren Eltern die Zigaretten, wann immer wir die Chance dazu haben.

Dummerweise versucht meine Mutter seit einem halben Jahr, mit dem Rauchen aufzuhören, und mein Vater ist auf Pfeife umgestiegen, damit Mutter es leichter hat. Ich schnorre also, wo ich nur kann. Erika kennt das von mir und verzieht den Mund und sagt, ich sollte mir doch gleich zwei nehmen, damit es beim nächsten Mal nicht so peinlich wird. Ich mache *Hahaha* und strecke ihr die Zunge raus. Als sie mit Didi auf den Schlitten steigt, wünsche ich ihr, daß sie mit ihrer Zuckerschnute im Schnee landet. Jetzt sitze ich hier, und es ist keiner mehr auf dem Berg. Niemand rodelt, alle sind verschwunden. Ich rufe laut »Hallo!«, aber es gibt kein Echo. Mir wird kalt. Ich schlage die Arme um mich, wie ich das einmal in einem Film gesehen habe, und bemerke die Pudelmütze von Spasti. Mehr ist von ihm nicht zu sehen. Ich stehe auf und will über den Hügel gehen. Ich bräuchte eine Weile, aber ich mache nur einen einzigen Schritt und bin da. Spasti steht vor einer Schneewehe und hat mit Ästen die Umrisse einer Tür in den Schnee gelegt. Sie ist vielleicht zwei Meter hoch und einen Meter breit. Es gibt sogar eine Klinke.

– Was treibst du da? frage ich.

Spasti erschrickt nicht. Er dreht sich nicht einmal um, sondern korrigiert einen der Zweige und verschränkt zufrieden die Arme vor der Brust.

– He, Spasti?

– He, Val, sagt er, Ich dachte, du kommst gar nicht mehr.

– Was treibst du da?

– Hab 'ne Tür gemacht.

– Und wozu?

– Weil da eine hingehört. Ist 'n Durchgang, verstehst du? Da geht's durch.

Er zeigt auf seine Tür. Ich nicke, als wüßte ich, wovon er spricht. Dann gehe ich näher ran.

– Ohoh, nicht so nahe, sagt Spasti.

– Wieso?

– Ich muß doch aufpassen, daß da keiner durchgeht. Wenn du da durchgehst, kommste nicht mehr zurück.

– Quatsch.

– Nee, is kein Quatsch, is echt wahr. Ich paß auf, ich bin der Wächter, der - - -

– Du bist kein Wächter, unterbreche ich ihn, Du bist keiner von den Schnellen, Spasti, verarsch mich nicht.

Spasti kichert. Er hält sich die Hände vor den Mund. Seine Hände sind voller Schnee. Als er seine Hände senkt, ist der Schnee verschwunden.

– Wer sind schon die Schnellen, sagt er.

– Das willst du gar nicht wissen, sage ich.

– Wer sind schon die Schnellen, wiederholt Spasti, als hätte er mich nicht gehört, dann springt er vor und versucht mich aufzuhalten.

– Was machst'n da? Nee, Val, mach mal nicht.

Aus der Nähe kann ich sehen, daß er die Tür dekoriert hat. Mit Beeren und Tannenzapfen zwischen den Ästen.

– Schick, sage ich.

– Paß ja auf, daß du nicht reinfällst, warnt mich Spasti.

– Ich falle da nicht rein, sage ich und strecke die Hand aus, ich guck nur, ob - - -

Spasti stößt mich mit solcher Wucht zur Seite, daß ich erneut auf mein Ohr falle. Ich schreie und schlage auf ihn ein. Ich weiß nicht, wie lange wir uns keilen, irgendwann liege ich keuchend im Schnee und stehe wieder auf. Es ist wieder ein Jahr vergangen. Nur Spasti ist nicht gealtert. Seine Nase blutet, und die Wangen glühen rot.

– Ich guck doch bloß, sage ich.

– Du lügst, sagt Spasti.

Ich stelle mich vor die Tür.

– Nicht, sagt Spasti.

Ich breite die Arme aus.

– Bitte, sagt Spasti.

Ich lasse mich in die Schneewehe fallen und sitze mit einem Mal aufrecht im Bett. Das T-Shirt klebt an meinem Körper, draußen ist es dämmerig, ich habe keine Ahnung, wo ich bin.

– Marek?

Ich steige aus dem Bett und gehe in das Wohnzimmer. Langsam erkenne ich alles wieder.

– Theo?

Ich schalte eine der Lampen an und schaue in den Flur. Mareks Mantel und seine Schuhe sind verschwunden. Ich renne zum Fenster. Auf dem Parkplatz steht ein anderes Auto und tief in mir ist plötzlich ein schmerzhaftes Ziehen. Ich hätte nicht gedacht, daß mich Mareks Verschwinden so treffen könnte. Warum habe ich getan, als ob es in Ordnung wäre, daß er fährt? Jetzt ist er weg, und ich bereue es, mir nicht mehr Mühe gegeben zu haben.

Er ist bald wieder da, beruhige ich mich und lehne die Stirn gegen die Fensterscheibe. Das kalte Glas fühlt sich gut an. Ich schließe die Augen und stelle mir vor, wie Marek im Auto sitzt, wie Musik läuft.

Als ich die Augen wieder öffne, steht ein Mann auf der gegenüberliegenden Straßenseite. Sein Gesicht liegt im Schatten, das Licht der Straßenlaterne ist hinter ihm. Er lehnt an einem Auto und sieht hoch, sieht mich direkt an.

Ich weiche zwei Schritte zurück. Ohne den Blick vom Fenster zu nehmen, finde ich den Schalter der Lampe und lösche das Licht. Langsam zähle ich bis hundert, bevor ich mich wieder dem Fenster nähere.

Der Mann steht noch immer unten und schaut hoch.

Theo findet mich im dunklen Wohnzimmer auf dem Sessel. Ich habe die Beine angezogen und rauche. Der Aschenbecher liegt auf meinem linken Knie, die zweite Schachtel Zigaretten auf meinem rechten. Ich habe eine Kippe an der anderen angezündet und bin froh, daß Theo endlich da ist.

– Warum sitzt du im Dunkeln? fragt er und bringt den Einkauf in die Küche.

– Sie wissen, was ich vorhabe, sage ich.

Theo bleibt stehen und kommt mit den zwei Tüten zurück in das Wohnzimmer.

– Sie ... *was?*

– Sie beobachten das Haus, sie wissen, was ich vorhabe.

Theo stellt die Tüten ab und geht zum Fenster. Er sieht nach links und rechts.

– Auf der gegenüberliegenden Straßenseite, sage ich, Vor einem roten Auto. Ein Mann mit langem Mantel.

Theo atmet tief ein.

– Da ist niemand?

Theo schüttelt den Kopf, dann öffnet er das Fenster und läßt es einen Spalt offenstehen. Er setzt sich mir gegenüber auf das Sofa. Als er die Lampe einschaltet, kneife ich die Augen kurz zusammen.

– Wie sah er aus? Konntest du sein Gesicht erkennen? War es der Mann aus dem Schwimmbad?

– Ich weiß es nicht, sage ich und drücke die Zigarette aus.

– Aber du bist dir sicher - - -

– Theo, ich habe ihn gesehen, also bin ich mir sicher, okay?

– Ja, okay, aber woher sollten sie wissen, was du vorhast?

Ich kann es ihm nicht erklären, es ist einfach ein Gefühl.

Theo beugt sich vor.

– Sie sitzen nicht in deinem Kopf, Val. Sie können nicht wissen, was du denkst. Und das heißt, sie haben keine Ahnung, was wir vorhaben. Entspann dich, hier bist du sicher.

Ich wünschte, ich könnte das glauben. Ich sehe zum Fenster, versuche mich zu entspannen. Natürlich hat Theo recht, die Schnellen können nicht wissen, was wir vorhaben, sie sitzen nicht in meinem Kopf.

– Hat Marek noch was gesagt? frage ich.

– Er ist spätestens Mittwoch wieder zurück. Vielleicht schon Dienstagabend. Also mach dir keine Sorgen, wir pakken das schon.

Er steht auf und hebt die Tüten vom Boden auf.

– Ich bringe den Einkauf in die Küche und koche uns etwas. Möchtest du vorher einen Tee?

– Gerne, sage ich.

Theo verschwindet in der Küche. Ich reibe mir die Arme und sehe zum Fenster, will aufstehen und es schließen.

Aber was ist, wenn da unten wieder jemand steht und zu mir hochschaut? Was dann?

Und so bleibe ich sitzen und friere im Windzug und warte, daß Theo mir den Tee bringt und dieses verdammte Fenster für mich schließt.

Wir verbringen den Nachmittag mit einigen Runden Backgammon, danach lege ich mich wieder hin und schlafe ein paar Stunden. Ich bin völlig ausgebrannt und könnte mich immerzu im Bett verkriechen.

Als ich wieder erwache, sitzt Theo mit einem Bier in der Küche. Er stützt die Ellenbogen auf den Tisch und starrt das Telefon an.

– Will es nicht klingeln? albere ich herum.

– Ich kann ihre Eltern nicht anrufen, sagt Theo, Seitdem du dich hingelegt hast, sitze ich vor diesem Ding und kann es nicht tun. Ich . . .

Er fährt sich mit beiden Händen durchs Haar. Es gefällt mir besser, wenn er es geschlossen trägt. Es macht ihn klarer.

– Es wird komisch aussehen, wenn ich nicht nachfrage, wo Jenni ist. Aber ich kann es nicht. Ich komme mir dabei so falsch vor. So unglaublich falsch.

– Soll ich sie anrufen? frage ich.

Theo sieht mich an.

– Und was willst du sagen?

– Daß ich Jenni seit gestern abend erwarte, aber sie ist nicht gekommen und ich ...

Theo schüttelt den Kopf und starrt wieder aufs Telefon.

– Du lügst schlechter als ich, das würde nichts werden. Ich setze mich zu ihm an den Tisch.

– Geht es deiner Lippe besser?

Ich halte ihm meinen Mund entgegen, als wollte ich, daß er mich küßt. Theo sieht sich meine Oberlippe an und nickt.

– Bist du dir wirklich sicher, daß du das durchziehen willst? fragt er mich, Ich meine, ich habe nachgedacht. Kannst du nicht einfach die Schnellen zu dir rufen? Für ein kleines Gespräch, um die Lage zu klären?

Ich lache los, Theo lacht mit.

– Ich wünschte, es wäre so einfach, sage ich.

– Und was tun wir, wenn es nicht mehr klappt? Wenn du dein Medikament absetzt und nichts passiert? Keine Schnellen und kein Horrortrip mehr?

– Das ist kein Horrortrip, sage ich.

– Wie nennst du es dann?

Ich erzähle Theo, daß mir einer der Ärzte bei meinem zweiten Aufenthalt in der Geschlossenen dieselbe Frage gestellt hat. Er wollte, daß ich ihm meine Psychose beschreibe. Ich sollte die Augen schließen und sagen, was ich sehe, wenn ich an meine Psychose denke.

– Und?

– Ich erinnerte mich an einen Wintertag. Ich muß vierzehn gewesen sein, und Spasti hatte mit Ästen einen Türrahmen in eine Schneewehe gelegt. Das war das erste, was mir in den Kopf kam. Spasti und seine komische Tür.

– Schick.

– Es geht, sage ich und ziehe das Telefon zu mir, Kann ich kurz . . .

– Natürlich.

Bei Marek hebt niemand ab.

– Vielleicht steckt er im Stau, sagt Theo.

Ich probiere es über das Handy und spreche Marek auf die Mailbox.

– Film gucken? fragt Theo, nachdem ich aufgelegt habe.

– Willst du nicht erst . . .

Ich halte ihm das Telefon entgegen. Theo schüttelt den Kopf. Ich wünschte, ich könnte so ehrlich zugeben, daß ich feige bin.

– Wie wäre es dann mit einem Film? frage ich.

Theo lächelt.

2

Im Verlauf des Abends probiere ich noch zweimal, Marek zu erreichen. Theo bezieht das Sofa, was ich albern finde. Er soll in seinem Bett schlafen, aber Theo winkt ab.

– Ich kann da heute nicht schlafen. Außerdem macht mir das hier auf dem Sofa wirklich nichts aus. Also geh schon rüber. Sobald Marek zurück ist, braucht ihr den Platz.

Im Bad wechselt Theo meine Verbände. Am meisten schmerzen die Schnitte an den Händen. Während ich mir das Gesicht wasche, nimmt Theo seine Kontaktlinsen heraus und legt sie nicht in die Schalen.

– Was tust du da?

Er wickelt sie in Toilettenpapier, holt die Reinigungsflüssigkeit und den Aufbewahrungsbehälter vom Regal und geht in die Küche. Als er wiederkommt, reibt er sich die leeren Hände und sagt:

– Ich hatte die Dinger nur wegen Jenni, ich habe sie nie richtig vertragen.

Er setzt seine Brille auf.

– So sehe ich im Original aus.

Er grinst, aber ich kann sehen, daß er es nicht komisch findet. Die Brille steht ihm, sie lenkt die Aufmerksamkeit auf seine Augen. Ich mache ihm ein Kompliment, Theo überhört es.

– Reich mir mal das Wundpuder, sagt er, und damit ist das Thema Kontaktlinsen für ihn abgeschlossen. Er verbindet mich weiter. Als er bei meinem Bauch angekommen ist, klingelt das Telefon.

Theo geht ran, ich bleibe im Bad sitzen und lese die Gebrauchsanweisung auf dem Mullverband. Theo kommt nach einer Minute zurück und gibt mir den Hörer.

– Ich stand im Stau, ist das erste, was Marek sagt, Und das Handy hatte bei dem Sauwetter keinen Empfang. Danke für die Nachrichten.

– Gern geschehen, sage ich, Bist du jetzt zu Hause?

– Und fix und fertig. Die halbe Autobahn war gesperrt, weil sich ein Laster quergelegt hatte. Ich dachte schon, ich müßte draußen kampieren. Alles in Ordnung bei euch?

– Alles in Ordnung, sage ich und sehe zur offenen Badezimmertür. Ich erzähle Marek nichts von dem Mann, der vor dem Haus gestanden hat. Ich will ihm das Gefühl geben, ich hätte alles im Griff.

Wir reden ein paar Minuten Unsinn, vergleichen das Wetter in Kassel – kaum Schnee, dafür windig – mit dem Wetter in Oldenburg – zu viel Schnee und kein Wind. Dann nimmt Mareks Stimme einen merkwürdigen Ton an, er sagt wie beiläufig:

– Und du nimmst ...

– ... mein Medikament, spreche ich für ihn weiter, Pünktlich und ohne Ausnahmen.

– Danke.

– Ich habe *dir* zu danken, sage ich.

Wir schweigen. Als es unangenehm wird, sagt Marek:

– Ich bin bald da. Morgen früh ist das Treffen mit Gerald, ich hoffe, daß die Kunden nicht irgendwelche Pläne für den Januar haben. Ich denke, das wird den ganzen Tag dauern, vielleicht den nächsten Morgen dazu. Dienstagmittag ist es bestimmt erledigt, und ich bin abends wieder in Oldenburg. Ist das gut?

– Das ist gut.

– Grüß mir Theo, ja?

– Theo wird gegrüßt, sage ich so laut, daß es Theo hören kann.

Er taucht im Türrahmen auf und wartet, daß ich mich verabschiede.

– Es geht ihm gut, sage ich und reiche Theo das Telefon, Er hat im Stau gestanden und ist fix und fertig. Wahrscheinlich wird er schon Dienstagabend zurück sein.

Ich zeige in das Regal.

– Könntest du mir meine Pillen geben? Sie liegen in dem Kosmetiktäschchen.

Theo drückt mir eine Pille aus der Verpackung und fragt, ob ich Wasser brauche.

– Es geht auch so, sage ich und schlucke die Pille. Danach hebe ich meine Arme, bin Minuten später frisch verbunden und lege mich ins Bett. Das Medikament schlägt mit voller Wucht an. Ich spüre, wie mein Körper tiefer in die Matratze einsinkt – schwer und erschöpft und dann plötzlich gewichtslos. Es wäre schön, wenn Marek hier wäre. Ich würde gerne spüren, wie er sich an mich schmiegt und in mein Ohr atmet. Langsam und stetig.

3

Ich erwache von der Stille. Kein Uhrenticken und kein Rauschen der Rohrleitungen ist zu hören. Ich weiß nicht, wie spät es ist, und schaue aus dem Fenster.

Es muß früher Morgen sein. Das fahle Leuchten der Straßenlaternen wirkt wie aus der Kulisse eines Kriegsfilms. Kein Auto fährt, alle Parkplätze sind besetzt, und niemand steht auf der gegenüberliegenden Straßenseite und sieht zu mir hoch. Es hat aufgehört zu schneien.

Kurz spiele ich mit dem Gedanken, Marek anzurufen. Um seine Stimme zu hören, für ein paar Minuten nur. Aber ich weiß, daß das egoistisch wäre. Auch wenn Marek für vieles Verständnis hat, will ich es nicht ausreizen.

Also lege mich wieder ins Bett und ziehe mir die Decke bis zu den Ohren hoch. Liege auf dem Rücken, liege auf der Seite, liege wieder auf dem Rücken und bin überhaupt nicht mehr müde.

Ein Knarren erklingt, dann ein dumpfes Geräusch.

Ich öffne die Augen, das Knarren wiederholt sich. Ich schwinge die Beine aus dem Bett. Die Tür zum Wohnzimmer ist nur angelehnt.

Theo schläft auf dem Sofa. Sein Mund ist offen, sein Kopf wird von den offenen Haaren gerahmt. Es sieht aus, als würde er nicht atmen. Mit ein paar Schritten bin ich bei ihm und lege mein Ohr über seinen Mund. Da ist kein Atmen zu hören. Ich halte die Luft an, warte, warte ... und da höre ich es. Ein sanftes, langes Zischen. Es kommt aus Theos Mund, als hätte es sich durch meterlange Tunnel gekämpft. Dann passiert fast eine Minute lang nichts, bevor Theo mit einem Seufzer einatmet. Ich richte mich auf und sehe auf dem Boden das Buch, das ihm aus der Hand gefallen sein muß. Ich lege es auf den Glastisch neben seine Brille. Es erzeugt einen hohlen Ton, der an einen Gong erinnert. Irgend etwas stimmt nicht. Theos Atmen, der hohle Ton. Ich zögere. Dann habe ich es.

Ich packe Theos Schultern, um ihn zu wecken. Eine Stimme sagt:

– Die im Dunkeln sieht man nicht.

Ich lasse Theos Schultern los und schaue in die Richtung, aus der die Stimme gekommen ist.

Der Mann hat einen der Sessel bis an die Bücherwand geschoben, so daß ich ihn im Schatten nicht erkennen konnte.

– Aber ...

Ich bin wie vor den Kopf geschlagen. Das kann nicht sein, das ist einfach nicht möglich.

– Ist es doch, sagt eine zweite Stimme hinter mir.

Die Frau steht im Türrahmen, Stiefel und Mantel, das blonde Haar erinnert mich für einen Moment an Jenni. Der Moment vergeht, und es ist wieder die Frau aus dem Schwimmbad. Zischend höre ich Theo ausatmen.

– Woher ...? Wieso ...?

– Es war nicht schwer, dir zu folgen, sagt der Mann, Oder dachtest du, es gibt einen Ort, an den du verschwinden kannst, ohne daß wir es mitbekommen?

Die Frau lacht und winkt ab. Die Geste hinterläßt im Dunkeln einen silbernen Streifen. Ich weiß nicht, wen von den beiden ich ansehen soll. Mein Kopf ruckt hin und her.

– Schau mich an, sagt die Frau.

– Darauf fall ich nicht noch einmal rein, sage ich, Das letzte Mal hat er mich gepackt und - - -

– Und was sollte mich dieses Mal davon abhalten? fragt der Mann und steht neben mir. Da ist mit einem Mal seine Anwesenheit, wo vorher nichts gewesen war. Ich kneife die Augen zusammen und erwarte, das Messer zu spüren. Als ich sie wieder öffne, sitzt der Mann wieder im Sessel.

– Ich habe nichts getan, verteidige ich mich, Ich habe meine Pillen genommen, und ich habe . . .

Ich verstumme, weil ich weiß, daß sie genau wissen, was ich getan und was ich nicht getan habe. Sie sind die Wächter, sie kriegen mit, sobald ich versuche, die Tür zu öffnen.

– Wieso taucht ihr auf, obwohl ich die Tür nicht geöffnet habe? frage ich.

– Was ist das für eine Frage? sagt die Frau.

– Ich habe keine Ahnung, sagt der Mann.

– Wir kommen, wann wir wollen, sagt die Frau.

– Oder dachtest du, das wäre anders? sagt der Mann.

– Hattest du eine Theorie? sagt die Frau.

– Ich will sie nicht hören, sagt der Mann.

– Ich auch nicht, sagt die Frau, Denn was du denkst oder dir zusammenspinnst, ist absolut unwichtig.

Sie kommt näher und bewegt sich dabei so schnell, daß ich sie an der Stelle sehe, an der sie eben noch gestanden hat. Ich bin zu langsam, ich kann ihr überhaupt nicht folgen.

– Wieso bist du nicht nach Hause gefahren? fragt sie, Dachtest du, du bist zu Hause nicht sicher? Dachtest du, du bist hier sicherer? Und wer ist er?

Ich folge ihrem Blick.

– Er ist der Freund meiner Freundin. Jenni.

– Er *war* der Freund deiner Freundin, korrigiert mich die Frau und tippt mir mit dem Zeigefinger gegen die Stirn. Ich will zurückweichen, rühre mich aber nicht von der Stelle und sage:

– Ihr hättet das nicht tun sollen.

– *Du* hättest das nicht tun sollen, korrigiert sie mich erneut. Plötzlich schreie ich sie an:

– ICH HABE NICHTS GETAN, VERDAMMT NOCH MAL, ICH HABE NICHTS GETAN!

Die Frau legt den Finger auf ihre Lippen.

– Soll dein neuer Freund wach werden?

Der Mann hockt plötzlich neben Theo. Ich sehe das kalte Blau der Klinge, als er es gegen Theos Wange drückt. Theo zuckt zurück und liegt wieder still.

– Er sollte lieber nicht wach werden, sagt der Mann und sieht zu mir hoch, Wie wäre es, wenn ich ihm sein Gesicht abziehe? Und dann klebe ich es ans Fenster, und sobald er erwacht, wird es das erste sein, was er sieht.

Ich fange an zu weinen, zittere am ganzen Körper. Die Frau winkt den Mann zu sich. Er taucht neben uns auf. Wir bilden ein Dreieck. Ich glaube die beiden zu riechen – eine Mischung aus Ozon und glühendem Metall.

– Was ... was wollt ihr?

Die Frau lächelt. Sie hat kleine, an den Enden abgerundete Zähne.

– Uns in Erinnerung rufen. Dich wissen lassen, daß du uns am Herzen liegst. All das.

– Bis zum nächsten Mal, sagt der Mann und löst sich vor meinen Augen auf. Er wird zu einer Bewegung aus Farben und Formen. Ich spüre ihn hinter mir, seine Hand legt sich über meinen Mund und schiebt mir etwas zwischen die Lippen.

– Werde nicht nachlässig, sagt die Frau.

– Denk an uns, sagt der Mann.

Sie warten, bis ich die Pillen geschluckt habe. Dann hebt die Frau die Hand. Ich spüre einen leichten Schlag gegen die

Schläfe und liege auf dem Dielenboden. Mein Hinterkopf schmerzt, die Beine prickeln, als wären sie eingeschlafen. Ich blinzle verwirrt. Theos Gesicht erscheint über dem Sofarand. Im Dunkeln sehe ich ein Glitzern, seine Augen sind unangenehm weiß. Theo sagt:

– Bist du gefallen?

Ich will schreien, mein Mund schnappt lautlos auf und zu – in Theos Gesicht ist jeder Muskel zu sehen, die Augen sind ohne Lider, seine Zähne erinnern an Perlen, die Haut ist verschwunden.

Ich kneife die Augen fest zu.

Als ich sie wieder öffne, ist es still. Keine Uhr tickt, keine Rohrleitung rauscht, und durch die Fenster fällt blaues Morgenlicht.

– Theo?

Ich springe aus dem Bett und renne ins Wohnzimmer. Theo schläft auf dem Sofa, das Buch liegt neben der Brille auf dem Glastisch, das Zimmer ist leer. Ohne zu zögern schalte ich das Deckenlicht an.

– Was ist . . .

Theo schirmt seine Augen ab. Er greift nach seiner Brille und setzt sie auf. Ich drücke mir die Hand auf den Mund und bin so erleichtert, daß ich beinahe loskichere.

– Was ist los? fragt Theo, Hast du schlecht geschlafen?

Er rutscht zur Seite, ich setze mich neben ihn.

– Beruhige dich, du zitterst ja.

Er legt einen Arm um mich, und so sitzen wir eine Weile. Dann schlägt Theo vor, mir eine heiße Milch zu machen. Ich schüttle den Kopf.

– Bleib bei mir, sage ich und drücke mich an ihn, bis er seine Brille wieder absetzt und es sich auf dem Sofa bequem macht. Und so liegen wir bis in den späten Morgen hinein – ich an Theo geklammert, er mit den Armen um mich.

4

Ich erwache als erste und trenne mich von Theo, ohne ihn zu wecken. Nachdem ich ihn wieder zugedeckt habe, löse ich im Bad den Verband von meinen Händen und wasche mir das Gesicht. Beim Abtrocknen sehe ich, daß mein Kosmetiktäschchen vom Regal gefallen ist. Ich kniee mich hin und räume die paar Sachen ein, die sich auf dem Boden verstreut haben. Lippenstift, Tampons, Haarspangen. Als ich in das Täschchen schaue, finde ich meine Pillen nicht. Ich suche auf dem Boden. Sie bleiben verschwunden.

Ein mulmiges Gefühl macht sich in meinem Magen breit. Ich will nicht panisch reagieren. Ich möchte das Licht ausmachen und in die Küche gehen, um in aller Ruhe Kaffeewasser aufzusetzen. Das ist mein Plan. Statt dessen gehe ich ins Wohnzimmer zurück und bleibe vor dem Sofa stehen. Ich entdecke die Pillenschachtel auf den Dielen neben einem der Tischbeine und hebe sie auf.

Zwei Pillen fehlen.

Ich gehe mit der Schachtel ins Bad und lege sie in mein Kosmetiktäschchen. Danach setze ich Wasser auf und warte, daß Theo wach wird. Es gibt keinen Grund, ihm das zu erzählen. Es reicht, wenn ich in Panik gerate. Es gibt keinen Grund, ihn in Panik zu versetzen. Ich habe das im Griff.

THEO

1

– Es ist für dich.

– Was?

Ich sehe ein Knie, eine kleine Narbe auf dem Oberschenkel, feine, goldene Härchen. Val steht vor mir, Handtuch um den Kopf gebunden, in T-Shirt und Slip. Sie muß eben aus dem Bad gekommen sein. Als ich mich aufsetze, rutscht die Decke von mir und fällt vom Sofa. Val hält mir den Telefonhörer entgegen.

– Es ist für dich, irgendein Berghoff.

Ich greife nach meiner Brille.

– Danke. Hallo?

– Tag, Berghoff mein Name. Spreche ich mit Herrn Kerst? Wir stehen hier mit einer Lieferung für Sie, aber uns macht keiner auf. Da dachten wir, rufen wir mal durch, vielleicht hören Sie ja das Klingeln nicht. Ist ja groß da drinnen. Sollen wir denn schon mal mit dem Entladen anfangen? Wir wissen ja nicht, wohin das alles gehen soll, aber wenn Sie uns mal die Tür aufmachen, dann - - -

– Moment mal, unterbreche ich und stehe auf, Welche Lieferung ist das?

– Douglasie, ganz feine Sache. Haben Sie doch bestellt? Ich habe hier den Lieferschein und da ...

Während er redet, suche ich auf meinem Schreibtisch nach dem Kalender. Der Montag ist eingekreist. DIELENLIEFERUNG. 11 UHR.

– Hallo?

– Bin noch dran.

– Entschuldigen Sie, mir ist da was dazwischengekommen. Ich . . . Ich bin noch in Oldenburg. Wie lange sind Sie noch da draußen? Ich könnte in einer Dreiviertelstunde bei Ihnen sein.

Ich höre Berghoff mit jemandem im Hintergrund sprechen und möchte mich ohrfeigen. Wie konnte ich die Lieferung nur vergessen? Eine bessere Frage ist, was will ich mit den Dielen anfangen? Als ob ich alleine aufs Land ziehen würde.

– Hören Sie, meldet sich Berghoff wieder, Machen Sie sich mal keinen Streß, wir haben hier in der Umgebung noch zwei Termine, dann ist Mittag, und danach kommen wir noch mal vorbei und erledigen das in einem Rutsch. Was sagen Sie dazu? Sind Sie einverstanden? Sagen wir gegen zwei? Ist zwei für Sie in Ordnung?

– Danke. Vielen Dank. Bis um zwei.

Ich stütze mich mit beiden Händen auf den Schreibtisch und atme tief durch. Es gibt Dinge, die für andere unbedeutend sind, mich aber völlig schaffen. Zuspätkommen und Termine vergessen stehen an oberster Stelle. Ich weiß nicht, wo ich das herhabe. Es sitzt tief und ist mir gnadenlos peinlich. Ich kann riechen, wie verschwitzt ich wegen des Anrufs bin, und beschließe, erst einmal zu duschen. Nachher werde ich einen Kasten Bier für die Fahrer besorgen.

– Schenk ihnen doch ein paar Freikarten, schlägt Val vor, als ich ihr nach der Dusche davon erzähle.

– Meinst du, sie gehen ins Kino?

– Wenn nicht sie, dann ihre Frauen oder Kinder. Wann mußt du denn dort sein?

– Um zwei. Ich fahre um kurz nach eins los und bin gegen sechs wieder zurück.

– Nimmst du mich mit?

Ich lache.

– Das meinst du nicht ernst, oder? Da draußen ist nicht viel. Es gibt kein Fernsehen, kein Telefon und keine Nachbarn. Die Toilette funktioniert zwar, aber zum Spülen muß man einen Eimer Wasser nachkippen. Von acht Räumen ist nur das Erdgeschoß fertig. Der Rest hat kahle Böden mit Lattengestellen, auf denen die Dielen fehlen.

– Habt ihr einen Kamin?

Sie sagt *ihr*, und ich verspüre einen Stich. Ja, wir. Jenni bestand darauf, daß ich das Wohnzimmer samt Kamin als erstes fertig habe. Die paar Nächte, die sie mit draußen war, verbrachten wir auf Schaffellen vor dem Feuer. Es fiel uns danach schwer, in unsere kleine Wohnung nach Oldenburg zurückzukehren.

– Wir haben einen Kamin, sage ich, Einen von diesen schwedischen mit Glasscheibe in der Tür. Davorzusitzen ist besser als jedes Fernsehprogramm.

Val grinst mich an.

– Okay, wenn du mitkommst, bleiben wir bis morgen nachmittag. Du hast da draußen deine Ruhe, und ich kann versuchen, ein paar von den Dielen zu verlegen.

– Ich helfe dir, sagt Val, Ich hatte früher im Basteln eine Eins, du wirst dich wundern. Außerdem bin ich sehr gespannt, was ihr euch da aufgebaut habt. Jenni hat so viel von dem Hof erzählt. Dort draußen muß es jetzt phantastisch sein. All der Schnee und die Einsamkeit.

Ich lache, ihr Enthusiasmus ist ansteckend.

– Du ziehst dich am besten warm an, wir haben nur den Kamin. Und versuch, Marek vorher zu erreichen, damit er weiß, wo wir sind.

Val sieht zum Telefon.

– Bevor wir aber irgendwas machen, sagt sie und knöpft ihr Hemd auf, Wird es Zeit, daß du die Mumie befreist.

Im Badezimmer setzt sie sich auf einen Hocker, und ich löse als erstes den Verband um ihren Bauch. Die Schnitte verheilen gut. Val betrachtet sich im Spiegel und will keinen neuen Verband.

– Heb mal die Arme.

Der Schriftzug unter ihren Armen ist angeschwollen und sticht rot von der blassen Haut ab. Als ich ihn berühre, zuckt Val zusammen.

– Du wirst unbewußt daran rumscheuern, laß mich zumindest diese Stellen verbinden.

– Nur die Arme?

– Nur die Arme.

Während ich sie verbinde, kann ich ihr Haar riechen. Es war komisch, Val gestern nacht im Arm zu halten. Fremd und doch vertraut. Und ich muß zugeben, ich fühlte mich besonders, weil ich es war, der ihr die Angst nahm. Da zieht sich mein Magen zusammen. Wann habe ich Jenni jemals die Angst genommen? Es muß etwas Besonderes sein, jemandem seine Ängste zu nehmen. Ein Beweis, eine Bestätigung.

– Stimmt was nicht?

Val sieht mich von unten her an. Ich schüttle den Kopf und konzentriere mich wieder auf den Verband.

Seit der letzten Nacht ist etwas in mir in Bewegung geraten. Waren meine Gedanken um Jenni vorher hastig und unscharf gewesen, sind sie jetzt sehr präzise und so deutlich, daß ich das Gefühl habe, ich bräuchte bloß die Hand auszustrecken und könnte Jenni berühren.

Kleinigkeiten halten mich auf, unzählige Details lassen mich taumeln. Ich könnte vor fast jedem Gegenstand in der Wohnung stehenbleiben und mir seine Geschichte in Erinnerung rufen. Es reicht schon, daß ich in der Küche alltägliche Handgriffe erledige. Aus den Augenwinkeln beobachte ich Umrisse – Jenni, wie sie am Tisch sitzt; Jenni, wie sie im Türrahmen lehnt oder sich anschleicht. Dann kneife ich die Augen zusammen und mache weiter mit dem, was ich gerade getan habe. Ich sehe mich nicht um, ich weiß, daß da nichts ist.

– Danke, daß du Jenni zu mir gebracht hast, sage ich, als wir gerade dabei sind, eine Einkaufsliste zusammenzustellen.

Val sieht mich an, als hätte ich einen Witz gemacht.

– Ich meine das genau so, wie ich es gesagt habe. Hätte ich auf Umwegen von ihrem Tod erfahren, wäre ich bestimmt zusammengebrochen. Sie aber noch einmal sehen zu dürfen und sie zu begraben, das hat mir etwas von Jenni zurückgegeben. Nicht Fremde haben entschieden, wie wir uns voneinander verabschieden sollten. Ich war es, verstehst du das?

– Natürlich versteh ich das, sagt sie und beugt sich vor, um mich auf den Mundwinkel zu küssen. Danach steht sie auf.

– Die Einkaufsliste kann ich auch allein schreiben. Ruf du lieber ihre Eltern an, dann hast du es hinter dir.

Ich bleibe im Wohnzimmer sitzen, Val schließt die Tür hinter sich. Das Telefon liegt am anderen Ende des Sofas. Ich rutsche rüber und nehme es in die Hand. Draußen beginnt es wieder zu schneien. Erst unauffällig, dann immer dichter. Ich glaube, den Wind zu hören. Ich glaube, eine Bewegung hinter mir zu spüren. Jenni, die mit mir darauf wartet, daß ich endlich ihre Eltern anrufe. Ich sitze und lausche und sage irgendwann leise:

– Gut.

Nach der Anspannung und der Angst, die ich vorher hatte, geht mir das Gespräch viel zu schnell. Ehe ich weiß, was passiert, habe ich meinen Part hinter mir und bin dabei, Fragen zu beantworten.

– Hast du es denn bei ihrer Freundin in Kassel versucht?

– Die hat seit Samstag nichts mehr von ihr gehört. Sie rief mich an, weil sie wissen wollte, ob Jenni gut angekommen ist. Ich dachte, sie wäre vielleicht bei euch vorbeigefahren.

Jennis Vater schweigt, und ich kann mir vorstellen, wie er dabei vor sich hinnickt, als würde mit dieser Bewegung jeder Gedanke einzeln verdaut. Er gehört zu der Sorte von Männern, die in Filmen den Snob darstellen. Gestutzter Bart, kantiges Gesicht und braungebrannt. Solche Männer tragen immer ein Hemd von Lacoste oder T-Shirts von Boss, dazu beige Bundfaltenhosen und Segelschuhe. Er mag mich nicht, weil ich keine Ambitionen habe. Er ist das Klischee des Vaters und hat es gehaßt, daß Jenni nie das Klischee der Tochter sein wollte.

– Ich spreche mit Petra und rufe dich gleich zurück, sagt er und legt auf.

Jennis Mutter paßt in eine trockene Komödie und würde ein großartiger Gegenpart zu Jack Nicholson sein. Sie besitzt einen bissigen Humor, ohne den sie wahrscheinlich ihren Mann schon vor dreißig Jahren erwürgt hätte. Ich weiß nicht, was ich von ihr halten soll. Sie hat mir immer wieder gesagt, daß ich *der* Mann für Jenni sei. Auf diese Weise gab sie Jenni ein gutes Gefühl. Oder, wie Jenni einmal feststellte: »Damit zeigt sie mir, daß ich auf dem richtigen Weg bin.« Leider hat mir Jenni auch erzählt, daß ihre Mutter bisher jeden ihrer Freunde als *den* Mann gesehen hat.

Zehn Minuten später ruft mich ihr Vater zurück.

–Theo, wir sollten die Polizei anrufen.

– Soll ich - - -

– Nein, ich mach das schon. Hör du dich bei ihren Freunden um. Es ist mir ein Rätsel. Muß denn das kurz vor Weihnachten passieren?! Ihre Mutter ist sehr enttäuscht. Es paßt überhaupt nicht zu Jenni. Habt ihr euch gestritten?

Ich schüttle den Kopf, schlucke an den Worten, die in meinem Hals feststecken und sage gepreßt:

– Es gab keinen Streit.

– Petra fragt, ob du Jenni geschlagen hast?

– Frank, ich sagte doch, es gab keinen Streit.

– Du lügst mich nicht an?

– Nein, ich lüg dich nicht an, es ging uns gut, es . . .

Ich verstumme, ich heule, ich spüre die Tränen, wie sie auf meinen Schoß fallen.

– Ich habe Angst, sage ich, und ich sage nicht, daß ich Angst um meine liebe, um meine süße Jenni habe, weil ich weiß, daß sie nicht mehr wiederkommen wird, weil sie in eine Decke eingewickelt auf einem Grundstück liegt, das uns beiden gehörte und auf dem wir unsere Kinder großziehen wollten.

– Jetzt reiß dich zusammen, Junge, das klären wir schon. Vielleicht hat sie ja jemanden getroffen. Oder es gab einen Unfall, und sie liegt im Krankenhaus. So etwas sieht man jeden Tag im Fernsehen. Hör du dich bei ihren Freunden um. Ich rede mit der Polizei.

Nachdem ich aufgelegt habe, nehme ich mir Jennis Adreßbuch vor und rufe jeden an. Wirklich jeden. Es sind an die dreißig Leute, und natürlich weiß keiner, wo Jenni steckt. Die Worte kommen lauwarm aus meinem Mund. Es ist eine Farce, es ist meine Farce, und ich bin alles andere als stolz auf sie. Val stört kein einziges Mal. Ich höre sie in der Küche und wünsche mir, daß sie hereinkommt und mich festhält.

Als ich fertig bin, ist das Telefon naßgeschwitzt und klebrig. Val sitzt am Küchentisch und liest Zeitung.

– Alles in Ordnung? fragt sie.

Ich will sagen, daß es vorbei ist, daß ich alle angerufen habe und sogar der letzte Idiot Bescheid weiß, daß ich Jenni nicht finden kann. Es ist *offiziell*, möchte ich rufen, *die Suche ist eröffnet!* Alles, was ich herausbringe, ist:

– Jenni ist jetzt wirklich tot.

Val will aufstehen, um mich zu umarmen, aber ich gehe an ihr vorbei und nehme mir ein Glas Wasser und setze mich mit an den Tisch.

– Ich brauche kein Mitleid mehr, sage ich.

Val schiebt die Zeitung von sich. Wir sehen uns an. Ich müßte erleichtert sein, die Farce lebt, ich habe sie in Gang gesetzt und bin nicht mehr verantwortlich für sie. Ich spüre keine Erleichterung, da ist nur ein hohles Gefühl, denn es gibt ab diesem Moment niemanden mehr, vor dem ich so tun könnte, als würde Jenni jeden Moment durch die Tür kommen.

Während Val versucht, Marek zu erreichen, packe ich ein paar Sachen ein und schaue nach der Post. Vier Briefe sind für Jenni. Ich drehe sie in den Händen, unschlüssig, was ich mit ihnen anfangen soll. Ich lasse sie auf dem Schreibtisch liegen und stecke eine Rolle Kinokarten für die Fahrer ein. Das Gespräch mit Jennis Vater hat mich so sehr ins Schwitzen gebracht, daß ich ein zweites Mal duschen muß. Als ich das Bad verlasse, sitzt Val noch immer im Wohnzimmer, telefoniert aber nicht mehr.

– Können wir? frage ich.

Sie reagiert nicht, ihre Augen sind geweitet.

– Ist irgendwas passiert?

Sie blickt auf, schüttelt den Kopf.

– Ich ...

Sie räuspert sich.

– ... ich habe ihn nicht erreicht, aber ich wollte ihn unbedingt sprechen, bevor wir rausfahren, also habe ich ...

Sie sieht zum Telefon, sieht mich wieder an.

– ... im Büro angerufen. Er wollte ja bei Gerald sein. Wegen der Konferenz, er wollte vermeiden, daß die Kunden noch im Januar mit ...

Val verstummt.

– Unwichtig, sagt sie nach einer Pause, Auf jeden Fall habe ich Gerald erreicht. Seine erste Frage war, wann Marek endlich zurückkommen würde.

Val zieht die Beine auf das Sofa und legt die Arme um ihre Knie.

– Gerald sagt, er hat seit letztem Mittwoch nichts mehr von Marek gehört.

– O Scheiße, rutscht es mir heraus.

Ich setze mich auf den Rand des Glastisches.

– Wieso sollte er ...

Ich weiß nicht, was ich fragen will.

– Er hat gelogen, sagt Val, Er hat uns angelogen.

– Aber warum?

Val hält sich beide Hände vor den Mund, Tränen treten ihr

in die Augen. Als sie die Hände wieder herunternimmt, sagt sie beinahe flüsternd:

– Ich habe es geahnt, Theo, ich wußte, daß da was nicht stimmt. Ich habe es geahnt.

2

Sechs Stunden sind vergangen, und ich bin sehr verwirrt. Wir sind auf dem Bauernhof, das Holz ist entladen und im oberen Stockwerk. Die Dämmerung hat sich über die verschneite Landschaft gelegt, als würde all das Weiß sie stören. Die Scheite im Kamin sind zu einer Schicht Glut heruntergebrannt, und eben war ich im Schuppen und habe Holz gehackt. Keine Ahnung, was ich mein ganzes Leben lang in der Stadt getrieben habe, wenn das hier mein Zuhause ist.

Ich stelle den Weidenkorb mit Holz neben den Kamin. Val schläft noch immer auf einem der Sessel, eingemummt in eine Decke. Ich glaube, genauso werde ich sie in Erinnerung behalten – eingemummt und mit geschlossenen Augen.

Ich lege Holz nach. Die Schatten erwachen und bewegen sich über die Wände. Das Knacken und Prasseln füllt den Raum.

Ich gehe mir die Hände waschen und weiß noch immer nicht, was ich denken soll. Val hat auf der Fahrt hierher viel geredet und dabei nervös in den Rückspiegel gesehen. Ich wollte es ihr nicht sagen, weil ich nicht weiß, wie sie damit umgeht, aber ich hätte es gut gefunden, wenn sie ihr Medikament zur Beruhigung genommen hätte.

Für Val steht fest, daß Marek zu den Schnellen gehört.

Ich habe nicht gelacht, als sie das sagte. Vielleicht hätte ich lachen sollen. Marek ist für mich ein Schaf. Er kann sich nicht verstellen, da bin ich mir sicher. Aber da ich nicht gelacht und keinen Witz gemacht habe, mußte ich mir Vals Begründungen anhören.

– Er ist aus dem Nichts in mein Leben reingeplatzt, ja? Er fing mich nach einer Party ab, doch niemand, den ich kenne, hatte je was von ihm gehört. Ich meine, ich *war* auf der Party, und er ist mir nicht aufgefallen. Dann ist es so, daß ich all die Leute, von denen Marek spricht, nie kennengelernt habe. Nicht einmal Gerald, ist das nicht merkwürdig? Nach über einem Jahr? Warte, das ist nicht alles. Marek ist der einzige, der einen Schlüssel zu meiner Wohnung hat. Die Tür war nicht aufgebrochen, als ich nach Hause kam und Jenni im Bad fand. Das Schloß hatte keine Kratzer. Jemand hat die Schnellen hereingelassen oder sie haben sich selbst reingelassen – mit einem Schlüssel. Und was denkst du, warum er mit mir nach Berlin gefahren ist? Glaubst du wirklich, daß er mit meiner Mutter reden wollte? Glaubst du, daß es Zufall war, daß der Computer und alle Beweise verschwunden waren, als wir wieder zurückkamen? Theo, glaubst du das wirklich?

– Ich weiß es nicht, habe ich geantwortet, und Val hat geflucht und in den Rückspiegel gesehen.

Ihr wichtigster Beweis war Bettina, die auf Marek gezeigt und ihn als einen der Schnellen identifiziert hat. Genauso sagte es Val:

– Bettina hat ihn identifiziert.

Ich habe diesen Moment nicht vergessen und weiß noch genau, daß wir alle drei darüber lachen mußten. Alle drei.

Und dann die Szene im Besuchercafé. Ich hatte sie völlig vergessen.

– Guck dir das mal genauer an, sagte Val und drückt ihre Zigarette aus, Plötzlich verschwindet Marek aus dem Café und meint später, ihm wäre schlecht gewesen. Dabei haben wir ihn durch den Park laufen sehen, und das sah nicht danach aus, als ob er kotzen mußte. Das sah aus, als würde er jemandem nachrennen. Was hat er da getan? Woher kannte er sich auf dem Gelände aus?

– He, warte, unterbrach ich sie, Das sind alles Theorien, Val. Sobald Marek morgen abend auftaucht, reden wir mit ihm.

Val hat den Kopf geschüttelt und gesagt, daß sie Angst, schreckliche Angst hätte, ihn wiederzusehen. Ob ich das nicht verstehen könne.

Ich verstand schon, aber alles war möglich – vielleicht hatte Marek eine andere Frau getroffen, vielleicht war es ein einfaches Mißverständnis. Es konnte ein Dutzend Gründe geben, wegen der er uns angelogen hatte.

– Was für Gründe denn? wollte Val wissen, Nun sag schon.

– Es könnte eine andere Frau sein, was weiß ich.

Val hatte gelacht.

– Marek ist zu treu, um sich auf eine andere Frau einzulassen.

– Gut, wenn du meinst, beendete ich das Thema, Warten wir, bis er wieder da ist.

Während Val schläft, fahre ich ins nächste Kaff und versuche, Marek über sein Handy zu erreichen. Beim dritten Versuch spreche ich ihm auf die Mailbox, daß er eine gute Erklärung parat halten sollte, wenn er morgen abend kommt.

– Val hat mit Gerald geredet . . .

Während ich spreche, halte ich mich unbewußt zurück und erwähne mit keinem Wort, daß wir auf dem Land sind. Etwas von Vals Panik muß auf mich abgefärbt haben. Danach rufe ich im Kino durch und spreche kurz mit Rita. Ich lasse sie wissen, daß ich bis Dienstagnachmittag hier draußen sein werde, um die Böden zu machen.

– Sollte sich Jenni melden, dann sag ihr das, bitte.

– Kein Problem.

Rita macht eine Pause und stellt die übliche Frage:

– Habt ihr euch gestritten?

– Nein, alles war gut, antworte ich und lege auf. Ich wische mir die schweißfeuchten Hände an der Jeans trocken und beschließe, Jenni alles an ihrem Grab zu erzählen. Ich will, daß ihr jedes Detail bekannt ist; ganz besonders will ich, daß sie versteht, warum ich tue, was ich tue. Insgeheim hoffe ich auf ein Zeichen von ihr, daß jeder meiner Schritte bisher richtig war. Mir fehlt solch ein Zeichen.

3

Es ist kurz nach neun. Draußen scheint sich ein Sturm zusammenzubrauen. In den oberen Stockwerken höre ich den Wind durch das Mauerwerk pfeifen. Ich kann nur hoffen, daß das Dach keine Macken hat. Mitte Januar wollte jemand kommen und es sich ansehen. Um die Abdichtung der Fenster will ich mich kümmern, sobald die Böden fertig sind.

Ich habe mir etwas zu essen gemacht und den Schlafsack vor dem Kamin ausgebreitet. Val ist einmal kurz aufgestanden, um auf die Toilette zu gehen, und schläft wieder auf dem Sessel. Ich würde gerne wissen, was in ihr vorgeht und wie gut sie ihre Ängste kaschiert. Ihre Vorgeschichte mit der Psychose, die Bedrohung durch die Schnellen, dann Jennis Tod, die Fahrt zu mir, Zwischenstop in Hamburg und dann der Angriff im Schwimmbad. Wie packt sie das? Schon bei der Szene im Schwimmbad wäre ich völlig durchgedreht. Als ich ihr das sagte, winkte sie ab und meinte, es wären die Medikamente, die sie ruhig hielten, und natürlich Marek, der sie immer wieder auf den Boden zurückbrachte. Jetzt ist Marek nicht da, und jemand muß seine Stelle einnehmen. Falsch, jemand will.

– He?

Ich berühre ihren Fuß. Val blinzelt, sieht mich an.

– Willst du auf dem Sessel bleiben? Das Sofa ist frei. Du kannst dich aber auch zu mir legen, hier unten ist es wärmer.

Val befreit sich aus der Decke und kommt zu mir auf den Boden. Ich weiß, ich sollte das nicht tun, denn ich habe es mit Jenni getan. Auf den Schafsfellen vor dem Feuer. Die erste Nacht. Aber ich glaube, es ist richtig. Ich hoffe, es ist richtig. Und als sich Val an mich schmiegt und weiterschläft, bin ich mir sicher, daß ich keinen Fehler gemacht habe. Auch wenn meine Erektion gegen Vals Bauch drückt und mein Mund trocken ist, versuche ich, eine bequeme Lage zu finden und schließe die Augen.

Jenni küßt mich. Ich spüre ihren Körper, wie er sich an mich drückt, ich soll sie halten, ich soll sie spüren. Ihr Atem füllt meinen Mund, ihre Hände sind überall. Das Gefühl von Haut auf Haut - - -

Ich öffne die Augen und sehe graue Holzasche. Der Kamin hat seine Romantik verloren. Er ist verrußt und staubig. Ich spüre die Kälte auf dem Gesicht und den nackten Schultern. Die Außentemperatur muß stark gefallen sein, das Haus kühlt sonst nicht so schnell aus. Val liegt nicht mehr neben mir. Ich drehe mich um. Sie schläft eingemummt in ihre Decke auf dem Sofa.

Ich stehe auf und reibe mir über die Arme. Pullover und Hose liegen auf dem Stuhl. Nachdem ich mich angezogen habe, spüre ich die Kälte richtig und beginne zu zittern. Erst jetzt fällt mir die Stille auf. Ein milchiges Licht fällt durch die Fenster. Ich versuche rauszusehen, das Fenster ist eingeschneit.

In Stiefeln, mit hochgestelltem Mantelkragen und Schal um den Hals gehe ich zur Tür, ziehe sie auf und lache los. Es gibt kein Draußen mehr. Vor mir steht fest und unnachgiebig eine Schneewand. Ich drücke hier und da probeweise dagegen und versuche, ein Loch hineinzuhauen. Der Schnee gibt nach, als wäre er aus Knete.

Auch der Ausgang zur Terrasse ist versperrt, dicht drückt der Schnee gegen das Glas und läßt nur wenig Licht herein. Nur auf der Seite, die zum Tümpel hinausgeht, sind die Fenster nicht zugeweht. Ich nehme den Weidenkorb, öffne eines der Fenster und steige raus.

Draußen habe ich das Gefühl, ich könnte überall sein – Kanada, Sibirien, Alaska. Keine Straße und keine Häuser sind von hier aus zu erkennen. Nur weites, weißes Land.

Ich gehe um das Haus, um mir die Vorderseite anzusehen. Der Wind muß aus dieser Richtung gekommen sein. Die Schneewehe reicht bis zum ersten Stock. Von der Haustür und den Fenstern im Erdgeschoß ist nichts zu sehen. Es sieht aus, als hätte jemand das Haus an eine Schneewehe gebaut. Ich hätte nie gedacht, daß so etwas möglich ist. Wenn ich wollte, könnte ich im ersten Stock mit einem Schlitten aus dem Fenster steigen und die Schneewehe herunterrodeln.

Ich mache mich auf den Weg zum Schuppen, der ebenfalls von einer Seite nicht zu sehen ist, und hacke Holz. Später will ich einen Tunnel bis zur Haustür freischaufeln, bis dahin muß es reichen, das Holz durch das Fenster ins Haus zu bekommen. Bei meiner Rückkehr mache ich eine Menge Lärm, und dann rutscht mir der Weidenkorb aus den Händen, und die Hälfte des Holzes fällt polternd auf den Boden.

Val wird wach und streckt sich auf dem Sessel.

–Wieso nimmst du nicht die Tür? fragt sie.

–Weil sie eingeschneit ist, antworte ich und setze das Holz neben dem Kamin ab, Es wird eine Weile dauern, bis wir sie freischaufeln können.

– Die Tür?

– Nein, die gesamte Hausfront.

Val will sich das ansehen und zieht sich an, während ich ein Feuer mache und Kaffee aufsetze. Als Val durchs Fenster wieder hereinkommt, sind ihre Wangen rot, und sie hat ein Leuchten in den Augen.

– Das ist ja der absolute Wahnsinn!

Sie setzt sich zu mir an den Tisch und nimmt den Becher zwischen ihre Hände.

– Hast du gut geschlafen? fragt sie mich.

–Tief und fest. Und du?

– Ich habe mich auf das Sofa gelegt, weil mir der Boden zu hart war. Aber das war auch nicht das richtige.

Sie reibt sich den Nacken und lacht; ich bin rot geworden, ohne daß ich einen Grund dafür sehe.

VAL

1

Erst ist es witzig. Wir irren durch die Gegend und lachen. Als wir aber das Auto nach zwanzig Minuten noch immer nicht finden können, verliert es an Komik. Eigentlich wollten wir nur spazierengehen, dann fiel Theo ein, daß er eine Tüte mit Nägeln auf dem Rücksitz vergessen hatte. Seitdem suchen wir das Auto.

– Vielleicht hat es jemand geklaut, sage ich.

Theo schüttelt den Kopf.

– Niemand würde diesen Berg hochlaufen, um mein altes Auto zu klauen. Das würde sich nicht lohnen.

Nach einer weiteren Viertelstunde stoßen wir durch Zufall darauf. Theo klettert eine Anhöhe hinauf und rutscht aus. Es gibt einen hohlen Ton, als er sich auf den Hintern setzt.

– Ich hoffe, ich habe keine Beule reingemacht, sagt er und steigt vom Autodach.

Der Wagen muß den Berg hinuntergeschliddert sein, bevor er nach dreißig Metern von einem Baum gestoppt wurde. Den Rest übernahm der Wind, der das Auto völlig zugeweht und zu einem Teil der Landschaft gemacht hat.

– Wie weit ist es bis zum nächsten Ort? frage ich.

– Zu Fuß etwas über eine Stunde. Aber ich bin mir sicher, daß heute noch ein Schneeschieber kommt. Er wird uns rausziehen können.

Theo beginnt, den Schnee vom Autodach zu fegen. Ich helfe ihm, die Fenster und Türen freizumachen. Das Rot des Lacks wirkt falsch in der weißen Landschaft.

– Das Dach hat keine Beule, stellt Theo zufrieden fest und klopft sich Schnee vom Mantel. Dann sieht er mich überrascht an und sagt:

– Weißt du, warum wir das Haus verlassen haben?

Ich zeige in die Landschaft, und wir setzen unseren Spaziergang fort.

Ich kann verstehen, daß die beiden hierherziehen wollten. Es ist eine Chance, aus der normalen Welt zu verschwinden. Ein Haus auf einer Anhöhe und daneben ein kleiner Teich, der an einen ovalen Spiegel erinnert. Sogar die Bäume sind so idyllisch, als wären sie aus einem tschechischen Märchenfilm.

– Wie sieht das hier im Sommer aus? frage ich.

Wir reden und stapfen über Felder, steigen ein paarmal über Stacheldraht und drehen eine große Runde. Auf dem Rückweg sehen wir Rauch aus dem Schornstein aufsteigen. Er ist fast durchsichtig und steht senkrecht in der Luft.

Ich bleibe stehen und halte Theo am Arm fest.

– Ich wollte mich wegen gestern entschuldigen, sage ich.

– Was gibt es da zu entschuldigen?

– Alles, was ich gestern gesagt habe, klang hysterisch und wirr. Ich weiß, daß es eine Überreaktion war. Ich glaube zwar noch immer, daß Marek irgendwas mit den Schnellen zu tun hat, aber ich bin jetzt bereit, mit ihm zu reden. Ich will nicht davonrennen.

Theo nickt. Ich wünsche mir, er würde etwas dazu sagen. Etwas wie *Mensch, bin ich froh, daß du deine Meinung geändert hast.*

– Prima, sagt er, Ich habe übrigens gestern noch einmal versucht, Marek zu erreichen. Ich bin in den Ort gefahren, um ihn anzurufen. Nur die Mailbox ging dran. Er weiß jetzt, daß du mit Gerald gesprochen hast.

Na, vielen Dank, denke ich und sage:

– Mir wäre es lieber gewesen, er kommt wieder und denkt, wir wissen nichts.

– Wieso?

– Um seine Reaktion abzuwarten. So kann er sich jetzt Ausreden zurechtlegen.

– Val, das ist kein Spiel.

– Ich weiß, dennoch hätte ich gerne gesehen, wie er stammelt.

– Und was, wenn er nicht zurückkommt?

Ich schüttle den Kopf.

– Theo, kapierst du das noch immer nicht? Es geht hier um mich. Die Schnellen haben ein Problem mit mir. Und wenn Marek wirklich mit ihnen zu tun hat, was ich sehr annehme, dann wird er nicht einfach so verschwinden. Er kennt meinen Plan. Und wenn er ihn kennt, dann kennen ihn die Schnellen auch. Garantiert wollen sie nicht, daß einer von ihnen in unsere Falle läuft. Nein, ich bin mir sicher, Marek wird zurückkommen und ein perfektes Alibi haben.

– Gut, aber was ist, wenn er nicht zurückkommt? fragt Theo noch einmal nach.

Ganz kurz glaube ich, er will mich reizen. Dann begreife ich, daß Theo es ernst meint. Für ihn besteht die Möglichkeit, daß Marek spurlos verschwindet. Ich habe nicht einen Moment daran gedacht.

– Keine Ahnung, was dann ist, sage ich und merke, daß ich lüge. Ich weiß schon, was dann wäre. Sollte Marek spurlos verschwinden, würde mir das mehr Angst machen, als ihn zur Rede zu stellen. Sein Verschwinden könnte alles bedeuten. Es könnte auch heißen, daß ich mich täusche und die Schnellen ihn getötet haben.

Das Haus ist gemütlich aufgeheizt. Theo legt Holz nach, wir wärmen uns auf, dann geht es wieder in die Kälte. Theo holt zwei Spaten aus dem Schuppen und wir stellen uns der Schneewehe, die die Haustür versperrt.

Zwanzig Minuten später haben wir das Gefühl, den Mount Everest verlegt zu haben. Was in Wirklichkeit verlegt wurde, ist ein kleiner Haufen Schnee.

– Da gehen wir doch lieber weiter durch das Fenster rein und raus, sagt Theo und öffnet seinen Mantel. Dampf steigt von seinem Pullover auf, das Haar klebt schweißnaß auf seiner Stirn.

– Ich bin auch für das Fenster, sage ich und lasse mich rückwärts auf die Schneewehe fallen, Und ein paar Cocktails wären auch nicht schlecht.

Theo holt uns Apfelsaft, wir stoßen an und liegen auf der Schneewehe, bis wir uns erholt haben. Danach geht Theo ins Haus, um zu duschen. Ich bringe die Spaten in den Schuppen und umrunde einmal das Haus. Egal, in welche Richtung ich sehe, ich finde keine Spur von der Straße. Es ist kein Schneeschieber unterwegs.

– Glaubst du, die Straßenwacht weiß überhaupt, wie es hier draußen aussieht? frage ich Theo, nachdem ich meine verschwitzten Sachen aufgehängt habe.

– Wir sind nicht die einzigen, die eingeschneit sind, antwortet er, Bestimmt hat einer der Nachbarn beim Amt angerufen. Mach dir keine Sorgen, wir kommen hier weg. Auf dem Land dauert einfach alles länger.

Um es genau zu sagen, dauert es neunundachtzig Seiten eines Romans von Rafael Yglesias. Ich habe mich mit dem Buch und einem Becher Tee vor den Kamin gesetzt, nachdem Theo mich aus dem ersten Stockwerk vertrieben hat. Das Einsetzen der Isolierung war keine Arbeit für mich. Ich hielt Theos Rhythmus auf, und als er sagte, es wäre wohl besser, wenn ich ein wenig lesen würde, verzog ich mich nach unten.

Gegen drei höre ich das Dröhnen des Schneeschiebers. Ich rufe Theo, und wir gehen zusammen raus. Der Fahrer ist ein dürrer Kerl, der Alfons heißt und nichts dabei hat, mit dem er uns aus dem Schnee ziehen könnte. Theo sucht eine Weile im Schuppen, findet aber kein Seil.

– Ich könnte euch mit in die Stadt nehmen, schlägt Alfons vor, Wird aber eine Weile dauern, die Karre fährt nicht schnell, da dauert es eben länger, mit all dem Schnee und so.

Theo bedankt sich, das sei nicht nötig. Alfons verspricht, gleich morgen früh mit einem Abschleppseil vorbeizukommen.

– Falls das Wetter nicht verrückt spielt, sagt er und sieht in die Wolken, Wird schneien, aber so richtig mal wieder.

Ich sehe auch in den Himmel, wo nur ein paar erstarrte Wolken zu sehen sind.

– Kein Wind, sage ich.

– Braucht's nicht, sagt Alfons und steigt auf seinen Schneeschieber. Er fährt die Anhöhe hinunter und hinterläßt eine Spur aus Streusand. Als er die Straße erreicht hat, schlägt sich Theo gegen die Stirn.

– Wir hätten ihn fragen können, ob er uns den Hauseingang freikehrt.

– Morgen, sage ich.

– Wenn es noch mehr schneit, sagt Theo, Dann ist das Haus bis morgen verschwunden.

Wir lachen, und ich stelle mir vor, wie das wäre, hier draußen mit Theo zu leben, an seiner Seite zu erwachen, durch die Landschaft zu laufen, sich über belanglose Dinge zu unterhalten, kochen, essen, schlafen, eine Familie gründen - - -

Habe ich das eben wirklich gedacht?

Ich sehe Theo an, wie er zum Haus stapft. Jenni würde mich verstehen. Jenni wüßte, daß es nichts mit ihrer Beziehung zu Theo zu tun hat.

– Theo, warte!

Er dreht sich um, duckt sich aber viel zu spät, ich treffe ihn mit einer Handvoll Schnee ins Gesicht. Für eine Sekunde steht Theo überrascht da, dann jagt er mir hinterher, und wir seifen uns gegenseitig ein und gackern dabei wie kleine Kinder, die - - -

– Was ist? fragt Theo und schaut über die Schulter.

– Warte auf mich! rufe ich und laufe ihm hinterher. Dabei muß ich über meine Phantasie grinsen. Wo habe ich das her? Val spielt idyllisches Leben. Als nächstes werde ich Schneemänner bauen und vor Freude in die Hände klatschen.

– Was grinst du so? fragt Theo.

– Nichts, einfach nur so, sage ich.

Ich kann nicht sagen, daß ich irgend etwas bereue. Diese Fahrt hierher war das Beste, was mir passieren konnte. Ich weiß nicht, was mich morgen erwartet oder was mit Marek werden wird. Ich weiß nur, daß ich nichts falsch gemacht habe. Und das ist schon etwas, wenn man das so sagen kann. Dieser Ort und diese Zeit sind richtig. All das wird mir am Abend bewußt, an dem mir Theo zeigt, wo er Jenni beerdigt hat.

Wir stehen am Ufer des vereisten Tümpels und gehen über das Eis. Zwanzig Meter in die eine Richtung, zwanzig in die andere.

– Irgendwo hier, sagt Theo und bleibt am Ufer stehen, Haben wir am Feuer gesessen und beschlossen, daß wir auf den Hof ziehen wollen. Sie wird für immer hier bleiben.

Ich schaue nach unten.

– Ich finde das romantisch, sage ich und zeichne ein Herz in den Schnee.

– Laß uns zurückgehen, sagt Theo und legt den Arm um mich.

Wir verlassen den Tümpel. Es ist ein gutes Gefühl, Theos Arm um mich herum zu spüren. Ich weiß, er wird nicht loslassen, egal was passiert, er paßt auf mich auf.

– Nein, warte.

Er zuckt zurück, ich bin so nervös, daß meine Beine zittern.

– Was ist? frage ich,

– Das ...

Theo berührt seinen Mund.

– ... geht mir zu schnell, das ist ...

– ... nicht richtig? spreche ich für ihn weiter.

– So in etwa.

– Okay, es tut mir leid, ich wollte nicht ...

Theo berührt mein Gesicht.

– Wir wissen nicht, was mit Marek ist, sagt er, ich will da keinen Mist bauen, indem ich ... Du weißt schon. Ich bin nicht der Typ für so was, es wäre falsch.

– Ich sagte, es tut mir leid, wiederhole ich und trete einen Schritt zurück. Ich will nicht mehr von ihm berührt werden. Ich spüre, wie wütend ich bin. Meine Oberlippe schmerzt.

– Laß uns noch mal von vorne anfangen, schlage ich vor, Ich helfe dir aus dem Pullover und küß dich dabei nicht, okay?

Theo hebt die Arme, ich ziehe den Pullover hoch, und als ich ihn über seinem Kopf habe, gebe ich Theo einen Kuß auf die Wange.

– Und jetzt will ich lesen, sage ich und lasse ihn mit den Armen in der Luft stehen.

2

Wir haben uns die Betten vor dem Kamin gemacht. Isomatten und Schlafsack, jeder ein Kissen und dazu das Feuer. Theo verlegt bis kurz vor Mitternacht im ersten Stock Dielen, während ich lese und zwischendurch immer wieder wegnicke. Als er schließlich herunterkommt, habe ich ihm ein Sandwich gemacht. Er will vorher noch schnell unter die Dusche. Ich sitze auf dem Sofa und warte. Das Wasserrauschen verstummt, es gibt einen kurzen Moment der Ruhe, dann ruft Theo:

– Val, könntest du mir ein Handtuch bringen?

– Wo finde ich eins? rufe ich zurück, ohne mich vom Sofa zu bewegen. Ich habe ihm schon ein Handtuch rausgesucht.

– Irgendwo im Erdgeschoß. In einem der Kartons.

Ich laufe einmal um das Sofa herum und nehme dann Kurs aufs Bad.

– Hier.

Theo steht nackt und frierend vor mir. Ich kann die Gänsehaut auf seinen Armen und Beinen sehen. Sein Penis ist geschrumpft und verschwindet beinahe in sich selbst. Im Bad gibt es keinen Heizstrahler, der Spiegel ist beschlagen, die Wandfliesen naß.

– Es tut mir leid wegen vorhin, sage ich und bleibe im Türrahmen stehen, lache nervös, verschränke die Arme vor der Brust, Ich weiß, ich hätte das nicht tun sollen, aber es fühlte sich in dem Moment einfach richtig an.

Theo sieht mich kurz an, bevor er sich abwendet. Ich glaube, es ist ihm peinlich. Er dreht mir den Rücken zu, während er sich abtrocknet.

– Könntest du die Tür zumachen? fragt er, Es zieht.

Ich trete zurück und schließe die Tür. *Was stimmt nicht?* Ich spiele mit dem Gedanken, die obere Hälfte des Sandwichs aufzuklappen und draufzuspucken. *Wie kann man nur so nachtragend sein?* Zufällig sehe ich mich in der Spiegelung des Fensters und muß über mein Gesicht lachen, das zurückblickt, als wollte es in den Krieg ziehen. Ich blecke die Zähne und hebe die Hände, als wären sie Klauen. Es fehlt nur noch, daß ich fauche. Als Theo das Bad verläßt und sich im Wohnzimmer anzieht, bin ich in der Küche. Ich habe uns Kräutertee gemacht. Theo tut so, als ob nichts gewesen wäre. Wir reden über alles mögliche, nur nicht über heute. Theo erzählt von Filmen, ich von Büchern und meinem Studium. Wir sind so weit voneinander entfernt, daß einer von uns in Oldenburg sitzen könnte.

– Müde, sagt Theo irgendwann nach dem achten Gähnen und wir beschließen, schlafen zu gehen.

– Willst du direkt am Kamin liegen?

– Mir egal, sage ich und bekomme den Platz am Kamin.

Beim Zähneputzen lasse ich mir Zeit und weiche meinem Blick im Spiegel aus. Theo liegt schon in seinem Schlafsack. Er hat den Kopf mit der Hand abgestützt und erinnert mich an Werbung für ein Bettenhaus. Das Feuer ist in seinem Rücken, ich kann sehen, daß er lächelt. Ich lächle zurück und ziehe mir den Pullover über den Kopf. Ich habe nichts darunter an. Theo hört auf zu lächeln. Ich knöpfe mir meine Jeans auf und steige heraus. Nackt gehe ich auf Theo zu, klettere über ihn und lege mich in meinen Schlafsack.

– Nacht, sage ich und wende ihm den Rücken zu.

– Nacht, sagt er, und ich spüre seinen Hintern an meinem und rutsche weg.

Das Holz im Kamin knackt, wir liegen still, wir liegen ganz still. Eine Windböe drückt gegen das Haus. Ich horche auf Theos Atmen und versuche, seinen Rhythmus zu kopieren. Es klappt nicht. Also starre ich in das Feuer und beobachte, wie es niederbrennt. Das Knacken wird weniger und weniger, Theos Atmen verändert sich nicht. Ich gähne. Ich bin zu müde, um Holz nachzulegen. Außerdem gefällt mir die Glut, wie sie gerade ist. Ich glaube, Bewegungen in ihr zu sehen, als würden dunkle Würmer durch das Rot kriechen.

Ich schließe meine Augen und dämmere langsam weg. Ich verliere den Kontakt zum Boden. Es fühlt sich an, als würde ich über ihm schweben. Ich bin schwerelos und höre den Schnee am Fenster. Der Wind ist wieder da. Das Haus ächzt und knarrt. *Was werden wir tun, wenn wir morgen früh von allen Seiten eingeschneit sind? Wird Theo dann zulassen, daß ich hier bin, und er hier ist, und daß das zwei Personen in einem Haus macht?*

Ich muß lächeln, der Gedanke erregt mich. Eingesperrt und verloren. Ich spüre, wie empfindlich meine Brustwarzen sind, der Stoff des Schlafsacks reibt angenehm darüber.

–Theo? sage ich leise.

Sein Atmen klingt tief und ruhig. Ich drehe mich um und sehe seinen Hinterkopf.

– Schläfst du?

Ich lege eine Hand auf seine Hüfte. Warte. Als nach einer Minute nichts passiert, drehe ich mich wieder um. Ich bin hellwach, das Medikament will nicht wirken. Die Würmer sind aus der Glut verschwunden. Ich setze mich auf und öffne die Glastür, um Holz nachzulegen. Das Feuer schnappt sofort danach. Nach wenigen Sekunden ist die Hitze überall. Ich schiebe den Schlafsack von den Schultern, so daß ich nackt bis zum Bauchnabel bin. Das ist besser. Meine Augen fühlen sich ausgetrocknet an. Ich schließe sie und lecke mir Schweißtropfen von der Oberlippe. Alles an mir glüht. Ich weiß, daß ich das nicht lange aushalten kann. Jeden Moment werde ich vom Kamin wegrutschen und mich wieder hinle - - -

Es knallt. Es ist ein richtig heftiger Knall, als hätte jemand einen Ast zerbrochen oder eine Tür mit Schwung zugeworfen. Erschrocken öffne ich die Augen.

Das Feuer ist unverändert, die Flammen drücken sich gegen das Türglas, ein sanftes Trommeln ist zu hören, dann ein zweites Knallen. Es knistert, dann höre ich ein tiefes *Wooosch* und grinse, daß mir die Mundwinkel weh tun.

Ich höre die Flammen, mehr ist nicht.

Harz läuft knisternd an einem der Holzscheite herunter.

Ich höre das Harz, wie es verdampft, sage ich mir und erinnere mich, das Trommeln schon einmal gehört zu haben. *Wann war das? Wo war das?* Und dann habe ich es. Vor Jahren. Mit Asta in Jennis Wohnung. Asta hielt mich fest. Es war das Schlagen seines Herzens gewesen. Ein sanftes Trommeln.

Ich schaue über die Schulter zu Theo.

Es ist soweit.

Auch die Windgeräusche haben sich verändert. Sie sind zu einem klagenden Ton geworden, der das Haus umschleicht und dabei an der Fassade kratzt. Jede Windböe schlägt einen anderen Ton an. Der Schnee am Fenster klingt wie das Abbrennen einer Wunderkerze.

Es ist soweit.

Ja.

– Hallo? sage ich und sehe mich um.

Niemand antwortet. Ich weiß, ich sollte Angst haben. Die Wunden meines Körpers reagieren auf den Moment und beginnen zu jucken. Ich habe keine Angst. Es ist ein schönes Gefühl, wieder da zu sein.

Ich befreie mich aus dem Schlafsack und stehe auf. Das Feuer wirft meinen Schatten über den Boden und an die Wände. Ich fülle den gesamten Raum aus. Meine Finger zucken, so ungeduldig bin ich.

Ein Scharren erklingt, dann fällt ein Lichtstreifen durch eines der Fenster und verlischt. Rascheln ist im Schnee zu hören. Etwas wischt über das Fensterglas, sucht einen Eingang, sucht weiter.

Ich warte.

Als ich mich bewege, geht es so schnell, daß meine Füße den Boden kaum berühren. Ich gleite über die Dielen zum Fenster und öffne es. So schnell ich zum Fenster gekommen bin, so schnell kehre ich wieder an meinen Platz vor dem Kamin zurück. Ich habe die Kälte des Zimmers kaum gespürt und warte weiter.

Kommt, kommt doch endlich.

Schatten füllen das Fenster, etwas Dunkles gleitet herein, und ein Mann steht im Raum. Er ist von Kopf bis Fuß eingeschneit. Als er sich schüttelt, steigt Schnee von ihm auf und schwebt wie dichter Staub in der Luft.

– Hier seid ihr also, sagt Marek und kommt näher. Er tritt durch die schwebende Schneewolke und öffnet seinen Mantel. Hinter ihm sinkt der Schnee langsam zu Boden.

– Ich wußte, daß du uns findest, sage ich,

– Ihr habt es mir auch nicht schwer gemacht.

Marek sieht sich um.

– Habt ihr es durchschaut, oder war das Zufall?

– *Ich* habe es durchschaut, antworte ich, Theo hatte keinen Schimmer. Ich kam darauf, als Bettina auf dich gezeigt hat. Der Rest paßte dann zusammen. Bettina hat es losgetreten, dabei war es eigentlich die ganze Zeit offensichtlich.

Marek breitet die Arme aus, als wollte er sagen, was soll ich machen, so ist es nun mal.

– So ist es nun mal, sagt er und zieht sich den Mantel aus. Er wirft ihn über einen Stuhl und streicht sein Haar zurück.

– Und jetzt? frage ich.

– Jetzt beenden wir das Ganze, antwortet Marek und ist verschwunden.

– Wo …

Ich spüre ihn hinter mir. Ein Arm legt sich um meinen Bauch, der andere quer über meine Brust.

– Du fühlst dich gut an, sagt Marek.

Ich will ihn von mir stoßen, ich will ihm den Ellenbogen in die Rippen rammen, da steht er wieder am Fenster.

– Zu langsam? fragt er, Soll ich das alles noch mal in Ruhe für dich wiederholen? Schritt für Schritt?

– Nein danke, sage ich und bringe das Sofa zwischen uns.

Marek lacht.

– Als ob du eine Wahl hättest.

Er steigt über den schlafenden Theo und bleibt vor dem Kamin stehen, um sich die Hände zu wärmen.

– Was ist, wenn Theo wach wird?

– Was soll dann sein? fragt Marek zurück, Ich erzähle ihm, wie ich euch gesucht und hier gefunden habe. Denkst du, ich komme ohne eine gute Geschichte hierher?

Er steht im nächsten Moment neben mir. Seine Hände legen sich glühend heiß um mein Gesicht.

– Denkst du, er könnte dir helfen? Mh, denkst du das? Theo erwacht, schnappt sich Marek, und die Geschichte ist vorbei? Denkst du das wirklich?

Ich will nicken, kann aber meinen Kopf nicht bewegen.

– Ich könnte deinen Kopf knacken wie eine Nuß, sagt Marek. Ich stoße ihn vor die Brust, so daß er meinen Kopf freiläßt und nach hinten taumelt.

– Wirst du aber nicht tun, sage ich, Denn ihr traut euch nicht an mich heran. Ich bin in Sicherheit.

– Oh, was macht dich denn sicher? Nur weil du in der Sauna verschont wurdest, heißt das noch lange nicht, daß du tabu bist. Für mich ist nichts tabu.

Ich sehe zwar sein Gesicht deutlich, kann aber seiner Mimik nicht folgen. Es geht zu schnell. Mal lächelt er, mal verzieht er die Mundwinkel spöttisch nach unten, mal sieht er mich fragend, dann wieder wütend an.

– Langsamer, sage ich.

– Langsamer geht nicht, antwortet er und sitzt auf dem Sessel, Willst du nicht zu mir kommen?

Ich begreife erst in dem Moment, daß ich nackt vor ihm stehe. Erschrocken greife ich mir Theos Pullover vom Sofa und ziehe ihn über. Er ist lang genug, um meine Scham zu bedecken.

– Wieso bist du nach Kassel gefahren? frage ich.

– Ah, Kassel, sagt Marek, Kassel war ein Fehler. Woher sollte ich wissen, daß du Gerald anrufst? Sehr clever. Aber es wurde so oder so Zeit, diese Geschichte zu beenden. Du verstehst doch, daß es nur eine Geschichte ist. Nichts Besonderes. Eine von vielen.

– Meine Geschichte, sage ich.

– Wenn es dich stolz macht, ja, deine Geschichte.

– Du kannst nichts beenden. Niemand kann das beenden. Ihr müßt mich dulden, weil ihr Angst habt vor mir. Sag mir, was den Schnellen Angst macht?

– Nichts.

Marek lacht,

– Oder dachtest du wirklich, daß eine kleine Psychotikerin uns Angst machen könnte?

– Aber - - -

– Ich sag es mal simpel und langsam für dich, damit du

mir auch wirklich folgen kannst. Val, du kannst es drehen und wenden wie du willst, die Antwort ist immer dieselbe. Es gibt nichts, wovor wir uns fürchten, weil es nichts gibt, was wir fürchten müßten. Es sind nur Geschichten. Du und dieser arme Typ, der seine Freundin verlieren mußte, weil sie nicht mehr in die Geschichte paßte. Oder ich, der einfach Spaß daran hatte, sich auf eine Psychotikerin mit einer blühenden Phantasie einzulassen. Phantasie ist sehr wertvoll, sie ist Futter fürs Gehirn. Also sag mir, warum sollten wir uns vor dir oder irgend jemandem fürchten, wenn ihr nur Geschichten seid?

– Wir sind keine Geschichten, sage ich laut.

– Ach, was seid ihr dann?

– Ich werde dir zeigen, was wir sind, sage ich und gehe zu Theo, kniee mich hin und schüttle ihn.

– Er wird nicht wach werden, sagt Marek.

– Theo, hörst du mich, Theo?! Marek ist da, es ist soweit, es ist - - -

Ein Schlag trifft mich an der Stirn, ich falle nach hinten und lande auf dem Boden.

– Ich sagte, er wird nicht wach, wiederholt Marek und sitzt wieder auf dem Sessel, als wäre nichts gewesen, Du bist wie eine Mücke, die ihn umschwirrt, davon würde sogar ich nicht wach werden. Laß es sein.

Ich bleibe auf dem Boden sitzen, Theo schläft weiter.

– Was wollt ihr von mir? frage ich.

Marek seufzt und beugt sich vor. Er legt die Hände zusammen, als würde er beten.

– Du mußt es beenden, Val. Wir können das nicht für dich übernehmen. Zieh einen Schlußstrich, damit wir eine neue Geschichte anfangen können. Es wäre doch auch in deinem Sinn. Du mußt es doch leid sein, dich jeden Tag mit Medikamenten vollzupumpen, oder?

– Ich soll ... *was?*

– Mach irgend etwas ohne Blut. Vielleicht eine Überdosis oder etwas Rohrreiniger? Wir hatten genug Blut, das wird mit der Zeit langweilig, Innovationen sind gefragt.

Ich bin von Marek weggerutscht und habe die Wand mit dem Kaminholz im Rücken.

– Also, was meinst du? Du solltest schnell machen. Ich weiß nicht, was passiert, wenn die anderen dich hier finden. Denen ist es egal, ob du blutest oder nicht.

– Ich bringe mich nicht um, Marek.

Er lächelt.

– Wir arbeiten daran, wir arbeiten schon lange daran.

– Ich tue das nicht.

Marek zieht den Gürtel aus seiner Hose.

– Hast du schon einmal versucht, dich selbst mit einem Gürtel zu erwürgen? Es gibt da eine phantastische Stellung. Du bindest dir den Gürtel um den Hals, und das andere Ende geht über deinen Rücken, um deine Hände herum und wird an den Fußknöcheln verknotet. So bist du beides gleichzeitig – gefesselt und gewürgt. Eine menschliche Wippe. Es dauert ein wenig, bis du die Körperhaltung nicht mehr erträgst. Dann beginnt sich der Gürtel fester und fester um deinen Hals zu ziehen, und schon bald erwürgst du dich mit deinem eigenen Gewicht. Wollen wir das mal probieren? Ja? Gut, dann komm zu mir.

Ich stehe vom Boden auf und halte die Hände hinter dem Rücken. Ich habe das Gefühl, keine Knochen in den Beinen zu haben. Einen halben Meter vor Marek bleibe ich stehen, wir sehen uns an, dann spüre ich seine Hand auf meinem nackten Oberschenkel. Sie wandert nach oben und unter den Pullover. Seine Finger sind nicht mehr warm, sie sind eiskalt.

– Meine kleine Val, sagt er, Dreh dich um.

Auch wenn ich für ihn viel zu langsam bin, hat er keine Chance, dem Holzscheit auszuweichen. Ich treffe Marek seitlich am Kopf. Er fällt vom Sofa auf die Knie und versucht, sich aufzurichten. Der nächste Schlag trifft ihn in den Nacken, er landet mit dem Gesicht auf den Dielen, ich schlage noch zweimal zu, dann liegt Marek still.

THEO

1

Es ist sieben Uhr morgens. Der Strom ist über Nacht ausgefallen, und wir legen unermüdlich Holz nach. Der neue Tag ist grau und stürmisch. Wind dringt durch unsichtbare Ritzen und Spalten herein und bringt die Kerzen zum Flackern. Das Thermometer zeigt minus vierzehn Grad. Alle zwei Stunden gehe ich raus, um eine neue Ladung Holz zu holen. Das Feuer im Kamin tobt.

Kerzen stehen auf dem Tisch und den Fensterbrettern. Es könnte gemütlich sein, würde Marek nicht auf dem Sessel sitzen. Val hat seine Füße mit einem Gürtel und die Hände mit einem Kabel gefesselt. Marek sitzt zusammengesunken da und hat eine blutige Wunde am Hinterkopf. Unter seinen Augen sind Schatten, und er wirkt abgemagert. Ich habe mich erschrocken, als ich ihn sah. *Wann hat er das letzte Mal etwas gegessen?* war mein erster Gedanke.

Wir warten seit zwei Stunden, daß er aus seiner Ohnmacht erwacht. Um ehrlich zu sein, bin ich froh, daß es so lange dauert. Ich brauche Zeit zum Nachdenken, denn ich habe keine Ahnung, wie ich reagieren soll. Als mich Val weckte, war alles schon passiert – Marek saß gefesselt auf dem Sessel, und ich hatte seinen Auftritt verpaßt.

– Ich mache mir Sorgen, sage ich zu Val, ich will nicht durchdrehen und etwas tun, was ich später bereue.

– Du wirst nicht durchdrehen, beruhigt mich Val, Und du hast genausoviel Recht, wütend und enttäuscht zu sein, wie ich.

Wut?

Ich sehe Marek an. Ich wünschte, ich wäre einfach nur wütend oder enttäuscht. Hier geht es um Haß, puren Haß. Ich könnte ihm den Schädel einschlagen. Aber auch wenn ich Marek eine Menge Dinge antun könnte, will ich ihn erst einmal verstehen. Daran kommt er nicht vorbei. Ich will hören, was er zu sagen hat.

Val steht am Fenster und raucht. Zwischen den hastigen Zügen an ihrer Zigarette beißt sie auf einem Fingernagel herum und sieht vom Kamin zu Marek und wieder zum Kamin zurück. Was bei mir Haß ist, ist bei ihr Nervosität.

–Vielleicht solltest du ein wenig schlafen, schlage ich vor, Leg dich auf das Sofa, ich wecke dich dann.

– Und was tust du, wenn die Schnellen kommen? fragt mich Val, Du würdest es nicht einmal merken, wenn sie direkt vor dir stehen.

Sie klingt arrogant, aber ich sage es ihr nicht. Ich habe große Zweifel, daß Marek die Schnellen einfach so rufen kann.

– Ich kann jetzt auf keinen Fall schlafen, sagt Val und zündet die nächste Zigarette an. Wir sind beide nervös, Marek ist ohnmächtig, und die Schnellen lassen auf sich warten.

Ich schließe mich im Bad ein und nehme meine Brille ab. Nachdem ich mich gewaschen habe, sehe ich in den Spiegel. Ich bin noch immer ich. Keine Ahnung, was gestern abend mit mir los war. Vals Kuß kam überraschend, mein erster Impuls war Ablehnung, dann wollte ich mich plötzlich darauf einlassen. Der Gedanke an Jenni hat mich zurückgehalten. Der Rest war ein Fiasko. Seit Tagen ist der Rest ein Fiasko. Val war danach gereizt und spielte mit mir, und ich muß zugeben, daß es mich erregt hat. Ich lag lange neben ihr wach und hoffte, sie würde etwas versuchen. Ich habe auf eine zufällige Berührung gewartet, auf den kleinsten Kontakt. Dennoch habe ich mich nicht umgedreht. Ich hatte Angst vor einer Ablehnung. Mensch, ich muß auch nicht mehr richtig ticken. Kann ich deswegen Marek nicht in die Augen sehen? Was tue ich nur?

Ich halte die Ruhe nicht mehr aus und gehe ins erste Stockwerk, um weiterzuarbeiten. Ich bin gerade dabei, den Schlafzimmerboden fertigzustellen, als Val mich ruft. Ich höre sie unten mit Marek reden. Vor der Küche treffe ich auf sie.

– Alles okay?

– Ja, sicher, flüstert sie, Aber ich bin froh, daß er festgebunden ist. Du solltest mit ihm reden, mich beschimpft er nur.

Während Val Wasser aus der Küche holt, betrete ich das Wohnzimmer. Marek wird vom Feuer beleuchtet. Seine Augen sind wach, er reibt die Hände aneinander, um das Kabel um seine Handgelenke zu lockern.

– Hallo, Theo, begrüßt er mich.

Ich sehe ihn an und warte. Ich habe Angst vor meiner Reaktion. Es ist jetzt schlimmer. Wach ist er echt, wach ist er die wirkliche Bedrohung und nicht eine Alptraumgestalt.

– Wie geht es deinem Kopf? frage ich, obwohl mich sein Kopf keinen Zentimeter interessiert.

– Schmerzt. Aber schlimmer sind die Fesseln. Er hebt Füße und Hände an.

– Bitte, mach mich los. Val ist völlig durchgedreht. Ich war in Kassel und - - -

Val kommt mit einem Glas Wasser herein. Marek sieht sie

an. Sein Blick ist merkwürdig. Ängstlich und fragend zugleich. Er trinkt das Glas leer. Val tritt zwei Schritte zurück, wir sehen Marek an, Marek sieht uns an.

– Könntet ihr mich jetzt losbinden? fragt er.

– Es tut mir leid, sage ich und muß mich räuspern, weil nur ein Krächzen rauskommt.

– Wir können dich nicht losbinden, spreche ich weiter, Du bist zu gefährlich.

Marek verzieht das Gesicht.

– He, mal langsam, mal ganz langsam. Was heißt das? Val schlägt mich nieder und bricht mir fast den Schädel, und dann fesselt sie mich, und du meinst, *ich* sei zu gefährlich?

– Warum warst du in Kassel? frage ich ihn.

Marek schließt die Augen.

– Okay, okay, sagt er und sieht mich wieder an, Da habe ich Mist gebaut. Ich mußte einfach weg, kannst du das nicht verstehen, Theo? Ich ... Ich hatte das Gefühl, irgendwas würde mit mir nicht stimmen. Das war mir alles zu viel. Val in der Sauna mit all diesen Wunden. Das war mir einfach zu viel. Ich spürte, wie ich in mir auseinanderfiel. Also habe ich mir die Ausrede mit Gerald ausgedacht und gehofft, Val würde mitkommen ...

Er sieht Val an. Dann wieder mich.

– Theo, ich würde gerne allein mit dir reden.

Ich schüttle den Kopf.

– Val hört zu, es betrifft sie genauso wie mich.

Marek wirft einen Blick zur Haustür und sagt:

– Ich habe was mitgebracht. Es liegt im Auto. Wäre nett, wenn du es dir zumindest *allein* ansehen könntest, dann reden wir darüber und ... He, wo willst du hin?

Ich bin aufgestanden, um die Sporttasche aus der Küche zu holen.

– Du meinst das hier, richtig?

Ich stelle die Tasche vor seine Füße.

– Was hast du dir für eine Geschichte ausgedacht? frage ich und nehme die Ausdrucke aus der Tasche, Was wolltest du mir erzählen, wo du die Sachen her hast?

– Sie sind aus Vals Wohnung, antwortet Marek leise, Sie waren im Schrank versteckt.

– Ich kann dich nicht hören, sage ich und hole die Weinflasche raus, Und was ist mit dem Wein? War der auch im Schrank versteckt? Ich dachte, Val hatte keinen Wein und ist deswegen zur Tankstelle gelaufen?

– Genau das ist es doch, sagt Marek und verstummt, als ich das Tütchen hochhalte. Es ist eines von diesen kleinen durchsichtigen mit Druckverschluß. Ich habe mich an den Anblick gewöhnt, seitdem Val und ich die Sporttasche aus Mareks Auto geholt haben. Beim ersten Mal spürte ich, wie mir der Magen hochkam. Jetzt ist es besser.

In dem Tütchen befinden sich Jennis fehlende Finger. Es hat mich überrascht, daß sie nicht blutverschmiert sind. Sie wirken wie Attrappen.

– Den Computer wollte ich nicht aus dem Auto hierher schleppen. Ich denke, das Zeug hier reicht. Was ist also deine Erklärung, Marek?

– Ich sagte doch schon. Es lag alles in Vals Wohnung. Ich bin hingefahren, denn ich hatte so eine . . .

– . . . Ahnung? ergänze ich.

– Genau.

– Weißt du, wie das klingt? Das klingt beschissen, Marek. Und natürlich hattest du auch den Wohnungsschlüssel, richtig? Und am letzten Mittwoch hattest du auch genug Zeit, vor Val in die Wohnung zu schleichen, um Jenni zu töten, ist das auch richtig?

– ICH HABE SIE NICHT GETÖTET! brüllt Marek.

Es überrascht mich, daß ich ruhig bleibe und die Details

beobachten kann. Mareks Gesicht, die Adern an seinem Hals, diese Wut.

– Sag mal, Marek, was ist das für ein Spiel? frage ich weiter, Was soll das Ganze? Gab es einen Plan? Ist das der Plan – die Sachen hier abliefern, damit wir uns gegenseitig verdächtigen? Was kommt danach?

– Theo, ich - - -

– Du bist ein verdammter Lügner, mischt sich Val ein, Wieso erzählst du ihm nicht, was du mir gestern nacht erzählt hast? Wieso nicht? Wir sind doch nur Geschichten für euch. Erzähl ihm das doch.

Val stößt mich zur Seite und beginnt, auf Marek einzuschlagen. Ich versuche, sie wegzuziehen, Val befreit sich und ist wieder über Marek. Ich packe sie um die Hüfte und trage sie weg. Marek blutet aus der Nase und hustet. Ich setze Val auf dem Sofa ab, auf dem sie sich schluchzend zusammenrollt. Wie sie da liegt, verstehe ich erst richtig, daß sie hier mit mehr als nur der Wahrheit konfrontiert wird – sie verliert dazu auch noch Marek.

– Ruhig, Val, sage ich und streichle ihr über den Kopf.

– Ich weiß nicht, wovon sie spricht, sagt Marek hinter mir. Ich drehe mich um. Er hat den Kopf zurückgelehnt, um das Nasenbluten zu stoppen. Es sieht aus, als würde er mit der Zimmerdecke sprechen.

– Aber ich bin mir sicher, daß hier irgendwas stinkt. Du setzt auf das falsche Pferd und solltest dich lieber fragen, wie das ganze Zeug in Vals Schrank kommt.

– Wie hast du uns überhaupt gefunden? frage ich ihn. Marek schielt mich an, ohne den Kopf zu senken.

– Als bei dir zu Hause keiner ranging, rief ich im Kino an. Die Nummer steht auf der Visitenkarte, die du mir gegeben hast. Eine Rita meinte, du bist noch auf dem Land. Sie gab mir den Namen von einem Kaff. Dort bin ich hingefahren und habe herumgefragt. Ich hatte Glück, daß einer der Schneeschieber seine letzte Runde in der Gegend hier machen wollte. Er hat mir beinahe den ganzen Weg bis zum Haus freigemacht, es hat Stunden gedauert ...

Er hustet, zieht die Nase hoch.

– ... ich war in Kassel beim Arzt. Irgendwas stimmt nicht mit mir. Ich sehe Dinge, die nicht da sind. Ich hatte Angst durchzudrehen. Seit Tagen habe ich vielleicht zwei Stunden durchgeschlafen. Ich war in Panik, ich wollte nicht in einer Klapse enden.

– Und? frage ich.

– Was und?

– Was hat der Arzt gesagt?

– Du glaubst mir nicht, daß ich beim Arzt war?

– Marek, ich glaube dir kein einziges Wort, antworte ich, Deine Geschichte stinkt von vorn bis hinten.

– Theo, könnte ich mit dir allein reden? Ich kann das nicht, wenn sie mich andauernd anstarrt, ich ...

Ich sehe zu Val, sie hat sich aufgerichtet und betrachtet Marek mit schräggelegtem Kopf, als gäbe es mehr zu sehen als nur Marek.

– Alles okay? frage ich sie.

Val nickt, ohne den Blick abzuwenden.

– Du hast mich angelogen, sagt sie, Du hast mit den Schnellen - - -

– Wie kannst du nur glauben, daß ich etwas mit den Schnellen zu tun habe? unterbricht sie Marek.

– Das ist nicht alles, sagt Val, Du hast nicht nur etwas mit ihnen zu tun, du bist einer von ihnen.

Marek fängt an zu lachen.

Ich wollte das nicht tun, ich wollte das wirklich nicht tun. Meine Hand schmerzt bis hoch zum Ellenbogen. Es fühlt sich an, als wären die Knöchel gebrochen.

Marek ist wieder ohnmächtig. Seine Nase ist schief und geschwollen. Sie wirkt deplaziert in seinem Gesicht. Val ist ins Bad gerannt und hat einen Lappen naß gemacht, während ich aus dem Fenster kletterte, um meine Hand in den Schnee zu halten. Kaum war ich draußen, hat mich der Sturm voll erwischt, und ich mußte mich gegen die Hauswand lehnen, um nicht umzufallen.

Und da hocke ich jetzt – die rechte Hand im Schnee, die Sicht verschleiert von den nassen Brillengläsern und diesem tobenden Sturm – und fluche und heule gleichzeitig. Ich kann nicht glauben, daß alles so einfach gewesen ist. Marek. Ich will es nicht glauben. Und was mir am meisten Sorgen macht, ist die Tatsache, daß das noch längst nicht alles war. Der schlimmste Teil steht uns bevor. Was tun wir, wenn die Schnellen auftauchen, um Marek zu befreien?

◎

– Ihr wollt *was?*

Mareks Stimme klingt dumpf, er kann nicht durch die Nase atmen.

– Wir tauschen dich gegen den Killer ein, sage ich und stochere im Feuer herum,

– Falls du nicht selbst der Killer bist, spricht Val weiter.

– Bist du es? frage ich und bin überrascht, wie ruhig meine Stimme klingt. Mich verrät nur, daß ich Marek nicht ansehen kann.

– Ich bin es nicht, sagt Marek, jedes Wort betonend.

– Gut, sagt Val, Dann tauschen wir dich ein.

Ich schaue kurz zu Marek. Er hat den Mund geöffnet, sagt

dann aber doch nichts, sondern schüttelt nur den Kopf und senkt das Kinn auf die Brust.

Geschlagen, denke ich.

2

Wir warten.

Der Schneeschieber kommt nicht. Es wird Mittag, dann Nachmittag, und der Schneeschieber läßt sich noch immer nicht blicken. Der Sturm hat wahrscheinlich den ganzen Landstrich lahmgelegt. Der Schnee fällt unermüdlich. Er wird immer wieder in Böen vorangetrieben, so daß ich den Eingang zum Holzschuppen freischaufeln muß. Auch wenn ich wollte, ich könnte meinen Wagen jetzt nicht mehr finden. Da draußen herrscht das Chaos, und ich bereue es, kein Radio zu haben. Es wäre angenehm, eine fremde Stimme zu hören, die über Belangloses redet.

– Es wird bald vorüberziehen, sagt Val und wendet sich vom Fenster ab, Solche Stürme dauern nie lange, morgen klart es auf.

Wir sitzen in der Küche, denn die Küche ist neutrales Territorium, Marek kann uns hier nicht hören.

– Ich habe das Gefühl, wir sind in der Antarktis, sage ich.

Der Strom ist noch immer weg, der Elektroherd nutzlos, und der Kühlschrank taut auf. Wir horchen auf den Wind und Geräusche aus dem Wohnzimmer. Wir sind ständig in Alarmbereitschaft. An meinem Gürtel trage ich ein Jagdmesser, das mir mein Vater vor einigen Jahren geschenkt hat. »Das ist das ideale Messer zum Ausweiden«, hat er gesagt, »Du wirst die reine Freude daran haben.« Er wollte mit mir zur Jagd gehen, aber aus der Jagd wurde nichts, weil ich mich noch im selben Jahr als Vegetarier outete. Seitdem bestand meine reine Freude darin, das Messer samt Scheide in meinem Werkzeugkasten liegen zu haben. Jetzt fühle ich mich wie einer der Jungen aus ›Der Herr der Fliegen‹, der nur darauf wartet, daß ihm jemand in die Quere kommt. Val hat sich eins der Filetiermesser ausgesucht. Ich weiß nicht, worauf wir uns genau vorbereiten. Sollten die Schnellen wirklich so schnell sein, wie Val sie beschrieben hat, dann würden sie Hackfleisch aus uns machen, während wir noch darüber nachdenken, wie Hackfleisch geschrieben wird. Aber was bleibt uns? Messer sind besser als nichts. Eines habe ich zwischen den Holzscheiten versteckt, die Axt aus dem Schuppen liegt unter dem Sofa. Als ich sie darunterschob, sagte Marek: »Glaub mir, das ist keine gute Idee.«

Ich habe ihn ignoriert und mich zu Val in die Küche gesetzt. Sie ist zuversichtlich, daß die Schnellen kommen werden, um Marek zu befreien.

– Bleibt nur die Frage, wie lange das dauern wird, sage ich.

– Nicht lange, Marek wird sie rufen. Und wenn er sie nicht ruft, dann bin ich an der Reihe, und wir befolgen den alten Plan.

Vals alter Plan beunruhigt mich. Sie hat kaum geschlafen und nimmt seit Mareks Rückkehr ihr Medikament nicht mehr. Sollte Marek die Schnellen nicht rufen, will Val die Tür öffnen und sie zum Auftauchen zwingen.

– Was glaubst du, warum er mit mir allein reden wollte? frage ich.

– Weil er glaubt, daß er dich überzeugen kann. Wie ich ihn kenne, würde ihm das sogar gelingen.

– Blödsinn, sage ich schnell und denke an den kurzen Moment vorhin. Val war auf der Toilette, und ich wollte Holz holen gehen, als Marek mich ansprach.

– Du machst einen großen Fehler, sagte er, Denn was hier

auch passieren wird, ich habe nichts damit zu tun. Rein gar nichts. Ich bin in Vals Wohnung gefahren, weil so viele Sachen einfach nicht zusammenpaßten. Es war zu wirr. Ich meine ... Hörst du mir überhaupt zu? Ich weiß, daß du mir zuhörst. Diese Nacht im Hotel war mit der Auslöser, das stimmte alles nicht. Wieso lag ein Handtuch in der Sauna? Wieso hat niemand Val gesehen? Die Putzfrauen hätten sie finden müssen. Und denk doch mal darüber nach – jedes Mal, wenn sie ihre Psychose hat, tauchen diese Schnellen auf, aber was ist danach? Wird sie ohnmächtig oder was? Ich meine, wo sind die Schnellen danach? Und warum tun sie ihr nichts? Ich meine, he, du hast gesehen, was sie Jenni angetan haben, jetzt - - -

– Du willst sagen, Val hat sich selbst so zugerichtet? unterbrach ich ihn.

– Scheiße, ich weiß, das klingt nicht echt, aber nehmen wir an, es wäre so gewesen. Deswegen bin ich zurückgefahren. Sicher hätte ich dir sagen können, was mir durch den Kopf ging, es war ein Fehler, dir nichts zu erzählen. Ich ... Kannst du dir vorstellen, wie das war, die Ausdrucke und Jennis Finger in Vals Kleiderschrank zu finden? Sie waren unter Handtüchern versteckt. Alles war da – die Disketten, der Computer, sogar das Modem und die Flasche Wein und - - -

– Du bist krank, Marek, unterbreche ich ihn, Du bist richtig krank.

– He, warte, hör doch mal weiter zu. Es ist nicht ... Schau mich an, Theo. Es ist nicht so, wie du es gehört hast. Ich bin hier angekommen und das - - -

Val leerte den Wassereimer in die Toilette und kam ins Wohnzimmer.

– Ich hole Holz, sagte ich und nahm den Weidenkorb unter den Arm.

– Ich bleibe hier, sagte Val und setzte sich auf das Sofa. Marek hatte das Kinn wieder auf der Brust und schwieg.

Val sitzt wieder bei Marek. Sie hat ihm etwas zu essen und Tee gebracht. Wenn ich mich nahe an die Treppe stelle, verstehe ich Wortfetzen. Val will wissen, wieso Marek nicht die Wahrheit sagt. Sie spricht von ihrer Beziehung. Dann höre ich nichts mehr. Dann sagt Val, Marek soll doch nicht weinen. Sie sagt es liebevoll, und ich kehre in das Schlafzimmer zurück und beschließe, die Arbeit für heute liegenzulassen. Ich bleibe am Fenster stehen und sehe, wie es langsam dunkel wird. Es widerstrebt mir, mit Val und Marek in einem Raum zu sitzen. Die Traurigkeit zwischen ihnen zieht mich noch mehr herunter.

Eine Dreiviertelstunde später kann ich draußen nichts mehr erkennen und gehe ins Erdgeschoß. Val steht am angelehnten Fenster und raucht, Marek hat die Augen geschlossen. Ich könnte auch etwas Schlaf gebrauchen.

– Möchtest du Tee? frage ich Val, Das Wasser müßte gleich fertig sein.

Val schüttelt den Kopf. Ich lege Holz nach und starre in die Flammen, dann nehme ich den Kessel vom Kamin und gieße in der Küche frischen Tee auf. Es sind kleine, banale Handgriffe, an die ich mich klammere. Dort in der Küche, dort am Tisch mit einer Zeitschrift vor mir, die mich nicht interessiert. Val taucht im Türrahmen auf und sagt, sie würde sich hinlegen.

– Weckst du mich in einer Stunde?

– Natürlich, sage ich und bin froh, daß sie schlafen will. Ich höre sie auf dem Sofa, dann ist es drüben still. Ich gieße mir Tee nach und lese einen Absatz zum vierten Mal, ohne zu wissen, was da steht. Ich sollte rausgehen oder einfach den Kopf kurz aus dem Fenster halten, aber ich bin müde und zu faul, um irgend etwas zu tun. Die Kerzen haben die Küche aufgeheizt, es ist warm. Ich kann sogar meine Zehen spüren und streife die Stiefel ab, lege die Brille zur Seite und reibe mir übers Gesicht. Ich will die Augen nur für einen Moment schließen. Dann will ich aufstehen und etwas tun. Holz holen oder nach dem - - -

3

Schon beim Erwachen weiß ich, daß etwas passiert ist.

Die Uhr in der Küche zeigt halb neun. Ich habe eineinhalb Stunden geschlafen. Im Wohnzimmer ist das Feuer heruntergebrannt. Auch der Großteil der Kerzen ist verloschen.

Val schläft auf dem Sofa, Marek hebt den Kopf, als ich hereinkomme. Wir haben kurzen Blickkontakt, dann senkt er das Kinn auf die Brust.

– Möchtest du was trinken? frage ich.

– Nein. Du könntest mich aber befreien und diesen verdammten Irrsinn beenden.

Ich gehe an ihm vorbei zum Kamin und hocke mich davor, um Holz nachzulegen. Genau in diesem Moment fällt mir auf, was anders ist. Das Jagdmesser ist von meiner Hüfte verschwunden. Ich gehe in die Küche. Da liegt es auch nicht. Ich schaue oben nach. Habe ich es beim Arbeiten abgelegt?

Die Taschenlampe in meiner Hand zittert, das Messer liegt nicht oben. Ich renne runter. Val ist von meinem Lärm wach geworden und streckt sich. Ich kniee vor dem Sofa nieder und taste nach der Axt darunter.

– Ich hab's dir doch gesagt, sagt Marek.

– Was? frage ich.

–Daß es keine so gute Idee ist, die Axt unters Sofa zu tun.

–Was ist passiert? fragt Val.

–Wo ist dein Messer?

–Auf dem ...

Sie verstummt, ich folge ihrem Blick zum leeren Couchtisch.

Wir durchsuchen das Haus. Die Schubladen in der Küche, das Werkzeug neben der Eingangstür. Keine Messer, keine Schraubenzieher, keine Axt. Sogar der Hammer ist verschwunden.

– Ich ... ich versteh das nicht, sagt Val und reibt sich nervös die Arme, Sie können doch noch nicht dagewesen sein, ich meine ... Ich hätte das doch gemerkt, oder?

– Ja, sicher, sagt Marek, Wahrscheinlich haben sie vergessen, dich zu wecken.

– *Könntest du ruhig sein?!* fahre ich ihn an und sage zu Val, Wenn sie da waren, haben sie Spuren hinterlassen.

Ich gehe in die Küche, um mir die Stiefel anzuziehen. Als ich wieder ins Wohnzimmer komme, sitzt Val in Mantel und Schal auf dem Sofa.

– Ich bleibe nicht allein mit ihm hier, sagt sie.

Ich nicke und hole eine zweite Taschenlampe aus der Küche.

Es hat aufgehört zu schneien, nur der Wind weht unverändert. Wir steigen durch das Fenster und umrunden das Haus. Nichts. Keine einzige Spur, nur vereinzelte Abdrücke von Vogelkrallen sind zu sehen, das ist alles.

– Ihre Spuren könnten längst verweht worden sein, wir wissen ja nicht, wann sie da waren.

– Sag das nicht, sagt Val, Ich will nicht, daß sie da waren.

– Auf jeden Fall war jemand da.

– Vielleicht hat sich Marek befreit und - - -

– Dann wäre er doch längst abgehauen, unterbreche ich sie und leuchte in die Nacht hinaus. Der Lichtstrahl reicht nicht weit, ein paar Meter nur, bevor er von der Dunkelheit verschluckt wird. Val fummelt eine Zigarette aus ihrem Mantel und kehrt dem Wind den Rücken zu.

– Ich habe Angst, sagt sie und dreht sich wieder um. Sie muß es nicht sagen. Die Angst ist deutlich in ihren Augen zu sehen.

– Du solltest dein Medikament nehmen, sage ich, Wenn die Schnellen schon da waren, gibt es keinen Grund, daß du mir eine Panikattacke bekommst.

Sie gibt mir recht, zieht an ihrer Zigarette, sieht zum Haus.

– Ich wünschte, es wäre vorbei. Auch wenn ich nicht weiß, was vorbei sein soll, wünsche ich es mir. Es ist ...

Sie sucht nach den Worten.

– ... so anstrengend, Theo. Es war kein guter Plan. Ich meine, wer sind wir beide schon gegen ...

Val erstarrt.

– Oh ...

– Was ist?

– Das Licht.

– Was?

Jetzt sehe ich es auch. Das Licht im Haus ist ausgegangen.

– Sicher sind nur die Kerzen abgebrannt, sage ich, aber es klingt vage und so, als ob ich es selbst nicht glauben würde.

Val schüttelt den Kopf. Sie läßt ihre Zigarette fallen und rennt auf das Haus zu. Ich folge ihr, überhole sie und steige als erster durch das Fenster. Dann stehen wir beide im Wohnzimmer und schauen uns um. Es gibt nicht viel zu sehen. Alles ist wie vorher. Minus die brennenden Kerzen. Und minus Marek, der aus dem Sessel verschwunden ist.

VAL

1

Als wir im Wohnzimmer stehen und den leeren Sessel sehen, habe ich für einen Augenblick das Gefühl, daß Theo und ich uns mit dem Haus auf einer Reise befinden. Wenn ich mich umdrehe und aus dem Fenster sehe, dann wird da nichts sein. Keine verschneite Landschaft, sondern nur das Weltall, ohne Sterne oder irgendwelche Sonnen, die reinste Schwärze.

Ich kneife die Augen zusammen, öffne sie wieder. Theo leuchtet mit der Taschenlampe. Auf dem Boden vor dem Sessel liegen das Kabel und der Gürtel, mit denen ich Marek gefesselt habe. Theo richtet den Lichtstrahl in das Wohnzimmer.

– Er muß noch im Haus sein, sagt er, Sein Mantel und die Stiefel sind noch da, ohne würde er draußen sofort erfrieren.

Er greift sich den Schürhaken, während ich mit nervösen Händen eine neue Kerze aus dem Schrank nehme und aufstelle.

– Was tust du?

– Ich halte das nicht aus, wenn es so dunkel ist, sage ich.

Wir beginnen das Haus zu durchsuchen. Wir arbeiten uns vom Erdgeschoß hoch zum Dachboden und leuchten mit den Taschenlampen in jeden Winkel. Marek bleibt verschwunden. Keines der Fenster steht offen.

– Auch wenn wir ihn nicht sehen, kann er überall sein, sage ich, als wir wieder im Wohnzimmer ankommen.

– Wie meinst du das?

– Er ist so schnell, daß er direkt neben uns stehen könnte, und wir würden es nicht merken.

– Das ist nicht witzig, Val.

– Das war auch nicht witzig gemeint, erwidere ich.

– Vielleicht sollten wir doch mehr Licht machen, sagt Theo.

Innerhalb von ein paar Minuten haben wir die abgebrannten Kerzen ausgetauscht. Alles sieht aus wie vorher, nichts ist mehr gleich.

Ich schließe mich im Bad ein und sitze auf dem heruntergeklappten Toilettendeckel. Ich habe die Knie an die Brust gezogen und wünschte, ich wäre eine von diesen Frauen, die in ein Koma fallen und nach zehn Jahren in einem sauberen Krankenhaus erwachen. Und alle weinen und freuen sich, daß sie wieder da ist. Ich würde viel dafür geben.

Als ich mich beruhigt habe und das Bad verlasse, sitzt Theo auf dem Sofa und hat den Schürhaken auf den Knien liegen.

– Wenn sie Marek geholt haben, sage ich, Dann lassen sie uns vielleicht in Ruhe.

– Deswegen sind wir nicht hier, Val. Ich gehe nicht, ohne Jennis Mörder gesehen zu haben. Außerdem glaube ich nicht, daß sie uns in Ruhe lassen. Sie haben uns die Messer und die Axt abgenommen, sie wollen etwas.

Ich setze mich zu ihm. Wir starren ins Feuer. Zwei Holzscheite sind noch da.

– Wir müssen bald Holz holen, sage ich.

Theo rührt sich nicht.

– Theo?

Er sieht mich an. Er hat Tränen in den Augen.

– Ich glaube, ich werde heute Nacht jemanden töten.

Ich kann das verstehen. Ich möchte jedem einzelnen Schnellen die Worte in die Brust schneiden, die sie mir in die Arme geritzt haben.

– Wir kriegen sie, sage ich und lege meine Hand auf seine Brust. Theos Herz rast, sein Atem geht so schwer, als wäre er eben gerannt. Ich kann spüren, wie mich das erregt, und bin überrascht, daß ich jetzt an Sex denke. Hier im Halbdunkeln, in dieser Situation. Ich möchte Theos Hose öffnen, ich möchte mich auf ihn setzen und nichts anderes mehr spüren als - - -

– Nicht jetzt, sagte Theo und umschließt mein Handgelenk, Wir müssen Holz holen.

Es gefällt mir nicht, das Haus schon wieder zu verlassen. Auch wenn der Schuppen höchstens dreißig Meter entfernt ist. Das letzte Mal, als wir draußen waren, verschwand Marek.

Da wir keine Axt mehr haben, suchen wir im Schuppen passende Stücke für den Kamin, sammeln Reste vom Boden auf und füllen den Weidenkorb. Durch den Türrahmen blicke ich immer wieder zum Haus zurück. Ich will nicht, daß mir etwas entgeht, ich will vorbereitet sein.

– Warum hat Marek das getan? sagt Theo irgendwann und richtet sich auf. Es ist das erste, was er sagt, seitdem wir hier draußen sind. Ich weiß keine Antwort. Marek ist mir ein Rätsel, und tief in mir schmerzt es, daß er so mit mir spielt.

– Ich habe keine Ahnung, wie Marek denkt, sage ich.

Wir sammeln, bis der Korb kaum noch zu tragen ist, keiner von uns will in der nächsten Stunde noch einmal herausgehen. Theo hebt den Weidenkorb an. Ich will mit anfassen, aber er wehrt ab und sagt:

– Geh am besten vor.

Ich vergrabe die Hände in den Manteltaschen und verlasse den Schuppen als erste. Nach ein paar Metern merke ich, daß irgend etwas anders ist. Ich lege den Kopf in den Nacken. Der Wind hat aufgehört. Der Himmel ist voller Sterne, dazwischen leuchtet schmal die Sichel des Mondes.

– Verrückt, sage ich, Wie schnell das geht.

Ich lasse den Kopf im Nacken und drehe mich langsam. Als ich wieder stillstehe, ist mir ein wenig schwindelig, aber ich mag das Gefühl.

– Was meinst du, ob morgen früh ...

Ich verstumme, Theo ist noch im Schuppen.

– Theo?

Etwas bewegt sich in den Schatten.

– Theo, ist alles okay?

Langsam löst sich Theo aus der Dunkelheit und steht still. Denke ich.

– Was ...

Er bewegt sich. Langsam und konzentriert hebt er den Fuß, hebt ihn, hebt ihn und senkt ihn, senkt ihn, und sein Blick ist dabei auf mich gerichtet, ohne daß ich das Gefühl habe, daß er mich sieht, denn als ich einen Schritt zur Seite gehe, bleibt der Blick auf dieselbe Stelle gerichtet, und in dem Moment begreife ich, daß es wieder soweit ist.

Ich versuche stillzustehen. Ich versuche ganz ruhig stillzustehen. Ich will nicht schnell sein, ich will, daß Theo mich sieht.

– Theo, sage ich, Es ist soweit.

Nichts, keine Reaktion. Was hört er? Hört er dieses schrille, hohe Geräusch, das auf dem Anrufbeantworter gewesen ist?

Theo drückt sich am Türrahmen vorbei und macht den nächsten Schritt, und wird dabei langsamer und langsamer. Ich denke an Wurzeln, ich denke an Zement, ich muß steinern werden, ich will, daß er mich ...

Und dann sehe ich sie hinter dem Schuppen hervorkommen. Es ist die Frau aus der Sauna. Sie läuft über den Schnee auf uns zu. Falsch. Sie läuft auf Theo zu. Ich versuche mich zu bewegen, ich will nicht mehr Zement sein, ich will dazwischengehen, aber sie ist viel zu schnell. Ich bin ein Witz dagegen, klebe am Schnee fest, klebe an der Luft fest und kann Theo nicht warnen.

Die Schritte der Frau bringen den Schnee kaum durcheinander. Kleine Verwehungen bleiben zurück, wo sie eben noch gewesen ist.

– HINTER DIR!

Ich weiß nicht, ob mich Theo versteht, er muß aber etwas gehört haben. Seine Augen weiten sich, er dreht sich um. Langsam, einen Zentimeter pro Minute.

Die Frau steht längst hinter Theo. Sie sieht mich an und hält sich den Zeigefinger an die Lippen. Dann hebt sie die andere Hand, und ich sehe eine Stablampe. Und ich sehe Theos Gesicht von der Seite. Die Frau schlägt zu. Theo sinkt zu Boden, als wäre er eine Feder. Fällt und fällt und fällt dem Schnee entgegen.

Ich warte nicht ab, bis er auf den Boden schlägt, sondern drehe mich um und renne.

Was tust du?

Rennst du vor den Schnellen davon?

Fällt dir nichts Besseres ein, als schon wieder davonzurennen?

Was tust du nur?

Ich weiß es nicht, ich weiß nur, ich kann nicht einfach stehenbleiben, deswegen renne ich auf das Haus zu, steige durchs Fenster und erstarre. Obwohl Theo alle Kerzen ausgetauscht hat, brennen nur noch vier davon auf dem Couchtisch, der Rest des Wohnzimmers liegt im Dunkeln.

Der Mann aus der Sauna sitzt auf dem Sofa und hält eine

Teetasse in der Hand. Er hebt sie, als würde er mir zuprosten, und trinkt dann einen Schluck. Vor dem Kamin hockt eine Frau und wärmt ihre Hände. Als sie mich ansieht, erkenne ich sie wieder, weiß aber nicht, woher.

– Ich habe dich das erste Mal gewarnt, jetzt ist es das letzte Mal, sagt die Frau, und da fällt es mir ein. Damals in Jennis Wohnung, als ich Asta zur Hilfe gerufen habe. Sie.

Hinter mir steigt die Frau aus der Sauna durchs Fenster. Sie sind komplett.

– Wo ist Marek? frage ich.

– Wer ist Marek? fragt der Mann zurück und lacht.

Seine Teetasse steht jetzt auf dem Tisch. Da liegen auch Theos Jagdmesser und die Axt. Da liegen die Schraubenzieher und Hämmer und alle anderen Messer. Die Frau ist vom Kamin verschwunden. Sie sitzt neben dem Mann auf dem Sofa und hat die Beine übereinandergeschlagen.

– Marek hat mir alles erzählt, sage ich, Ich weiß, daß ihr nur spielt.

– Wer spielt? fragt die Frau hinter mir.

– Wer will schon spielen, sagt der Mann und steht auf.

Die Frau neben ihm klatscht einmal in die Hände.

– Es reicht, sagt sie und reicht dem Mann das Jagdmesser, Zieh ihr die Haut ab. Und mach schnell.

Die drei lachen. Der Mann winkt mich zu sich. Ich stehe da und kann mich nicht rühren. Der Mann winkt wieder. Die Frau hinter mir gibt mir einen Stoß in den Rücken. Ich sinke auf die Knie und lege die Arme um mich. Ich will nicht mehr.

– Bitte, geht, geht einfach, bitte …

Ich flüstere nur, ich will nicht aufsehen, es gibt nichts zu sehen.

– Bitte …

Schritte kommen auf mich zu.

– Du hast gedacht, daß hinter all dem hier ein Sinn liegt, höre ich den Mann sagen.

Seine Finger streichen durch mein Haar, krallen sich fest. Ich spüre das Messer am Ohr, die Spitze der Klinge berührt meine Ohrmuschel und schneidet hinein, als gäbe es keinen Widerstand.

– Ich könnte dir das Gehirn rauskratzen, spricht er weiter, Ich könnte so viele Dinge mit dir machen. Ich könnte dich vor Angst sterben lassen. Weißt du, wie das ist, vor Angst zu ersticken?

Ich nicke, ich weiß es, ich kenne es, ich habe es erlebt, ich weiß es.

– Du weißt nichts, sagt der Mann und zieht mich in eine sitzende Position, Woher solltest du auch etwas wissen?!

Er öffnet meine geballte Hand und drückt mir das Jagdmesser hinein.

– Was ...

– Fang an. Fang mit deinen Füßen an. Wir haben Zeit. Wir schauen dir zu. Befrei dich von dir. Schäl dich. Nun fang schon an.

Ich spüre Finger an den Stiefeln, dann sind meine Füße frei und die Socken werden heruntergezogen. Ich werde nach hinten gedrückt, Finger wandern über meine Hose, ziehen sie mit dem Slip herunter. Ich sitze mit bloßem Hintern auf dem Boden, die Dielen sind vom Kamin aufgewärmt.

– Arme hoch.

Ich sitze wieder aufrecht und hebe die Arme. Es ist so, als wäre ich fünf Jahre alt und meine Mutter zieht mich aus. Nichts bleibt. Ich bin nackt und spüre, wie die Kälte über den Boden streicht.

– Zeig uns etwas Schmerz, sagt eine der Frauen.

Ich weine, eine Hand schlägt gegen meinen Hinterkopf, ich nicke und beuge mich vor und setze das Messer an.

THEO

1

Ich erwache mit dem Gesicht im Schnee. Mein Kopf fühlt sich an, als ob die linke Seite weggesprengt worden wäre. Vorsichtig setze ich mich auf und versuche mich zu erinnern. Es ging zu schnell, ich konnte nicht reagieren. Erst war da Val, die in den Himmel starrte. Im nächsten Moment schrie sie und zeigte hinter mich. Es ging zu schnell, ich hatte diesen Weidenkorb voller Holz im Arm und drehte mich um. Ich hatte keine Chance. Der Schlag erwischte mich unter dem linken Ohr und hat mir beinahe den Kiefer ausgerenkt.

Die Spuren um mich herum sehen aus, als wären hier zehn Leute gewesen. Ich ziehe mich an der Schuppenwand hoch. Meine Knie sind weich, hoffentlich habe ich keine Gehirnerschütterung. Kaum daß ich das gedacht habe, kommt mir alles hoch, und ich lehne am Schuppen und erbreche mich.

Danach geht es mir besser. Ich suche nach meiner Brille, krieche im Schnee herum, kann sie aber nicht finden. Es muß auch so gehen. Ich stecke mir eine Handvoll Schnee in den Mund, der Schmerz in den Zähnen macht mich wach. Ich spucke den Schnee aus und laufe zum Haus.

–Val?

Ich stehe am Fenster. Es ist dunkel im Haus, kein Kerzenlicht, kein Kaminfeuer, vollkommene Dunkelheit und ich ohne Brille. Sogar mit Licht würde ich kaum etwas erkennen.

–Val, alles okay bei dir?

Ich lausche, dann höre ich ein Schluchzen, Schritte, ein Rascheln, ein Schaben. Ich weiß, ich sollte da nicht reinsteigen, ich sollte machen, daß ich wegkomme.

–Val, ich komme rein.

Stimmengemurmel, dann ein schrilles Fiepen und wieder Ruhe. Ich steige durch das Fenster und taste mich zum Kamin. Irgendwo muß der Schürhaken liegen, ich habe ihn fallengelassen, als ich den Weidenkorb nahm, er müßte . . .

Ich stoße mit den Fingerspitzen dagegen.

– Leute, ich habe hier eine Waffe, und ich habe große Lust euch damit den Schädel einzuschlagen. Also kommt ruhig näher!

Niemand kommt. Ich sehe eine Bewegung vor einem der Fenster und bleibe mit dem Rücken an der Wand. Schritte, jemand rennt die Treppe rauf oder runter. Ich warte und spüre, wie mir der Schweiß das Gesicht herunterläuft.

–Val? Bist du okay?

Ein Kichern, ich habe das Gefühl, daß mir jemand ganz nahe ist. Ich sehe eine Bewegung direkt vor mir, hole aus und schlage zu. Nichts. Ich lehne den Rücken wieder gegen die Wand. Warte.

–Theo, paß auf.

Leise, weit entfernt, Val.

– Bist du okay?

–Theo, bitte paß auf.

– Ich paß schon auf. Wo bist du?

Keine Antwort. Das Rascheln wiederholt sich, etwas schabt rauh über eine Wand, ich sehe für Sekunden Funken aufsprühen.

– Es sind drei, höre ich Val flüstern.

Wieder eine Bewegung, dieses Mal neben mir, etwas berührt mich am Arm, ich schrecke zurück und schlage zu, hämmere einmal, zweimal gegen die Wand, höre den Putz rieseln, höre mich selbst keuchen.

– Kannst du sie sehen? frage ich.

– Sie sind zu schnell, sagt Val und schreit plötzlich auf.

– Val?!

Ich höre sie wimmern, ich kann noch immer nicht sagen, wo sie ist. Ich will still sein und brülle los:

– IHR VERDAMMTEN SCHWEINE! WAS SEID IHR NUR FÜR FEIGE SCHWEINE?! WENN EINER VON EUCH ETWAS MIT JENNIS TOD ZU TUN HAT, DANN SOLL ER SICH MIR STELLEN, DAMIT WIR ES ZU ENDE BRINGEN!

Wieder keine Antwort. Hastige Schritte, das Quietschen des Sofas, Geflüster. Ich wünschte, ich könnte in der Dunkelheit sehen.

– Theo, paß auf.

– Ich paß schon …

Etwas bewegt sich auf mich zu, ich blinzle, es ist wieder weg. Ich mache einen Schritt nach vorn, halte den Schürhaken wie ein Schwert. Wieder eine Bewegung, direkt vor mir. Ich gehe darauf zu, es weicht zurück, ich gehe näher ran, werde schneller, entschlossener – dann ist es verschwunden.

Ich sehe mich um und begreife, was ich für einen Fehler gemacht habe. Die Wand, ich hätte die Wand nicht verlassen sollen. Hastig mache ich ein paar Schritte nach hinten. Der Rücken muß gedeckt bleiben, das sieht man in jedem Actionfilm, ich muß meinen Rücken - - -

Ich drehe mich um und will zur Wand laufen, da sehe ich eine Bewegung aus der Dunkelheit heraus. Jemand kommt auf mich zugerannt. Ich will zurückweichen, ich bin zu langsam, spüre den Schmerz und sehe hinunter. Das Messer ist bis zum Anschlag in meinem Bauch verschwunden. Es gibt einen Ruck, als es hochgezogen wird. Es fühlt sich an, als ob tief in mir ein Knoten durchtrennt worden wäre. Ein Gefühl der Erleichterung. Ich falle auf die Knie,

falle zur Seite

und spüre

den Aufschlag nicht

spüre nur die

Ruhe und Zufriedenheit

Es ist so

angenehm

daß es im Dunkeln geschieht

Es ist nicht falsch

und es ist nicht richtig

Es ist

Wie oft habe ich schon

mit Freunden rumgealbert

wie das Ende wohl

aussehen wird

An Dunkelheit habe ich nie gedacht

Ich hätte an Dunkelheit denken sollen

Dunkelheit

ist das richtige Ende

weiß nicht, ob ich

liege

spüre nichts mehr

dann bewegt sich

ein Schatten über mir

und senkt sich langsam

auf mich herab

eine Stimme füllt meinen

Kopf

einatmen

ausatmen

– Du bist zu langsam.

Klar und

deutlich

Die Stimme löst sich auf

das Atmen verschwindet

der Schatten schwebt wieder

über mir und

senkt sich dann auf

mich herab

Das ist der Tod

denke ich

Ich blinzle

ich sehe

Wir sind von

Angesicht

zu Angesicht

MAREK

1

Als ich klein war, gehörte ich zu den Nieten, wenn es ums Versteckspielen ging. Ich war mir sicher, daß mich niemand sehen konnte, wenn ich ihn nicht sah. Also hing immer mein Bein oder mein Fuß irgendwo raus. Die anderen Kinder hatten leichtes Spiel mit mir. Irgendwann fing ich an, mir Verstecke zu suchen, auf die keiner kam. Es waren keine erlaubten Verstecke. Es waren Orte, an denen man nicht suchte, weil sie nicht zum Spiel gehörten. Einmal lief ich über die Straße und ging eine Nachbarin besuchen. Einmal setzte ich mich in die Badewanne, häufte dreckige Wäsche über mich und schlief ein. Und einmal saß ich festgebunden auf einem Sessel und arbeitete unermüdlich an den Knoten, bis ich sie aufbekam. Und dann blieb ich weiter sitzen. Und das war der schwierige Part. Weiter sitzen zu bleiben und nicht wie ein Blöder aufzuspringen und *Frei! Ich bin frei!* zu rufen.

Ich habe es aufgegeben, mit Worten an Theo heranzukommen. Meine Warnungen bringen nichts. Als die beiden aus dem Haus gehen, um nach Spuren zu suchen, befreie ich mich von den Fesseln. Val hat sich zwar Mühe gegeben, doch ich hatte genug Zeit, die Knoten zu lockern. Was jetzt? Durchs Fenster kann ich nicht verschwinden, sie würden mich sofort sehen. Während ich überlege, was ich tun soll, brennen die letzten zwei Kerzen herunter und erlöschen. Gleichzeitig. Dann höre ich Val und Theo auf das Haus zurennen.

Mir ist klar, daß es keine gute Idee ist, sich in einem der Zimmer zu verstecken, sie würden mich garantiert finden, also taste ich mich durch die Dunkelheit auf die Haustür zu und ziehe sie auf. Strahlendes Weiß leuchtet dahinter. Eine Wand aus Schnee. Zwischen dem Türrahmen und der Haustür ist etwas Raum. Ich stelle mich in diesen Raum und ziehe die Tür hinter mir zu.

Stille. Die Ruhe von Schnee. Die Geräusche aus dem Haus. Val und Theo, die durch das Fenster steigen und sich wundern, wo ich geblieben bin.

Ich lehne mit dem Rücken an der Haustür, meine Knie drücken gegen die Schneewand.

Jeden Moment erwarte ich, daß sich die Tür öffnet. Jeden Moment erwarte ich, daß die Schneewand näher kommt und mich erdrückt. Ich spüre, wie ich anfange, panisch schneller zu atmen. Und dann ist da nichts mehr. Schwärze in meinem Kopf, alle Gedanken verschwinden darin.

2

Als ich wieder zu mir komme, ist mein Gesicht in den Schnee gedrückt und ich schnappe hektisch nach Luft. Ich beruhige mich nur langsam. Ich weiß nicht, wieviel Zeit vergangen ist. Die Haustür ist noch immer in meinem Rücken, die Schneewand vor mir. Meine Knie schmerzen, und ich habe das Gefühl, daß die Dunkelheit um mich herum nur darauf wartet, daß ich wieder in sie versinke. Ohne zu zögern, fange ich an zu graben.

Ich grabe unermüdlich. Sobald ich eine Pause einlege, fühlt es sich an, als würde mich diese Masse aus Schnee umschließen. Also hacke ich mit den bloßen Händen auf sie und hoffe, daß sie nicht über mir zusammenbricht. Angst treibt mich an. Die Dunkelheit ist vor mir, ich schaufle sie zur Seite und ...

... höre ein Geräusch hinter mir, lasse die Hände sinken, horche.

Es kann der Schnee sein, der langsam nachgibt.

Ich lege den Kopf schräg.

Es bleibt still.

Was werden Val und Theo tun, wenn sie herausfinden, daß ich diesen Tunnel hier grabe?

Ich sehe zurück. Auch da ist nur Dunkelheit, wohin ich auch blicke, kein Licht. Ich zögere nicht mehr und grabe weiter, robbe Zentimeter um Zentimeter auf den Knien voran, während mein Hirn unaufhörlich darüber nachdenkt, warum Jenni und Asta sterben mußten. Gab es einen Streit? Was hatten sie getan, daß Val so weit ging, sie zu töten?

Warum nur, Val?

Als ich den Schneetunnel verlasse, ist es noch immer Nacht und windstill. Meine Hände bluten und sind gefühllos. Der Schmerz kommt erst, als sie wieder warm werden.

Mein Wagen steht an derselben Stelle, an der ich ihn geparkt habe. Die Türen sind verschlossen, der Kofferraum aber offen. Keine Ahnung, was ich getan hätte, wenn auch der Kofferraum verschlossen gewesen wäre.

Minutenlang lehne ich gegen den Wagen und versuche, zu Atem zu kommen. Dann klappe ich den Rücksitz nach vorne und krieche über den Kofferraum hinein. Meine Reisetasche befindet sich auf dem Beifahrersitz. Pullover, T-Shirts, Hosen. Ich breite alles über mir aus und liege zitternd darunter. Knie an die Brust gezogen, Arme über dem Kopf. Ich will nichts weiter, als hier liegen und langsam verschwinden. Mit der Umgebung verschmelzen. Unauffindbar.

3

Ein Dröhnen weckt mich. Orange Lichter tanzen durch den Wagen. Ich habe das Gefühl, daß der Boden bebt und bin für einen Moment völlig desorientiert. So muß sich Val oft gefühlt haben. An einem fremden Ort erwachen und keine Ahnung haben, wer man ist. Ich setze mich auf. Die Sonne scheint blaß über der Landschaft. Ich kurbele das Seitenfenster herunter und strecke den Kopf hinaus. Das Dröhnen kommt von einem Schneeschieber, der sich die Anhöhe hochkämpft und einige Meter vor meinem Wagen stehenbleibt. Der Fahrer sieht mich und winkt. Es ist nicht derselbe Fahrer, dem ich gestern nacht gefolgt bin. Ich winke zurück und ziehe mir zwei Pullover über. Meine Hände sind geschwollen, mir schmerzt jeder Muskel. Die Luft weht schneidend durch das Fenster herein, ich spüre, wie mein Kopf sich klärt. Der Fahrer läßt den Motor laufen und stapft über den Schnee zu mir.

– Verdammt schön kalt, um im Auto zu schlafen, sagt er.

– Kleiner Streit, antworte ich und zeige auf meine Nase.

Der Mann spuckt aus.

– Das ist das Wetter. Da haßt jeder den anderen. Kann nur hoffen, ich habe keine Unannehmlichkeiten gemacht. Konnte gestern früh nicht kommen. War der reinste Wahnsinn.

Ich sehe ihn nur an, ich habe keine Ahnung, wovon er spricht.

– Sollte einen Wagen hier rausziehen, komme ich zu spät?

Er schaut in die Landschaft, ich schaue zum Tunnel, den ich in der Schneewehe hinterlassen habe.

– Schon weg, sage ich.

– Was?

– Wir haben den Wagen schon rausgezogen.

– Oh, das ist gut, dachte schon, ich hätte Mist gebaut. Ich mach Ihnen mal schnell den Weg frei, mehr Schnee wird es heute nicht geben. Dann muß ich auch schon weiter. Und kümmern Sie sich um Ihre Hände, das sieht nicht gesund aus.

Ich nicke und warte, daß er den Schneeschieber wendet, erst dann steige ich aus und laufe zum Haus. Irgendwo da drin liegen meine Schuhe und mein Mantel mit den Autoschlüsseln.

Ich beuge mich vor und schaue in den Tunnel hinein. Er ist zum größten Teil in sich zusammengebrochen, nein, noch einmal will ich da nicht durch.

Ich wische eines der Fenster frei. Die Küche ist leer und verlassen. Auf dem Tisch stehen zwei Becher und eine Teekanne, eine Zeitschrift ist daneben aufgeschlagen. Ich wische das nächste Fenster frei. Theo liegt auf dem Sofa und schläft, von Val sehe ich keine Spur. Der Kamin ist dunkel, das eine Fenster auf der gegenüberliegenden Wandseite steht offen. Es könnte eine Falle sein, aber irgendwie interessieren mich Fallen im Moment wenig – ich habe keine Schuhe und nur zwei Paar Socken an den Füßen und stehe in kniehohem Schnee.

Ich umrunde das Haus. Von dieser Seite aus kann ich Val sehen. Sie sitzt nackt auf einem der Sessel. Ihre Füße sind blutverschmiert, die Hände liegen gefaltet im Schoß. Für eine Sekunde zucke ich zurück, aber sie hat mich am offenen Fenster gesehen.

– Oh, bin ich froh, daß du kommst.

Sie lächelt, ihr Gesicht ist klar und liebevoll, dann schaut sie zur Seite, zischt ein paar Worte und ihre Mimik flippt aus, als hätte sie einen Anfall. Val schaut ernst, dann wütend, dann lächelt sie und sieht mich wieder an.

– Bin ich zu schnell? fragt sie.

Sie ist viel zu schnell, die Hände flattern auf und nieder, die Füße scharren über den Boden, dann ist sie wieder still und ich sage:

– Nein, kein bißchen,

– Dann komm und befrei mich.

Sie hält ihre Hände hoch, die Handgelenke aneinander gedrückt, als wäre sie gefesselt.

Ich steige durchs Fenster.

Der Boden ist ein Chaos von Dreck und Blut. Die Wände sind zerkratzt, das Polster quillt aus dem Sofarand, tiefe Risse ziehen sich über den Couchtisch, dunkle Fuß- und Handabdrücke auf den Dielen.

– Du weißt nicht, wie froh ich bin, daß du endlich da bist, sagt Val, Du kannst es dir nicht vorstellen. Es wird immer leichter, weißt du? Vielleicht ist es Übung. Ich kann mich konzentrieren und es bremsen. Ganz leicht. So wie jetzt. Mal bin ich da, und mal bin ich weg. Aber ich gebe mir Mühe, versprochen. Du sollst dich ja nicht erschrecken.

Sie lächelt wieder merkwürdig. Aus der Nähe erkenne ich, wie sehr sie damit kämpft, ihr Gesicht zu entspannen. Das Lächeln ist eine Summe von verkrampften Muskeln. Die Mundwinkel zucken, das eine Augenlid spielt verrückt, etwas Speichel läuft ihr aus dem Mund. Hat Jenni sie so gesehen? Hat sie Panik bekommen? War das der Grund?

– Sie hätten das nicht tun sollen, sagt Val und streckt mir

Hände und Füße entgegen, Es gab keinen Grund, mich zu fesseln. Wie hätte ich Theo schon helfen können? Auf mich hört ja keiner. Was sollte ich machen?

Ich sehe mich um. Ich weiß, es ist unsinnig, es gibt keine Schnellen, dennoch sehe ich mich um. Unsicher und verängstigt.

– Keine Angst, sagt Val, Sie sind verschwunden und kommen nicht wieder. Bis es nötig ist. So war es, so wird es immer sein. Weil es sie immer gab, weil es sie immer geben wird. Sie dachten, ich weiß das nicht. Sie dachten, ich bringe mich um. Sie wollten das als Ende der Geschichte. Als ob ich das tun würde. Deswegen sitze ich hier. So schnell kann das gehen. Plötzlich sitze ich hier. Bitte, befrei mich, es tut so weh.

Ich sehe wieder auf ihre Handgelenke, die sie aneinander preßt.

– Val, was ist passiert?

Es ist wie ein Schlag. Sie zuckt zurück, drückt sich die Hände zwischen die Brüste, zieht die Beine hoch, verschwindet in sich selbst. Es ist mir so vertraut. Ihre Augen werden dunkel, und als sie spricht, kann ich hören, daß ich sie verliere. Ihre Stimme ist schwach und weit entfernt:

– Aber mir hat doch keiner was gesagt. Woher sollte ich denn wissen, daß Jenni schwanger war. So was muß man doch sagen, oder? Und jetzt liegt sie am Wasser, arme Jenni. Wenn Theo das gewußt hätte, hätte er sie nie gehen lassen. Alle verschwinden. Auch Asta ist einfach verschwunden. Sie haben ihn geholt. Er hat sein Bestes gegeben, genau das hat er. Meinst du nicht? Was meinst du?

Sie beugt sich vor, hält mir die Hände wieder entgegen.

– Ich tue alles, wenn du mich befreist. Ich verrate dich auch nicht.

Ich merke jetzt erst, daß ich heule. Ich kenne diese Frau,

ich kenne sie angezogen und nackt, ich kenne sie lachend und voller Wut; ich kenne sie mit ihren Macken, Leidenschaften und Träumen. Und jetzt weiß ich nicht, wen ich vor mir habe. Das hier ist sie, und das hier ist sie nicht mehr.

Ich nehme ihre Hände in meine und trenne die Handgelenke.

– Oh, danke, danke, sagt Val und streichelt mir über das Gesicht, Das ist so lieb von dir, danke, danke.

Dann kniee ich mich hin und berühre ihre Fußgelenke. Die Haut ist blutverkrustet, hier und da sind Buchstaben eingeritzt, an einigen Stellen fehlt die Haut völlig. Wie konnte sie sich das nur antun?

Ich löse die Fußknöchel voneinander. Es gibt ein unangenehmes Geräusch, weil sie durch das eingetrocknete Blut zusammenkleben.

– Du bist frei, sage ich und blicke auf. Val schlägt sich die Hände vors Gesicht. Sie lacht, sie lacht so sehr, daß ihr Bauch wackelt.

– Ich bin frei! höre ich sie sagen, Ich bin endlich frei!

Plötzlich wird sie ernst und ergreift meine Hände.

– Wenn wir einmal ein Kind haben, ja, versprichst du, versprichst du, versprichst du, daß du es mir nicht wegnimmst?

Mein Hals ist zugeschnürt, ich nicke.

– Ja, ich verspreche es.

– Niemand wird es mir wegnehmen?

– Niemand, sage ich.

Val küßt meine Fingerspitzen. Ich berühre ihr Gesicht, beruhige das Zucken und Zittern, drücke sie langsam in den Sessel.

– Lehn dich zurück, Val, schließ deine Augen.

Sie hört auf mich, atmet tief ein, schließt die Augen.

Ich finde im Flur zwei Decken. Als ich damit ins Wohnzimmer zurückkomme, hat sich Val auf dem Sessel zu einem

Ball zusammengerollt. Ich höre sie leise summen, streichle ihr über den Kopf und wickle sie in die Decken ein.

– Ich bin gleich da, sage ich und gehe zum Sofa, Theo?

Ich hocke mich hin und berühre ihn an der Schulter. Ich habe keine Ahnung, wie er reagieren wird, und ob er mich noch immer für einen von den Schnellen hält.

Theos Kopf rollt nach rechts. Ich sehe das Blut an seinem Ohr und will mich abwenden. Ich will das nicht tun, ich muß das nicht tun, dennoch ziehe ich den Schlafsack herunter.

Die Wunde geht hoch bis zum Brustkorb. Seine Hände liegen um den Griff des Jagdmessers – nicht, als würden sie das Messer herausziehen wollen, eher so, als würden sie es halten.

Ich breite den Schlafsack wieder über ihm aus und stehe auf. Ich kann nicht reagieren, in mir macht sich eine Traurigkeit breit, die keine Reaktion zuläßt. Ich möchte mich auf den Boden legen und wie Val zusammenrollen. Ich will im Kamin ein Feuer machen, aufräumen und Theo und Val zu einem normalen Tag wecken. Für einen Moment glaube ich, wenn ich in die Küche gehe und Wasser aufsetze, werden die beiden im Türrahmen auftauchen und fragen, was es zum Frühstück gibt.

Eine Viertelstunde lang hänge ich über dem Klo, aber nichts kommt heraus. Mein Magen ist ein einziger Krampf, und anstatt mich zu übergeben, heule ich in die Kloschüssel.

Ich finde meine Stiefel unter dem Stuhl, auf dem mein Mantel liegt. Nachdem ich die nassen Socken abgestreift habe, steige ich barfuß in die Stiefel, ziehe mir den Mantel über und verlasse das Haus durch das Fenster.

Der Wagen springt überraschend schnell an, macht aber ein komisches Geräusch. Ich steige aus und schaue hinten nach. Der Auspuff ist mit Schnee verstopft. Ich befreie ihn, wische den Schnee von der Windschutzscheibe und steige wieder ein. Erst als die Temperatur im Wagen angenehm ist, kehre ich zum Haus zurück.

Ich weiß, daß Val und Theo von irgendwoher immer Holz geholt haben, und finde den Schuppen knappe dreißig Meter vom Haus entfernt. Auch er ist eingeschneit und steht fast unsichtbar in der Landschaft. Vor dem Eingang liegt ein umgeworfener Weidenkorb. Ich sammle das Holz ein und sehe ein Glitzern im Schnee. Es ist Theos Brille. Ich stecke sie in meinen Mantel und trage das Holz zum Haus.

Von Val ist kein Summen mehr zu hören, sie schläft. Ich bleibe vor Theo stehen und weiß nicht, ob ich das Jagdmesser rausziehen soll oder nicht. Ich finde es wichtig, die richtige Entscheidung zu treffen.

– Was für einen Unterschied macht es schon? sage ich halblaut und beschließe, das Messer stecken zu lassen.

In der Küche finde ich außer der Zeitschrift auch einen kleinen Stapel Zeitungen. Ich bringe sie ins Wohnzimmer und gehe noch zweimal Holz aus dem Schuppen holen. Danach lege ich um Theo und das Sofa herum einen Kreis aus Holzscheiten. Abwechselnd kommt immer ein Haufen Zeitungspapier dazwischen.

Als ich fertig bin, stehe ich eine ganze Minute einfach nur da und zähle rückwärts bis Null. Ich denke dabei nichts, ich habe keine Rede vorbereitet. Ich habe es schon immer gehaßt, wenn während eines Vereinsspiels der Schiedsrichter eine Schweigeminute ausrief. Da standen wir dann, 22 Jungs in kurzen Hosen und Gras am Knie und hatten keine Ahnung, wie wir uns verhalten sollten. Außer stillstehen, ernst schauen, kaum atmen. Für sechzig Sekunden denke ich jetzt nur an Theo, denke seinen Namen. Ich kann nicht an Jenni oder Asta denken, weil ich die beiden nicht kannte. Ich denke an Theo. Ich sehe ihn vor mir, wie er mir in der dunklen Küche gegenüber sitzt. Ich sehe ihn wütend, wie er mich schlägt. Und ich sehe ihn erleichtert, wie er mir von Jenni erzählt. Dann bin ich bei Null angekommen, nehme die Brille aus meiner Manteltasche und setze sie Theo auf.

Es ist Zeit.

Ich steige aus dem Kreis und drehe meine Runde um das Sofa. Was ich berühre, geht in helle, klare Flammen auf.

Ich hebe Val mitsamt den zwei Decken vom Sessel. Sie liegt leicht auf meinen Armen, als wäre sie nicht wirklich da. Als hätte ich sie damals in Berlin vergessen und nur ihre Hülle mitgenommen.

Es gelingt mir, mit Val durchs Fenster zu steigen, ohne daß sie dabei wach wird. Ich lege sie auf den Rücksitz meines Autos, steige ein und fahre langsam vom Grundstück, ohne mich umzusehen. Die Reifen knarren auf dem Schnee. Der Wagen schert zweimal aus, dann bin ich auf der gestreuten Straße.

Hinter mir wächst ein Schatten in den klaren Tag hinauf. Ich verstelle den Rückspiegel, die Flammen schlagen aus den Fenstern, dichter Qualm ragt gerade in den Himmel, nur die Schneewehe an der Häuserfront ist noch weiß und unberührt und verbirgt eine Tür, die es bald auch nicht mehr geben wird. Ich verstelle den Spiegel wieder und hoffe, ich habe das Richtige getan. Ich sage mir, ich habe das Richtige getan. Ich habe.

Wenn ich ehrlich bin, dann möchte ich einer von diesen Helden sein, die sich eines Menschen annehmen und ihn beschützen. Vor allen Krankheiten, vor Unglücken und Flüchen bewahren. Ich wünschte, ich könnte den Mut und die Kraft aufbringen, an das Gute im Menschen zu glauben. Ich wünschte, ich wäre ein Optimist. Oder einfach jemand anders. Aber ich bin es nicht, ich werde es nie sein. Kein Held, kein Beschützer und kein Optimist.

Val schläft auf dem Rücksitz. Es ist ein klarer Wintermorgen, und die Landschaft um uns herum schimmert in einem silbernen Licht. Wenn ich mich vorbeuge, sehe ich die Sonne als trüben Kreis über den Strommasten hängen. Sie hat für mich keine Bedeutung, sie ist einfach nur eine weit entfernte Sonne, die nicht wärmt.

Ich öffne das Fenster, um die Kälte zu spüren. Wind peitscht durch das Wageninnere und macht mein Gesicht gefühllos. Dennoch lasse ich das Fenster offen, obwohl mir Tränen aus den Augen laufen und ich die Straße kaum noch sehen kann.

Ich versuche mir vorzustellen, wie ich Val in einer Anstalt besuche. Ich höre mich von Hoffnung und Zukunft reden, höre mich Mut machen. Dann stelle ich mir vor, wie Vals Blick langsam bricht, wie sie in kleine Teile zerfällt und Jahr für Jahr weniger wird. Und dann versuche ich mir vorzustellen, wie mein Leben seinen Lauf nimmt. Ohne Val. Ohne eine Spur der letzten Tage. Eine andere Frau. Neue Geschichten und Räume, eine vollkommen neue Welt. Beide Gedankengänge schmerzen. Sie passen nicht zusammen und haben ein bitteres Aroma, so daß ich Galle im Gaumen schmecke und aus dem Fenster spucke.

Ich weiß nicht, was genau ich machen werde. Ich weiß nur, was auch immer ich tue, zum Schluß hin wird es wie ein sanfter Selbstmord aussehen. Das bin ich Val schuldig. Es muß in Sanftheit enden.

ENDE

Mein Dank geht an

Gregor Tessnow
für die Unermüdlichkeit, mit der du meine Arbeit liest, und den Humor,
ohne den das Schreiben nicht möglich wäre
&
Selim Özdogan
für die Telefongespräche, das richtige Feeling und diesen bestimmten Grad
an Lässigkeit, ohne den wir Schriftsteller nicht möglich wären
&
Max Dorner
für die Begeisterung, das Wissen um mehr und das präzise Auge,
ohne das eine Menge unentdeckt geblieben wäre
&
Beate Köhler
für die Tips und Korrekturen, was das Medizinische angeht,
und die Geduld, ohne die man
einen Schriftsteller nicht ertragen könnte
&
Chuck Palahniuk, Majgull Axelsson, John Sandford
für ihre Bücher, die mich in den letzten Jahren nicht losgelassen haben
&
Okkervil River, Howe Gelb, The Kingsbury Manx, Bright Eyes
für ihre Musik und den perfekten Sound
zum perfekten Soundtrack
&
Corinna Bernburg
für die große Kunst, eine Muse zu sein, und für die Liebe und den
Glauben, aus denen heraus alles entsteht

Für Gefühle müssen alle bezahlen.

Branko desertiert an seinem Geburtstag. Er setzt sich zu Verwandten in eine kroatische Kleinstadt ab. Dort schlägt er sich mit Aushilfsjobs durch, immer am Rande der Legalität, zunächst als Fahrer, später in einer Schlachterei. Seine ganze Kraft konzentriert er auf ein Ziel: Deutschland, das gelobte Land. Bald bemerkt er, daß er seine Sprachkenntnisse bei Touristinnen zu Geld machen kann, deutschem Geld. Endlich in München eskalieren die Kontakte zu drei Frauen. Denn deren Zärtlichkeit kann er nicht erwidern.
Im Hintergrund dieser »tour de force« läuft, kaum bemerkt, der Bürgerkrieg auf dem Balkan ab, der dennoch seine Spuren hinterläßt: Brankos Herzensleid steht auch für die kaum verheilten Wunden Europas.

Zoran Drvenkar:
Yugoslavian Gigolo
Roman
278 Seiten, gebunden mit Schutzumschlag,
ISBN 3-608-93733-1

Matthew Pearl

Der Dante Club

Roman

Übersetzt von Rudolf Hermstein

ISBN 3-423-20826-0

Boston 1865. Ein Serienmörder versetzt die Stadt in Angst und Schrecken. Die Polizei ist ratlos. Ausgerechnet die Mitglieder des neugegründeten Dante Clubs ahnen, was es mit den Untaten auf sich hat: Die bestialischen Bostoner Morde setzen die in Dantes ›Inferno‹ beschriebenen Höllenqualen in die Praxis um. Fieberhaft versuchen die Gelehrten, die nächsten Schritte des Mörders vorherzusehen – doch dieser verfügt über teuflische Schlauheit …

»Matthew Pearl ist der leuchtende neue Stern am Literaturhimmel – ein ungestümer, phantasievoller und enorm begabter Autor. Raffinierte Handlung, klassische Motive, gelehrte Figuren … dieses Buch muss man einfach lieben!«
Dan Brown (Autor von ›Sakrileg‹ und ›Illuminati‹)

»Ein wahrlich meisterhaftes und lesenswertes Buch, ein Thriller, den zu lesen höllischen Spaß macht.«
(www.zdf.de)